La caresse d'un inconnu

Du même auteur
aux Éditions J'ai lu

Désirs fous, *J'ai lu* 2928
La lune voilée, *J'ai lu* 2979
Mississippi Belle, *J'ai lu* 3070
Le brigand aux yeux d'or, *J'ai lu* 3142
Promise au bûcher, *J'ai lu* 3221
Esclave de personne, *J'ai lu* 3327
Les sortilèges de Ceylan, *J'ai lu* 3466
Soudain, cet été-là, *J'ai lu* 3864
Seule avec mon ennemi, *J'ai lu* 3931
Cours dans la nuit!, *J'ai lu* 4041
Troublante confusion, *J'ai lu* 4152
Expédition mortelle, *J'ai lu* 4589
La femme du sénateur, *J'ai lu* 5403
Mortelle jalousie, *J'ai lu* 5695
Hantée par le souvenir, *J'ai lu* 5956

Karen Robards

La caresse d'un inconnu

Traduit de l'américain
par Catherine Plasait

J'ai lu

Titre original :

SCANDALOUS
Pocket Star Books, published by Pocket Books,
a division of Simon and Schuster, Inc., New York

Ce livre est dédié à vous, mes lecteurs.
L'écrire a été un véritable acte d'amour,
et j'espère que vous aurez plaisir à le lire.
Il est dédié aussi, bien évidemment,
aux hommes de ma vie, mon mari, Doug,
mes fils, Peter, Christopher et Jack,
sans lesquels rien n'aurait été possible.

Prologue

Février 1810

Le riche et beau comte de Wickham, âgé de trente et un ans, scrutait les alentours à la recherche de sa proie avec un plaisir anticipé. Au moindre mouvement dans les buissons, au moindre geste de ses rabatteurs, il épaulait son arme. Un coup de feu éclata soudain, le bruit se propagea à travers la brume de chaleur qui baignait l'île paradisiaque de Ceylan. Mais il ne provenait pas du fusil du comte.

L'observateur, bouche bée, vit le jeune homme basculer en avant comme s'il avait été poussé par la botte d'un géant. Le sang giclait de son dos, et en quelques secondes sa chemise fut teintée de rouge. Les indigènes, un instant pétrifiés d'horreur, tout comme l'homme perché sur la colline à quelques centaines de mètres, se précipitèrent enfin vers leur maître en hurlant.

Trop tard. Le guetteur le sut aussitôt tandis qu'un cri d'effroi lui échappait. Inquiet, son cheval se mit à renâcler. La longue-vue dont l'homme se servait pour observer la scène glissa malencontreusement. Un bouquet d'arbres, non loin du groupe affolé, apparut dans l'objectif, en même temps qu'un individu trapu qui sautait sur une haridelle, un fusil à la main, et l'éperonnait. Le guetteur comprit, impuissant, que c'était probablement là l'origine du coup de feu.

Marcus venait d'être assassiné sous ses yeux.

Le choc tenait son chagrin en respect, et il n'éprouvait pour le moment qu'une rage dévorante. Une terrible rage qui lui remuait les tripes et explosait en jurons vengeurs sur ses lèvres. Il rangea sa longue-vue et lança sa monture au galop.

Il ne pouvait plus rien pour Marcus, mais il parviendrait peut-être à empêcher le meurtrier de s'en tirer !

1

— Je suis désolé d'être porteur de mauvaises nouvelles, mademoiselle Gabby.

Plus que désolé, Jem Downes était positivement bouleversé par la nouvelle qu'il apportait après avoir traversé la moitié de la terre, songea lady Gabriella Banning. Il la contemplait tristement de ses pauvres yeux de chien battu. Derrière lui, le vieux majordome, Stivers, se retira discrètement. L'odeur de moisi qui se dégageait des vêtements de Jem était plus forte que celle du feu dans la cheminée et de la cire des bougies. Il tenait son chapeau à la main, son manteau était taché, il dégoulinait d'eau. En temps ordinaire, jamais ce fidèle serviteur n'aurait imaginé un instant de se présenter devant sa maîtresse dans cette tenue. Le fait qu'il n'eût pas attendu le lendemain pour venir lui parler, qu'il n'eût même pas pris le temps de se changer, en disait long sur son désarroi.

Presque inconsciemment, Gabby se raidit. Elle serra les dents et redressa les épaules, royale, derrière la lourde table de travail, dans un angle du bureau où elle s'était retirée après le souper afin de vérifier les comptes de la maisonnée. Jusque-là, son principal souci avait été de se demander comment elle pourrait économiser quelques shillings de plus sur les dépenses courantes. Les paroles de Jem lui firent aussitôt oublier ces soucis financiers. Son cœur se mit à battre la chamade et elle dut lutter pour ne pas laisser paraître son angoisse que seules son immobilité et la pression de ses doigts sur sa plume trahissaient. Comme elle s'en rendait compte, elle la posa doucement sur l'encrier et mit les mains à plat sur le registre ouvert devant elle.

Les roulements du tonnerre, au-dehors, étaient si violents qu'ils parvenaient à traverser les épaisses murailles de Hawthorne Hall. Le feu vacilla soudain, sans doute à cause des gouttes de pluie qui tombaient par la cheminée. Gabby eut l'impression qu'il s'agissait d'un mauvais présage, et elle réprima un frisson. Qu'allait-elle entendre ? Ô mon Dieu, qu'allait-on lui annoncer ?

— Avez-vous vu mon frère ?

Une vie passée à se battre contre le sort lui avait appris l'importance qu'il y avait à demeurer imperturbable, coûte que coûte, aussi sa voix était-elle dénuée de toute expression.

— Le comte est décédé, mademoiselle Gabby.

Conscient de l'importance de sa déclaration, le brave homme triturait son couvre-chef de feutre jusqu'à le rendre informe. Âgé de cinquante ans, les cheveux gris et les traits taillés à la serpe, sa petite stature rappelait qu'il avait été jockey autrefois. À présent, courbé sous le poids de la nouvelle qu'il venait d'assener, il semblait encore plus frêle.

Gabby eut l'impression de recevoir un coup au plexus. Elle s'était préparée à un refus, à une semonce pour avoir osé demander une faveur, si Marcus ressemblait à leur père... Mais elle ne s'attendait pas à ça ! Son demi-frère qui, à la mort de leur père, dix-huit mois auparavant, était devenu le septième comte de Wickham, n'avait que six ans de plus qu'elle. Deux mois plus tôt, lorsqu'il avait été évident que le jeune comte n'était pas pressé d'entrer en possession de son héritage, Gabby avait envoyé Jem lui porter une lettre dans la petite île de Ceylan où il avait vécu la majeure partie de sa vie, sur une exploitation de thé héritée de sa mère. Elle y expliquait aussi clairement que possible la désastreuse situation dans laquelle elle se trouvait et demandait à Marcus la permission – ainsi que les moyens financiers – d'emmener sa sœur Claire faire enfin ses débuts à Londres.

Elle n'avait pas grand espoir, pourtant il fallait agir. Claire avait presque dix-neuf ans, et Gabby ne supportait pas l'idée qu'elle pût épouser Cuthbert, un châtelain des environs, veuf depuis de longues années, qui était son soupirant le plus acharné, ni Oswald Preston, le vicaire local. L'un et l'autre étaient, à leur manière, follement épris de Claire et, ayant été mal accueillis du temps du sixième comte, ils se montraient à présent d'assidus visiteurs. Claire était aimable avec eux parce que c'était sa nature, mais la perspective qu'elle pût se marier avec le châtelain ventru ou avec le patelin Oswald rendait Gabby malade.

— Mon frère est mort ? répéta-t-elle lentement, un nœud au creux de l'estomac. En êtes-vous certain, Jem ?

Question idiote qu'elle n'aurait jamais posée en temps ordinaire ! Jem ne pouvait se tromper s'agissant d'un événement aussi important !

Le pauvre homme semblait de plus en plus malheureux.

— Oui, mademoiselle Gabby. Sûr et certain. Sa Seigneurie n'est plus. Il était à la chasse au tigre ; la bête est sortie d'un fourré au moment où personne ne l'attendait. Quelqu'un a tiré, sous l'effet de la panique sans doute, et la balle a atteint votre frère. Il est mort sur le coup. On n'a rien pu faire.

— Mon Dieu !

Gabby ferma les yeux. Elle avait la tête qui tournait. Depuis la mort de son père, elle avait à la fois espéré et redouté le retour de Marcus, ce demi-frère qu'elle avait rencontré une seule fois dans sa vie. Tout changerait, avec la venue du nouveau comte : sa position et celle de ses deux jeunes sœurs en particulier. Pour le meilleur, souhaitait-elle bien que, d'expérience, elle craignît le pire.

Mais qu'est-ce qui pourrait être pire que de voir Claire et Beth subir le même sort qu'elle ? Elle avait grandi soit malmenée, soit ignorée par un père qui méprisait résolument les femmes et ne se souciait pas du confort financier de sa progéniture – bien qu'il eût été fort riche – au point que la table familiale fût souvent insuffisamment garnie, au point de laisser également sa fille aînée s'étioler sans la moindre perspective de mariage, isolée dans l'immense et solitaire domaine de Hawthorne Hall.

Tout à coup, Gabby sut ce qui pourrait être pire. Perdre leur demeure et les maigres rentes qui leur avaient permis de survivre. Être obligées de quitter Hawthorne Hall afin d'aller gagner leur vie en tant que gouvernantes ou dames de compagnie – avec un peu de chance ! Beth était trop jeune pour obtenir un poste, se dit Gabby, essayant de réfléchir sérieusement au problème. Quant à Claire… Qui voudrait héberger Claire, dont la beauté était si exceptionnelle que toutes les têtes se tournaient sur son passage lorsqu'elle se promenait dans les rues de York ? Aucune femme respectable ne prendrait le risque de lui offrir un emploi ! À l'âge mûr de vingt-cinq ans, avec son visage banal et sa claudication, souvenir d'un accident survenu lorsqu'elle était enfant, Gabby était la seule susceptible de trouver du travail. Mais lui permettrait-on de garder ses sœurs auprès d'elle, si elle décrochait un poste ?

Sans doute pas. Surtout si l'éventuelle maîtresse de maison posait les yeux sur Claire.

Alors, qu'allaient-elles devenir ? La question s'insinuait en elle, glaçante, la menant au bord de la panique. Soudain, Cuthbert et M. Preston lui paraissaient des bouées de sauvetage dans un océan déchaîné. Obligée de choisir, Claire préférerait certainement épouser l'un des deux plutôt que de se retrouver projetée dans un monde hostile avec pour tout bagage ce qu'elle porterait sur elle.

Du calme ! se sermonna Gabby afin d'endiguer la peur qu'elle sentait monter en elle. Il devait y avoir d'autres solutions, même si elles ne lui venaient pas spontanément à l'esprit.

— Avait-il… de la famille ? Un fils ? demanda-t-elle à Jem dans un dernier sursaut d'espoir.

— Sa Seigneurie était célibataire, mademoiselle Gabby. Et sans enfant. À mon avis, il avait l'intention de choisir une épouse quand il rentrerait en Angleterre prendre possession de son héritage.

— Bien sûr, soupira Gabby.

Quoi qu'il advînt d'elle et de ses sœurs, il fallait prendre des mesures immédiates, avertir certaines personnes du décès du comte de Wickham. Elle savait comment procéder, son père était mort si récemment… Elle devrait informer M. Challow, l'avoué de son père, puis le cousin Thomas…

Elle se sentait glacée rien que d'y penser.

Avec la mort de Marcus, le titre de comte ainsi que le domaine devaient revenir à l'héritier mâle le plus proche, l'Honorable Thomas Banning, fils du défunt cousin de leur père. Ce dernier le détestait, et Thomas ainsi que sa pimbêche d'épouse et leurs deux insupportables filles le lui rendaient au centuple. Gabby avait dû les voir une demi-douzaine de fois dans sa vie, en particulier aux funérailles du comte. Thomas s'était montré à peine courtois envers elle et ses sœurs, quant à sa femme et à ses filles, elles ne s'étaient même pas donné cette peine.

Claire, Beth et elle-même allaient se retrouver à la merci de Thomas, songea Gabby, le cœur serré. Son père, dans sa profonde misogynie, n'avait rien prévu pour ses trois filles, avait-elle appris au moment de sa mort. Elles n'avaient pas de revenus, pas de rentes qui leur fussent propres. Elles dépendaient totalement de la générosité – ou de la ladrerie – du nouveau comte.

Une fois de plus, Gabby se demanda si son père était allé tout droit en enfer.

Si terrible que fût cette réflexion, elle ne pouvait s'empêcher de penser que, si c'était le cas, il l'avait bien mérité pour avoir fait tant de mal à celles qu'il aurait dû chérir de tout son cœur.

Peut-être Thomas leur permettrait-il de continuer à habiter Hawthorne Hall, se dit-elle sans guère d'espoir. Son épouse pourrait s'amuser d'avoir près d'elle, dans le rôle des parentes pauvres, la « tribu de Matthew », comme elle les appelait méchamment, car les trois sœurs étaient nées de mères différentes.

Puis Gabby évoqua Claire, et elle sut qu'il y avait peu de chance pour que cela se produisît. Jamais Maud n'accepterait que Claire côtoyât ses affreuses filles.

— Sa Seigneurie vous avait écrit une lettre, mademoiselle Gabby.

Gabby sursauta.

— Une lettre ?

Elle fut surprise de constater que sa voix ne trahissait en rien sa détresse.

— La nuit avant… son décès. Il était sur la piste du tigre dont je vous ai parlé lorsque je l'ai rejoint dans la brousse, où il chassait avec ses serviteurs indigènes. Il m'a fait venir dans sa tente et m'a remis ceci pour vous.

Jem fouillait dans la bourse de cuir à sa ceinture et en sortit une enveloppe froissée, un peu maculée, qu'il lui tendit.

Gabby brisa le sceau et déplia la feuille sur laquelle étaient écrites quelques lignes d'une main ferme, et qui dissimulait une autre feuille scellée. Elle mit cette dernière de côté et commença à lire :

Ma chère Gabby,

D'après ce que je connais de notre père et ce que j'en ai entendu dire, je pense que vous avez sous-estimé la situation dans laquelle vous vous trouvez. Je vous demande pardon de ne pas m'en être préoccupé plus tôt. À la vérité, j'ai honte de ne m'être pas intéressé davantage au sort de mes sœurs, et je vous accorde donc bien volontiers la permission d'emmener Claire à Londres pour la saison. N'hésitez surtout pas à prendre sur mes fonds la somme dont vous aurez besoin pour cette occasion. Vous trouverez sous ce pli une lettre que vous remettrez à Challow, Mather et Yadon, nos avoués, avec mes meilleurs sentiments. Il se trouve que j'avais l'intention de me rendre en Angleterre, et il est possible que je vienne vous rejoindre à Londres à cette époque. Je me réjouis, à cette occasion, de renouer avec vous, Claire et la petite Beth.

Bien à vous,

Wickham

Gabby était très émue. Son frère se montrait tout à fait aimable, et il semblait déterminé à les prendre en charge. Cette lettre ainsi que le souvenir de la seule fois où elle l'avait vu, lorsqu'elle avait onze ans, étaient tout ce qui lui restait de Marcus.

C'était dur, mais la vie était ainsi faite.

L'autre lettre était bien adressée aux avoués.

— Gabby ! Gabby ! C'est à *Jem* que tu parles ?

La porte s'ouvrit à la volée et lady Elizabeth Banning, une exubérante jeune fille rousse de quinze ans aux rondeurs adolescentes, pénétra dans le bureau telle une tornade. Bien que la période de deuil fût terminée, elle portait une robe noire, comme sa sœur, pour la bonne raison que c'était leur seule tenue neuve. M. Challow leur avait accordé à contrecœur la somme nécessaire à cet achat, bien qu'il prétendît ne pas être en mesure d'autoriser la moindre sortie d'argent sans l'accord du nouveau comte. Même la modeste rente qui permettait tout juste à Gabby de joindre les deux bouts était sujette à discussion, avait-il ajouté, et la seule solution, jusqu'à plus ample information, était de laisser les choses en l'état.

— Oh, Jem, vous voilà ! Alors, qu'a dit notre frère ?

L'adolescente assaillit le vieux serviteur de questions.

— Vous l'avez trouvé ? Vous lui avez remis la lettre de Gabby ? Qu'a-t-il répondu ? Pouvons-nous y aller ? Pouvons-nous aller à Londres ?

Lady Claire suivait sa sœur.

— J'ai essayé de la retenir, Gabby, soupira-t-elle, mais tu la connais…

L'austère robe noire ne parvenait pas à ternir l'éclat de la jeune fille aux traits délicats, dont les yeux d'un brun doré frangés de longs cils et le teint de porcelaine étaient rehaussés par une somptueuse chevelure brune qui cascadait sur ses épaules. À la beauté de son visage s'ajoutait la perfection de sa silhouette aux courbes délicieusement féminines.

— Elle ne pouvait pas attendre une minute de plus.

Si Claire avait pu se rendre à Londres pour la saison mondaine, songea Gabby, elle n'aurait pas manqué de demandes en mariage. Et le plus triste était qu'elle avait là, sous la main, le document qui aurait pu lui offrir l'avenir qu'elle méritait, auquel elle avait droit de par sa naissance.

Marcus avait autorisé Claire à faire son entrée dans le monde, il avait pratiquement donné carte blanche à Gabby.

Mais Marcus était mort, et ses lettres n'étaient plus que de vulgaires feuilles de papier. Dès que le cousin Thomas apprendrait le décès de leur frère, elles auraient bien de la chance s'il ne les jetait pas à la rue.

Le désespoir s'empara de Gabby. Ce qu'elle avait à révéler à ses sœurs était vraiment trop injuste, trop cruel. Si seulement Marcus avait vécu ne fût-ce que trois mois de plus…

— Pour l'amour du Ciel, Jem, parlez ! Avez-vous rencontré notre frère, oui ou non ? insistait Beth en sautillant comme un jeune chiot autour de celui qui leur avait appris, à elle et à ses sœurs, à pêcher, à chasser, à apprécier la nature.

Elles avaient fini par le considérer comme un complice, un ami plutôt qu'un domestique, et elles entretenaient avec lui des rapports d'intimité que d'aucuns auraient pu trouver déplacés.

Jem était de plus en plus malheureux.

— Je l'ai vu, mademoiselle Beth, mais…

Il jeta un coup d'œil désespéré à Gabby qui regardait la lettre et prenait une profonde inspiration afin de se donner du courage. À cet instant, Beth aperçut le message et, d'un bond, l'arracha à sa sœur.

— Beth, attends ! s'exclama Gabby en tendant la main.

Mais ses protestations n'eurent aucun effet, et sa petite sœur s'esquiva en riant joyeusement. Apprendre que leurs attentes avaient été si près d'être comblées ne ferait que rendre la réalité plus cruelle.

— Beth, je t'en prie, un peu de tenue ! intervint sévèrement Claire qui s'assit près de la cheminée, feignant l'indifférence. Je n'ai jamais vu un pareil garçon manqué !

— Au moins, je ne risque pas d'attraper un torticolis en me regardant dans tous les miroirs devant lesquels je passe, rétorqua l'adolescente, levant un instant les yeux de la lettre.

Comme elle poursuivait sa lecture, un sourire béat s'épanouit sur son visage.

— Oh, Claire, tu vas faire ton entrée dans le monde ! Notre frère nous en donne l'autorisation !

Claire ouvrit de grands yeux, se redressa sur son siège et se tourna vers leur aînée.

— Gabby ?

Elle avait presque peur de croire à la bonne nouvelle !

Et à juste titre ! songea Gabby, le cœur brisé. Que n'aurait-elle donné pour ne pas avoir à détromper sa sœur !

Une bûche bascula dans le feu qui se mit à crépiter de plus belle, attirant les regards. À la lueur des flammes, les mains de Gabby, crispées sur la lettre destinée aux avoués, prirent une étrange teinte rosée, et sans doute son visage s'était-il aussi empourpré, ce qui n'avait rien d'étonnant vu l'idée qui venait de germer dans son cerveau.

Une idée diabolique.

— Lis toi-même ! déclara Beth qui tendit la lettre à sa sœur et vint se percher sur le bras de son fauteuil pour l'observer.

Claire la parcourut et laissa échapper un petit cri joyeux. Les deux jeunes filles, tête rousse contre tête brune, entreprirent de la relire à haute voix.

Alors Gabby prit sa décision. Elle était une vraie Banning, après tout. L'amour du jeu coulait dans ses veines, et c'était à présent son tour de tout miser sur un coup de dés.

Elle se leva, mince, frêle, toute de noir vêtue, son indomptable chevelure auburn ramassée en un chignon presque net, son petit visage au nez fin, à la bouche énergique, soudain illuminé par une ferme résolution. Une flamme inhabituelle dans ses yeux gris d'ordinaire paisibles, elle se leva, contourna le bureau en prenant soin, machinalement, d'atténuer sa claudication, et s'approcha de Jem.

— Avez-vous parlé de ce drame à quelqu'un ? Sur le bateau, peut-être, ou depuis que vous avez accosté en Angleterre ? demanda-t-elle à voix basse tandis que ses sœurs relisaient encore une fois le merveilleux message.

Jem semblait effondré en contemplant les deux jeunes filles dont le bavardage était entrecoupé de petits cris de joie. Le chuchotement de Gabby se fit pressant :

— Je vous demande qui d'autre que nous est au courant de la mort de mon frère.

Le domestique et sa maîtresse étaient de la même taille, et ils se regardaient droit dans les yeux. Jem fronça les sourcils.

— Personne en Angleterre, mademoiselle Gabby, hormis vous et moi. Jamais je ne parlerais des histoires de famille à des étrangers, sur le bateau ou ailleurs, vous pensez bien ! Certains doivent être au courant à Ceylan, sans doute, mais surtout des indigènes.

— Alors, je vais vous demander une grande faveur, Jem, se hâta de déclarer Gabby avant de changer d'avis. Faites comme si vous aviez quitté mon frère tout de suite après la rédaction de ces lettres, comme si vous n'aviez pas assisté à sa mort. Je vous en prie, faites comme si vous supposiez mon frère encore en vie à Ceylan.

Jem écarquilla les yeux et émit un petit sifflement à peine audible.

— J'accepterais volontiers pour vous, mademoiselle Gabby, admit-il, mais la vérité finira bien par éclater, et alors qu'adviendra-t-il de nous ?

— Rien de pire que ce qu'il nous arrive, et même sans doute beaucoup mieux, affirma Gabby. Il nous faut juste un peu de temps et un peu de chance.

— Gabby, tu ne te réjouis pas ? Nous allons à Londres ! s'exclama Beth en se jetant dans les bras de sa sœur pour l'étouffer de baisers. Claire fera son entrée dans le monde, et nous irons visiter la ville ! Oh, Gabby, je n'ai jamais quitté le Yorkshire de ma vie !

— C'est notre cas à toutes les trois, lui rappela Claire.

Elle vint les rejoindre d'un pas calme, comme il convenait à une jeune personne bien éduquée, mais ses yeux brillaient d'excitation, et elle avait du mal à se retenir de gambader en regardant Beth.

— Londres sera un événement pour nous trois ! assura Gabby avec un sourire qu'elle espérait convaincant, tandis que Jem la fixait comme si elle s'était soudain transformée en animal fantastique.

— Cela veut-il dire que nous aurons de nouvelles toilettes ? s'enquit Claire qui n'osait encore y croire.

Elle était fort coquette, et passait bien du temps plongée dans les magazines féminins, bannis par son père, lorsqu'elle en trouvait un par hasard. Sans être prétentieuse, elle était consciente de sa beauté et se préoccupait beaucoup des nouveautés en matière de coiffure ou des derniers caprices de la mode. Elle avait toujours rêvé de faire son entrée dans le monde, sans toutefois nourrir le moindre espoir, vu les circonstances, et elle s'était accommodée de cette situation avec beaucoup de sagesse.

Et voilà que soudain, son rêve allait se réaliser !

Malgré les risques, Gabby était profondément heureuse de lui offrir cette chance.

— Certainement, répondit-elle enfin en évitant de regarder Jem. Une garde-robe complète pour chacune de nous ! ajouta-t-elle, jetant toute prudence aux orties.

Le feu dans la cheminée crépita de nouveau, et elle tressaillit. Tandis que ses sœurs commentaient avec ravissement leur bonne fortune, elle jeta un coup d'œil nerveux à l'âtre.

Pourquoi ne pouvait-elle s'empêcher de penser que, si pures que fussent ses motivations, elle venait de signer une sorte de pacte avec le diable ?

2

Environ deux semaines plus tard, le vieil équipage du comte de Wickham cahotait sur les routes ravinées en direction de Londres. Stivers et la gouvernante, Mme Bucknell, ainsi qu'un valet de chambre et une cameriste étaient partis quelques jours auparavant afin d'ouvrir la maison de famille de Grosvenor Square, inhabitée depuis une dizaine d'années, et d'engager le personnel d'appoint nécessaire à sa bonne marche.

Contrarié et bougon, Jem se tenait à l'extérieur, près du cocher, John, la casquette rabattue sur les yeux afin de se protéger du crachin. Bien à l'abri, Claire et Beth bavardaient avec animation, sous l'œil indulgent de Twindle, la vieille gouvernante qui était arrivée dans la maison avec la mère de Claire et y était restée après son décès. Installée en face de Claire sur la banquette défraîchie qui sentait un peu le moisi, Gabby souriait de temps à autre, les yeux rivés sur la lande qu'elles s'apprêtaient à quitter. La bruyère détrempée, le ciel bas, la pluie incessante lui étaient aussi familiers que les pièces de Hawthorne Hall, et elle s'aperçut soudain qu'ils lui étaient également précieux. Elle n'avait jamais connu d'autre foyer, et elle comprit, avec un pincement au cœur, qu'une fois leur aventure terminée, il était probable que leur avenir résiderait ailleurs.

Après avoir pris sa décision, elle avait dû affronter bien des nuits sans sommeil, tourmentées d'affreux remords. Ce qu'elle faisait était mal, mais il aurait été pis encore de priver ses sœurs de ce à quoi elles avaient droit. Elle apaisait sa conscience en se rappelant que, si aucune catastrophe ne venait tout gâcher, elle n'avait pas l'intention de jouer éternellement la comédie. Dès que Claire serait mariée, elle « apprendrait » la mort de Marcus, et mettrait fin au mensonge. Elle ne faisait que gagner un peu de temps. Où était le mal ?

— Ta jambe te tracasse, Gabby ? demanda Claire tandis que Beth discutait avec Twindle des lieux qu'une jeune fille pouvait visiter à Londres.

Selon la gouvernante, l'Amphithéâtre *Astley* et le zoo étaient acceptables, mais Covent Garden – « comment avez-vous seulement entendu prononcer ce nom, mademoiselle Beth ? » – était absolument hors de question.

Habituée depuis l'enfance à l'infirmité de sa sœur, qu'elle ne considérait d'ailleurs pas comme une infirmité mais comme faisant partie de Gabby au même titre que sa chevelure rebelle, Claire ne semblait pas inquiète outre mesure.

— J'avais l'air de souffrir ? s'étonna Gabby avec un petit sourire. Non, je vais bien. Je réfléchissais seulement à toutes les choses que nous aurons à faire en arrivant.

— Tu crois que tante Salcombe acceptera de prendre Claire sous son aile ? dit brusquement Beth, les sourcils froncés

Bien qu'elle fût trop jeune pour participer aux réceptions, bals et soirées organisés dans le fabuleux bastion de la haute société qu'était *Almack*, elle se mêlait avec enthousiasme de tout ce qui touchait de près ou de loin à l'entrée dans le monde de sa sœur.

— Je n'en suis pas certaine, naturellement, mais je l'espère. Après tout, elle m'avait invitée à faire mon entrée dans le monde sous son égide lorsque j'ai eu dix-huit ans. Puisqu'elle n'avait pas d'enfant, disait-elle, elle adorerait présenter sa nièce à la bonne société. Claire est autant que moi sa nièce, et elle est bien plus susceptible de faire sensation que je ne l'étais ! conclut Gabby avec un clin d'œil à Claire.

Elle se garda de préciser que lorsque son père avait entendu parler de ce projet, qui enchantait la jeune fille qu'elle était alors, il avait éclaté de rire. Sa sœur Augusta ne se rendait pas compte que sa fille aînée était une infirme et qu'elle lui ferait honte dans les réceptions où l'on daignerait l'inviter. Gabby n'avait pas eu le privilège de lire la réponse que le comte avait envoyée à sa sœur, mais l'invitation avait été annulée et jamais renouvelée.

D'abord effondrée, Gabby avait fini par se dire que cela valait sans doute mieux. Elle n'aurait pu laisser Beth et Claire, alors âgées de huit et onze ans, seules avec juste Twindle et Jem pour les protéger contre la méchanceté de leur père. Quant au mariage, qui était le but ultime de toutes ces frivolités, il ne pouvait en être question, car jamais elle ne les aurait abandonnées définitivement. Or leur père n'aurait pas laissé les petites venir vivre avec elle à Londres ou chez son éventuel époux. Ce que Matthew Banning possédait, il ne le lâchait pas, qu'il y accordât de la valeur ou non.

— Lady Salcombe est très à cheval sur l'étiquette, mademoiselle Gabby, intervint Twindle, l'air sombre.

Ayant vécu des années à Londres avant de venir à Hawthorne Hall, elle avait beaucoup entendu parler des nobles qui évoluaient dans les milieux à la mode.

— Eh bien, si elle refuse de nous aider, nous nous débrouillerons seules ! déclara Gabby avec un entrain artificiel.

Bien que peu familiarisée avec les us et coutumes de la capitale, elle n'ignorait pas que l'aide de leur tante serait de la première importance dans la réussite de la saison pour Claire. Définitivement vieille fille elle-même, Gabby se sentait parfaitement qualifiée pour chaperonner sa sœur. Et leur statut de filles d'un comte, même aussi misanthrope et excentrique que l'avait été lord Wickham, leur donnait droit à une certaine place dans la société. Mais elle ne connaissait des manières et des rites de la capitale que ce qu'elle en avait lu dans des livres ou appris de la bouche de Twindle, ainsi que ce qu'elle avait observé des relations souvent peu fréquentables de son père. En outre, elle ne connaissait presque personne à Londres. Certes, si lady Salcombe leur refusait son aide, elles s'en arrangeraient, mais beaucoup moins bien que si elle leur accordait son amitié.

Gabby ne cessait de se répéter qu'il fallait tirer le meilleur parti de ce laps de temps arraché au destin. Claire n'aurait sans doute qu'une saison.

— Connais-tu d'autres personnes susceptibles de nous patronner, si lady Salcombe refuse ? insista Beth.

— À part le cousin Thomas et lady Maud, tu veux dire ?

Beth fit la grimace, et Gabby reprit :

— Oui, j'ai quelques relations, mais je préfère commencer par lady Salcombe. Elle est – en tout cas, elle était autrefois – un pilier de la bonne société.

Gabby tenta de détourner la conversation en demandant si le village qu'elles apercevaient par la vitre était ou non celui de West Church. S'il lui semblait préférable de garder la nouvelle de la mort de Marcus secrète, de cacher à ses sœurs le caractère presque désespéré de ce voyage, elle ne tenait pas non plus à leur faire remarquer combien leur famille était peu conventionnelle. Bien qu'elle eût des parents de haut rang en dehors de ceux de son père, il était pour le moins douteux qu'ils acceptent d'aider Claire. Jamais ils n'avaient témoigné le moindre intérêt pour Gabby ou ses sœurs, jamais ils n'avaient mis les pieds à Hawthorne Hall.

Tous les enfants du comte avaient eu des mères différentes, et celles-ci n'étaient pas à égalité sur l'échelle sociale.

Celle de Marcus, Elise de Melancon, était venue à Londres de Ceylan pour la saison dans l'espoir de trouver un parti intéressant. Elle était à la fois fort belle, très bien née et colossalement riche. Son union avec le comte de Wickham avait satisfait leurs familles, mais au bout de deux petites années passées auprès de son époux, la ravissante comtesse avait tellement peu apprécié la vie conjugale qu'elle s'était enfuie avec son fils pour Ceylan.

Lorsqu'elle était morte, quelques années plus tard, le comte était retourné à Londres afin de trouver une nouvelle épouse. Cette fois, la malheureuse victime avait été la mère de Gabby, lady Sophia Hendred, de bonne lignée, mais ni très belle ni très riche. Elle avait succombé en accouchant d'un enfant mort-né trois ans après la naissance de sa fille.

La mère de Claire, Marie Dysart, fort belle mais de naissance juste convenable, avait attiré l'attention du comte à Bath, et l'on considéra qu'elle se mariait au-dessus de sa condition lorsqu'elle l'épousa. Elle eut tout juste le temps de mettre Claire au monde avant de mourir de consomption.

La mère de Beth, quant à elle, était la fille d'un obscur pasteur. Heureusement pour la pléiade de jeunes filles qui restaient à marier, lorsque l'ancienne Mlle Bolton avait trouvé la mort en se brisant le cou dans les escaliers de Hawthorne Hall, le comte avait déjà eu un accident de cheval qui l'avait cloué dans un fauteuil roulant pour le reste de son existence.

Aucune autre comtesse n'avait donc agrémenté la demeure de sa présence, et Gabby avait joué le rôle de maîtresse de maison ainsi que de mère de substitution pour ses sœurs, ce qui lui convenait à merveille.

— Tu te rends compte, Claire, l'année prochaine, à cette époque, tu seras sans doute une femme mariée ! s'écria Beth en se trémoussant sur son siège.

Avec tous les cahots de la route, il ne semblait pas utile de s'agiter davantage, mais la jeune fille ne tenait plus en place depuis que ce voyage avait été décidé.

— J'y ai déjà songé, avoua Claire, un peu troublée en se tournant vers sa sœur aînée. À vrai dire, je... je ne suis pas sûre de tenir à me marier. Je n'ai pas envie de vous quitter, toutes les deux et... et j'ai peur que le monsieur ressemble... à papa.

Cette déclaration laissa ses compagnes sans voix.

— Tu ne seras jamais obligée de te marier contre ton gré, déclara finalement Gabby.

Elle le pensait profondément, pourtant, à l'idée que tout son plan pût ne servir à rien, elle en avait des sueurs froides. Jamais elle n'avait envisagé cela ! Elle s'était toujours imaginé que Claire, avec son cœur sensible et sa grande beauté, tomberait immédiatement amoureuse dans un monde peuplé de beaux et riches jeunes gens. Sinon... Ma foi, elles verraient le moment venu !

— Quant à la ressemblance de ton futur mari avec papa, eh bien, je ne crois pas que beaucoup d'hommes soient avares quand ils ont de l'argent, ou cruels, ou... aussi peu affectueux que lui avec leurs femmes et leurs enfants, alors ne t'inquiète pas trop pour cela.

— En effet ! renchérit Twindle. Sa Seigneurie était une exception, faites-moi confiance !

— Et puis, peut-être que nous viendrons toutes habiter avec toi, quand tu seras mariée, ajouta Beth en souriant. Ainsi tu ne nous perdras pas.

Gabby se sentait en terrain peu sûr, et elle préféra une fois de plus changer de conversation.

Après une nuit passée à Newark, ils reprirent la route et eurent leur premier aperçu de Londres au coucher du soleil. La voiture s'était arrêtée en haut d'une côte, et soudain la ville s'offrit à eux. Massées à la portière, les jeunes femmes s'extasièrent devant les toits et les bâtiments qui s'étalaient à perte de vue, traversés par le ruban sinueux de la Tamise, le tout étincelant tels des joyaux sous les rayons du couchant.

Toutefois, le temps de pénétrer dans la ville proprement dite avec ses rues encombrées de véhicules de toutes sortes, il faisait complètement nuit, et Gabby se félicita que ce fût la pleine lune. Ses sœurs et elle contemplaient, fascinées, la marée humaine au milieu de laquelle elles se frayaient un passage. Les réverbères coloraient d'orange le brouillard qui flottait en nappe, et elles avaient l'impression de se trouver dans un autre monde. Elles s'aperçurent bien vite, cependant, que les piétons étaient pour la plupart sales et mal vêtus, tandis que les cavaliers ou les personnes qu'elles distinguaient dans les voitures semblaient distants ou même carrément méprisants.

Provenant des caniveaux charriant les eaux usées qui dévalaient les rues, une odeur nauséabonde pénétrait dans l'habitacle, et les trois sœurs plissaient le nez en échangeant des regards consternés. Les maisons délabrées étaient si serrées qu'elles formaient une unique façade, coupée à intervalles irréguliers par de sombres ruelles dans lesquelles de sinistres silhouettes s'engouffraient furtivement. Comme elles remarquaient un individu particulièrement louche, Claire se fit l'interprète de ses compagnes : avec leur équipage fatigué sur les portières duquel les armes de la famille étaient à demi effacées, elles risquaient peu d'être attaquées.

Lorsqu'elles pénétrèrent dans Mayfair, identifié avec soulagement par Twindle, les rues devinrent moins encombrées, la foule moins inquiétante. Elles arrivèrent enfin devant l'allée de graviers qui menait à Wickham House, affamées, épuisées, plutôt désenchantées. Claire avait des nausées, et Gabby fut heureuse d'emplir ses poumons d'air frais lorsque Jem vint lui ouvrir la portière et déplier le marchepied.

— Ouf ! s'écria-t-elle. Encore un peu et nous étions toutes malades !

Elle resserra les pans de sa cape autour d'elle, pour se protéger de la fraîcheur de cette nuit d'avril. Au moins, songea-t-elle, cherchant à rester positive, il ne pleuvait plus, bien qu'il restât des flaques entre les pavés.

— Il n'est pas trop tard pour renoncer à votre projet insensé, mademoiselle Gabby, murmura Jem.

Elle soutint son regard durant quelques secondes chargées d'intensité. L'ennui, avec les vieux domestiques, c'était qu'ils n'hésitaient pas à dire ce qu'ils avaient sur le cœur, même si c'était désagréable à entendre !

— Si, il est trop tard. Ma décision est irrévocable, Jem, alors il est inutile de continuer à m'ennuyer avec ça ! répliqua-t-elle sèchement.

— Croyez-moi, mademoiselle, rien de bon ne sortira de toute cette histoire, marmonna-t-il.

Il fut néanmoins contraint de se taire quand Beth apparut à son tour à la portière. Gabby regarda autour d'elle tandis que ses compagnes venaient la rejoindre. Des réverbères brûlaient aux quatre coins du square, et leur lumière ajoutée à celle de la lune permettait d'y voir assez bien. Une carriole descendait la rue, conduite par un marchand ambulant qui criait d'une voix lasse : « Mes tourtes ! Achetez mes tourtes ! » Une élégante calèche passa devant eux et, entre les rideaux, Gabby aperçut un couple en tenue de soirée. Au centre du square, deux gamins en haillons discutaient avec un homme muni d'une lanterne que Gabby soupçonna d'être chargé de la sécurité.

— Franchement, Claire, disait Beth, outrée, tu es trop grande pour être malade en voiture !

Gabby ne put s'empêcher de sourire à son intonation courroucée, puis cessa de prêter attention à ses sœurs. Ravie, elle contemplait la demeure qui se dressait devant elle. De toute évidence, Stivers et Mme Bucknell avaient fait des merveilles ! Bien qu'elle eût été fermée depuis des années, elle ne semblait en rien différente de ses voisines. C'était même l'une des plus somptueuses, et elle paraissait fort bien entretenue.

Beth vint la rejoindre en brossant ses vêtements d'un air dégoûté.

— La prochaine fois, c'est toi qui t'assiéras près d'elle !

Claire apparut à la portière, pâle et défaite telle une jonquille après la tempête.

— Je suis navrée, Beth, s'excusa-t-elle.

— Allons, mademoiselle Beth, intervint Twindle, votre sœur ne supporte pas la voiture, elle n'y peut rien. Quant à vous, il n'est pas convenable que vous parliez de ces choses, je vous l'ai répété cent fois.

— Rendre son repas sur la robe de sa sœur est encore moins convenable, si vous voulez mon avis, rétorqua vertement Beth alors que Jem et Twindle s'affairaient autour de Claire qui se répandait en excuses.

Gabby, habituée depuis longtemps à ces petites querelles, reporta son attention sur la demeure.

La façade en brique, avec son perron de pierre aux rampes de fer forgé et ses trois étages, était impressionnante. Le travail accompli en quelques jours était stupéfiant : tout rutilait, depuis le marteau de cuivre jusqu'aux quatre rangées de fenêtres. Mais le plus étonnant était que les lampes de chaque côté de la porte étaient allumées en signe de bienvenue et que toutes les pièces étaient illuminées, comme si l'on donnait une réception.

— Stivers a parfaitement anticipé notre arrivée, tu ne trouves pas ? s'exclama Beth, pleine d'admiration.

Derrière elles, le cocher déchargeait déjà les bagages que Jem empilait à mesure tandis que Twindle continuait à s'occuper de Claire.

— Attention à ce sac ! cria la gouvernante d'une voix aiguë. Il contient le vanity-case de Mlle Claire !

Le cocher lui répondit d'un grognement inintelligible.

— En effet, Stivers a accompli un travail remarquable, approuva Gabby, tout en songeant qu'il faudrait à l'avenir que le majordome se montre plus économe de bougies.

Une telle prodigalité n'était d'ailleurs pas dans la nature du brave homme, se dit-elle, un peu perplexe, en se dirigeant vers les marches.

Un escalier était toujours une épreuve pour elle, et c'était seulement en montant lentement qu'elle avait le moins de risques de trébucher. Beth la suivait, Twindle, soutenant Claire, fermait la marche.

Avant que Gabby l'eût atteinte, la porte s'ouvrit sur un domestique inconnu. Sans doute une nouvelle recrue engagée par Stivers. Derrière lui, les pièces de réception étaient éclairées, comme à l'hôtel de ville de York où, par deux fois, du temps de leur père, Claire était allée au bal chaperonnée par sa sœur aînée.

— Bonjour, dit-elle avec un sourire en arrivant en haut des marches. Comme vous l'avez sans doute deviné, je suis lady Gabriella Banning, et voici mes sœurs, lady Claire et lady Elizabeth, ainsi que Mlle Twindlesham.

— Nous vous avons attendues tout l'après-midi, en effet, milady, fit l'homme en s'inclinant. Dois-je envoyer quelqu'un chercher vos bagages ?

— Oui, je vous remercie.

Gabby pénétra dans le hall et fut aussitôt frappée par la chaleur qui émanait de la demeure. Jamais on n'aurait pu imaginer qu'elle n'avait pas été habitée depuis dix ans. Le sol de marbre luisait, le lustre scintillait, un trumeau sur la droite reflétait les murs tapissés de crème et de vert, le cadre du miroir ainsi que ceux des nombreux tableaux semblaient avoir été récemment redorés. Le tapis oriental paraissait avoir été déroulé la veille tant ses couleurs étaient vives, et la rampe du large escalier était impeccablement cirée. On ne décelait aucune odeur de moisissure ni même de simple humidité. Des fleurs printanières mêlaient leur parfum à celui de la cire d'abeille et… d'un souper ? Non ! Stivers n'avait pu prévoir l'heure de leur arrivée avec une telle précision.

Comme elle ôtait ses gants, Gabby fronça les sourcils. Elle entendait en arrière-plan des bruits de conversations.

— Mademoiselle Gabby, mademoiselle Beth, mademoiselle Claire, soyez les bienvenues !

Stivers, habituellement guindé, arborait un large sourire tandis qu'il se hâtait vers les jeunes femmes.

— Pardonnez-moi, mademoiselle Gabby, poursuivit-il, je vous ai guettées toute la journée et je voulais être là moi-même pour vous accueillir, mais j'ai dû aller régler un petit problème en cuisine. Le chef de Sa Seigneurie – vous connaissez ces Français ! – n'a aucune idée de la façon dont on doit se comporter dans une cuisine anglaise. Mais j'ai tout arrangé pour le mieux. J'espère seulement que ses plats étranges conviendront à votre palais délicat, mademoiselle Claire, ajouta-t-il, presque paternel.

— Vous avez accompli des miracles, Stivers, le complimenta Gabby, qui n'arrivait cependant pas à se défaire d'un sentiment de malaise. Que vouliez-vous dire en parlant du cuisinier de Sa Seigneurie ? Auriez-vous débauché l'employé d'un de nos voisins ?

C'était une demi-plaisanterie, mais le joyeux sourire qui s'épanouit sur le visage du domestique accrut encore l'inquiétude de Gabby. Depuis qu'elle le connaissait – autant dire depuis sa naissance –, jamais elle n'avait vu Stivers si rayonnant.

— Non, mademoiselle Gabby. C'est le chef de Sa Seigneurie, celui qu'il a ramené de ses lointains voyages. Sa Seigneurie, votre frère, le comte de Wickham. Il est là, mademoiselle Gabby !

Gabby en resta un instant muette de stupéfaction.

— Wickham, ici ? De quoi parlez-vous, Stivers ? demanda-t-elle quand elle se fut un peu ressaisie.

À cet instant, les portes de la salle à manger s'ouvrirent, et une foule chatoyante et gaie envahit le hall.

— Nous allons être en retard pour le spectacle, se plaignait une blonde pulpeuse au profond décolleté en s'accrochant au bras d'un homme de haute taille aux cheveux bruns, élégamment vêtu d'une tenue de soirée noire.

Stivers toussota discrètement.

— Monseigneur…

L'homme, qui se tenait au milieu des invités, tourna la tête et s'immobilisa, ainsi que ses compagnons. Gabby devint soudain le centre de l'attention générale.

Consciente de la pauvre allure qu'elles avaient toutes les quatre avec leurs tristes vêtements de deuil auxquels, elle le craignait, s'accrochait une faible odeur de vomi, Gabby eut envie de rentrer sous terre. Puis elle se rendit compte qu'elle se sentait déplacée parmi des inconnus qui, de façon incompréhensible, se conduisaient comme s'ils étaient chez eux dans *sa* demeure, et elle se redressa, leva le menton, haussa les sourcils, altière.

Un bref instant, ses yeux et ceux de l'inconnu se croisèrent. Il les avait très bleus sous d'épais sourcils noirs. Il devait avoir entre trente et trente-cinq ans, il était fortement hâlé, comme quelqu'un qui revient d'un pays ensoleillé. Il avait un beau visage viril, une silhouette athlétique mise en valeur par la veste noire à queue de pie, la culotte moulante et les bas de soie.

— Ah, vous voici enfin ! dit-il avec cordialité comme s'il les attendait, avant de se dégager du bras de sa compagne. Mesdames, messieurs, veuillez m'accorder un instant afin que j'accueille mes sœurs comme il se doit.

Gabby en resta bouche bée.

— Gabriella, je suppose, dit-il avec un sourire en lui prenant la main qu'il porta à ses lèvres. Bienvenue à Wickham House. J'espère que le voyage n'a pas été trop fatigant ?

3

Elle n'avait rien de remarquable, à part la façon altière dont elle le regardait, se dit-il. Et cette hauteur l'intriguait. Fille de comte, sans doute, mais elle n'était tout de même plus de la première jeunesse, elle était trop mince, mal fagotée, un peu décoiffée. Bref, contrairement à la superbe créature pendue à son bras, elle ne pouvait guère retenir l'attention d'un amateur de femmes tel que lui.

Il s'efforça donc de la remettre à sa place et, à sa grande joie, y parvint dès les premiers mots. En vérité, lorsqu'il porta la main de la jeune femme à ses lèvres, elle paraissait aussi choquée que s'il l'avait frappée. Sa bouche frémissait, mais elle était incapable de prononcer une parole, elle écarquillait les yeux, et ses doigts délicats étaient glacés. Son visage était soudain devenu d'une pâleur mortelle.

Sa réaction était excessive, même si la présence de son frère à Londres lui causait une vive surprise. Il fronça les sourcils. Savait-elle ?

Non. Il aurait fallu qu'elle fût douée de seconde vue, se rassura-t-il. Le chemin qui l'avait mené jusqu'ici, personne ne le connaissait à part lui et quelques amis sûrs. Il avait pisté l'assassin de Marcus jusqu'à Colombo, où il avait perdu sa trace. Son instinct l'avait amené aux docks, il avait flairé de nouveau la piste et était arrivé à Londres où il avait enfin retrouvé sa proie en train de pourrir dans un hôtel borgne à l'odeur si pestilentielle qu'un cadavre pouvait y passer inaperçu pendant trois jours. De toute évidence, quelqu'un était passé avant lui, et ce quelqu'un – l'homme qui avait commandité la mort de Marcus – était sa véritable cible. Il ne lui restait plus qu'à le coincer, or le meilleur moyen d'y parvenir était de se faire passer pour Marcus. L'assassin, pensant que son premier sbire avait échoué dans sa mission, ferait sûrement une nouvelle tentative. Cependant, jusqu'à présent, sa ruse n'avait pas porté ses fruits. Il avait eu beau s'exhiber à Londres dans tous les milieux, l'homme, il devait le reconnaître, avait été assez intelligent pour ne pas se manifester.

Et voilà qu'il se retrouvait face à la sœur de Marcus, qui le regardait comme s'il était tombé du ciel. Pourtant elle n'avait aucun moyen de savoir qu'il n'était pas Marcus... Sauf si elle avait un espion à Ceylan.

Immobile, il la considérait avec attention entre ses paupières mi-closes. Elle était en grand deuil, et son étonnement devant sa présence lui semblait totalement disproportionné... Mais si elle avait récemment perdu un proche, que faisait-elle en ville ? Il avait appris par la volubile Mme Bucknell que la jeune femme était venue dans la capitale pour que sa sœur fasse son entrée dans le monde, et c'était là la raison de cette arrivée inopportune qui gênait ses projets. Tandis qu'il la passait en revue, il nota que ses vêtements étaient non seulement démodés mais aussi fort usés. Elle devait les porter depuis un certain temps déjà.

Alors, comment interpréter sa réaction ? Était-ce le genre de femme qui détestait ce qui sortait de la routine ?

À voir son petit visage déterminé, il n'y croyait guère.

— M... Marcus ? dit-elle d'une voix basse, étrangement enrouée.

— Est-ce une telle surprise, ma chère sœur ? demanda-t-il en souriant.

Encore un peu inquiet, il plongea son regard dans les iris gris et limpides qui le rassurèrent. Cette femme, cette très convenable lady, ne dissimulait aucun secret. Elle ne voyait en lui que son frère aîné, un homme qu'elle ne connaissait pas, venu de l'autre bout du monde, mais qui tenait son avenir entre ses mains, ainsi que celui de ses sœurs. Vue sous cet angle, sa réaction pouvait fort bien être de la contrariété et devenait alors beaucoup plus compréhensible. Il était clair que le deuil qu'elle portait n'était pas pour Marcus Banning, septième comte de Wickham. En d'autres termes, pas pour lui.

Légèrement rassuré, il se tourna vers les autres arrivantes qui ne semblaient pas surprises outre mesure. La vieille dame le jaugeait, les yeux plissés, et il en déduisit qu'elle était une sorte de gouvernante veillant sur ces jeunes personnes qu'on avait placées sous sa responsabilité. La belle fille – si belle qu'il en resta un instant bouche bée avant de se ressaisir – appuyée au bras de la dame était certainement la seconde sœur, Claire. Et la plus jeune, toute ronde et souriante sous sa crinière rousse, était Elizabeth.

Forcément.

— Marcus ! C'est bien vous ?

Elizabeth avançait vers lui de sa démarche dansante, les mains tendues, mais Gabriella, qui semblait avoir plus ou moins retrouvé ses esprits, la retint par le bras. L'adolescente souriait, rayonnante.

— C'est moi, en effet, répondit-il en lui prenant les mains.

Gabriella avait lâché sa sœur à contrecœur, et il résista à l'envie de la regarder.

— Et vous, vous devez être Elizabeth, reprit-il.

— Oui, mais on m'appelle Beth.

— Va pour Beth.

Toujours souriant, il se tourna vers la troisième sœur, sans cesser de sentir sur lui le regard de l'aînée, inquiet comme celui d'un oiseau face à un serpent.

— Et vous, vous êtes Claire, dit-il.

La jeune beauté lui sourit timidement. Dieu, qu'elle était jolie ! Il allait avoir du mal à ne pas oublier qu'elle était sa sœur !

— Oui.

Il était de plus en plus gêné par le regard insistant de Gabriella. Il décida cependant de l'ignorer.

— Voici Mlle Twindlesham, dit-elle. Elle veille sur nous depuis des années.

Il s'inclina.

— Bienvenue à Wickham House, mademoiselle Twindlesham.

— Merci, monseigneur, répondit la gouvernante.

Elle lui adressa un aimable sourire, et il eut l'impression d'avoir passé l'examen avec succès. Claire souriait aussi, et la petite Beth était visiblement séduite. La seule qui ne semblât pas ravie de le rencontrer était Gabriella qui continuait à le fixer d'un air méfiant.

— Allez-vous enfin nous présenter vos sœurs, Marcus ?

Belinda vint de nouveau se pendre à son bras. L'épouse de lord Ware, un vieillard infirme qui ne quittait jamais le Devonshire, se rendait régulièrement à Londres où, malgré son goût invétéré du jeu et des hommes, elle était reçue dans les meilleures familles. Il l'avait rencontrée lors d'une partie de cartes peu après son arrivée à Londres, et elle était rapidement devenue sa maîtresse. Cependant sa possessivité commençait à l'irriter sérieusement et, bien qu'elle fût tenue pour une beauté, elle ne supportait pas la comparaison avec… la jeune Claire, par exemple.

Il obtempéra néanmoins sans manifester son agacement.

— Lady Ware, permettez-moi de vous présenter lady Gabriella, lady Elizabeth, lady Claire Banning et Mlle Twindlesham.

Gabriella tendit deux doigts à lady Ware en murmurant quelques mots polis, mais elle ne semblait guère honorée. Les deux plus jeunes offrirent leur main, la gouvernante esquissa une révérence. Il termina les présentations avec un geste en direction de ses autres invités.

— Et voici lady Alicia Monteigne, Mme Armitage, lord Denby, l'Honorable M. Pool.

L'échange de politesses fut interrompu par Stivers qui, après un bref entretien avec le valet de pied, s'approcha du groupe.

— Oui, Stivers ?

— Les voitures sont là, monseigneur.

— Merci.

Il se tourna vers ses amis qui, songea-t-il, amusé, ressemblaient à des perroquets bigarrés groupés autour dc quatre corbeaux.

— Si nous ne voulons pas rater le spectacle, il faut partir, déclara-t-il. Gabriella, Claire, Beth, nous parlerons davantage demain matin. Stivers va s'occuper de vous.

On apporta manteaux, capes, chapeaux, cannes et gants, puis la joyeuse assemblée sortit dans la fraîche nuit d'avril. Comme il jetait un dernier coup d'œil en arrière, Wickham vit que Gabriella s'était retournée vers la porte. Leurs regards se retinrent fugitivement avant que le battant ne se referme. Et, tandis qu'il s'installait dans le cabriolet près de la pulpeuse Belinda, il réfléchit, songeur, à l'expression de la jeune femme. Il lui fallut quelques instants pour se rappeler où il avait vu la même, mais lorsque la mémoire lui revint, ce fut plus troublant encore. Il s'agissait d'un jeune soldat, en campagne, qui avait reçu un éclat d'obus en pleine poitrine. Durant les quelques secondes avant qu'il s'effondre, son regard n'avait exprimé ni la douleur ni l'horreur, comme on aurait pu s'y attendre, mais une immense incrédulité.

C'était exactement ce qui s'était passé dans celui de Gabriella : une immense incrédulité.

4

— Je dois dire, s'écria Beth avec enthousiasme une fois la porte fermée, que notre frère est vraiment épatant ! Avez-vous jamais vu un homme aussi beau, aussi séduisant, aussi parfait ?

— En tout cas, c'était une surprise de le trouver ici, même s'il nous avait averties dans sa lettre qu'il risquait de venir nous rejoindre à Londres. Et je suis de ton avis, il semble charmant, il a beaucoup de classe, fit Claire avant de se tourner vers Gabby, l'air pensif. Crois-tu que nous pourrions nous commander des toilettes dès demain ? Il était visible que lady Ware et ses compagnons nous ont trouvées horriblement provinciales. Quelle robe elle portait ! Je n'en ai jamais vu de plus jolie. Crois-tu que ce genre de tenue m'irait ?

— Certainement pas, sauf si tu as l'intention de passer pour une fille de petite vertu, rétorqua sèchement Gabby qui retrouvait ses esprits maintenant que son frère supposé mort était parti.

— Ce n'est absolument pas la robe qui convient à une débutante ! renchérit Twindle. Et vous, mademoiselle Beth, ne vous ai-je pas dit cent fois que le mot « épatant » était inconvenant dans la bouche d'une jeune fille ? Les gens auront une bien piètre opinion de vous s'ils vous entendent parler ainsi.

— Mesdemoiselles ! Stivers vient seulement de me prévenir de votre arrivée !

Petite et dodue, Mme Bucknell fit irruption dans la pièce, son visage rose épanoui malgré l'intonation scandalisée.

— N'est-ce pas une merveilleuse surprise que de trouver Sa Seigneurie à la maison ? J'ai cru qu'il allait nous renvoyer chez nous, Stivers et moi, puisqu'il avait déjà tout le personnel requis, mais lorsque nous lui avons dit que vous arriviez pour la saison de Mlle Claire, il nous a priés de rester et de diriger la maisonnée, ce que nous avons accepté de grand cœur, naturellement. Mais vous semblez épuisées, surtout vous, mademoiselle Claire. Vous avez certainement envie de monter vous rafraîchir dans vos chambres. Souhaitez-vous que nous vous servions ensuite le souper dans la salle du petit déjeuner, puisque la salle à manger est tout en désordre après la réception de Sa Seigneurie ? À moins que vous ne préfériez un plateau dans vos chambres ?

Gabby s'était suffisamment ressaisie pour remercier la brave femme et répondre à ses questions.

— Mlle Claire désire se mettre au lit tout de suite ! déclara fermement Twindle en saisissant la jeune fille par le bras.

Mme Bucknell, déplorant l'épreuve que représentaient les voyages pour les constitutions délicates, les accompagna elle-même dans leurs appartements. Au milieu de l'escalier, Twindle jeta un coup d'œil par-dessus son épaule.

— À vous de décider, mademoiselle Beth et mademoiselle Gabby, si vous montez aussi vous coucher. Toutefois laissez-moi vous rappeler que Londres ne va pas disparaître pendant la nuit.

Beth jeta un regard implorant à son aînée.

— Si j'allais me coucher tout de suite, je serais incapable de fermer l'œil. Je ne comprends pas que tu te retires aussi tôt pour notre première soirée en ville, Claire !

— J'ai la migraine, et mon estomac me joue des tours, se défendit la jeune fille.

— Bien sûr, va te reposer, Claire, dit Gabby. Monte aussi, Beth, au moins pour te laver les mains et le visage. Je te rejoindrai après m'être entretenue avec Stivers. Toi et moi souperons légèrement dans trois quarts d'heure. Un repas froid suffira, madame Bucknell. Ensuite, j'irai tout droit me coucher et, si tu veux visiter un peu Londres demain, Beth, je te conseille d'en faire autant, sinon tu seras d'une humeur de chien.

Beth fit la grimace mais, docile, suivit sa sœur et Twindle à l'étage. Quand elles furent hors de portée de voix, Gabby se tourna vers le majordome.

— Il était vraiment là quand vous êtes arrivé, Stivers ? demanda-t-elle à voix basse.

Il fronça les sourcils.

— Sa Seigneurie, vous voulez dire, mademoiselle Gabby ?

— Oui, Sa... Sa Seigneurie. Séjournait-il déjà à Wickham House quand vous êtes arrivé ? insista-t-elle.

— Mais oui, mademoiselle Gabby. J'ai appris de son valet, Barnet, que le comte était arrivé en Angleterre voilà deux semaines et qu'il était allé tout droit à Londres, avec l'intention de se rendre à Hawthorne Hall un peu plus tard.

L'expression de Gabby devait la trahir, car il demanda, inquiet :

— Quelque chose vous tracasse, mademoiselle Gabby ?

La jeune femme avait l'esprit en ébullition. Toutes ses inquiétudes, ses discussions avec Jem, ses nuits d'insomnie n'avaient apparemment plus aucune raison d'être, puisque Marcus était vivant! Et visiblement content de les voir.

C'était incroyable! Comment Jem avait-il pu se tromper à ce point? Peut-être Marcus avait-il seulement été blessé? Mais il n'avait pas l'air de quelqu'un qui aurait reçu récemment une balle... Au contraire, il semblait en pleine santé.

Quelque chose ne tournait pas rond.

— Tout va bien, Stivers, mentit-elle cependant en le gratifiant d'un faible sourire. Je suis seulement étonnée que mon frère soit ici.

— Nous l'avons été aussi, Mme Bucknell et moi, mais c'est une chance pour nous tous que le comte soit venu prendre la place qui lui revient de droit, n'est-ce pas?

— Absolument, dit Gabby en se dirigeant vers l'escalier.

La main sur la rampe, elle se retourna.

— Jem est allé remiser la voiture aux écuries, je crois. Voudriez-vous envoyer quelqu'un l'informer que je désire lui parler sur-le-champ? Installez-le dans une pièce tranquille et dites-lui que je le rejoindrai un peu plus tard.

— Bien, mademoiselle Gabby.

Stivers connaissait trop le lien qui unissait ses jeunes maîtresses avec le domestique pour s'étonner de cette requête. Il partit s'acquitter de sa mission, tandis que Gabby montait les marches en fouillant fiévreusement dans sa mémoire à la recherche des quelques souvenirs qui lui restaient de son frère, qu'elle avait vu une seule fois, lorsque son père l'avait, pour quelque obscure raison, convoqué à Hawthorne Hall. Marcus était alors un jeune homme de dix-sept ans, plutôt maigre, pas très grand, aux cheveux noirs, au teint clair et... il avait les yeux de quelle couleur?

Bleus, forcément. D'un indigo profond. Ne venait-elle pas de les voir, un quart d'heure auparavant ? Les yeux ne changeaient pas.

Mais pour le reste... Le jeune homme qu'elle se rappelait vaguement avait-il pu se transformer en ce magnifique athlète ?

Oui, sans doute, aussi étrange que cela parût.

Elle se souvenait aussi d'un garçon calme, timide, passionné de lecture. Et qui avait le mal du pays. Les quelques conversations qu'ils avaient partagées roulaient sur son grand-père, qu'il adorait, et sur l'envie qu'il avait de le retrouver, dans la maison familiale à Ceylan. Gabby l'avait envié d'avoir un grand-père aimant et un foyer agréable, même si celui-ci se trouvait sur une île païenne, comme disait leur père.

Puis on était venu le chercher, et il avait quitté Hawthorne Hall sans prévenir. Si elle avait demandé des explications, Gabby ne se souvenait pas des réponses qu'on lui avait fournies, mais sans doute s'en était-elle abstenue. Son père n'était pas le genre d'individu auquel on posait des questions personnelles.

Ni aucune question, d'ailleurs.

— Je vous ai installée dans les appartements de la comtesse, mademoiselle Gabby, si vous n'y voyez pas d'objections. Et voici Mary, votre camériste. Mary, j'espère que vous prendrez bien soin de lady Gabriella.

Tirée de ses pensées, Gabby leva les yeux vers Mme Bucknell qui tenait une porte ouverte pour elle. La femme de chambre, les yeux modestement baissés, exécuta une révérence. C'était une très jeune fille toute menue, le visage piqueté de taches de rousseur, la chevelure blond cendré, visiblement intimidée. Gabby lui sourit en passant devant elle.

La suite de la comtesse se composait d'une vaste chambre à coucher aux murs tendus de damas blanc cassé, les draperies du lit à colonnes étaient vieux rose, ainsi que les rideaux des deux hautes fenêtres. Un feu était allumé dans la cheminée – luxe que l'on ne s'était permis dans les chambres de Hawthorne Hall qu'après la mort du comte. La deuxième pièce, l'antichambre, était ornée de plusieurs miroirs, d'une coiffeuse munie de flacons et de divers coffrets, ainsi que de placards. La malle de Gabby attendait d'être ouverte devant l'un d'eux. Au fond de la pièce se trouvait une porte munie d'un bouton de cristal.

— Elle mène aux appartements de Sa Seigneurie, expliqua Mme Bucknell. Comme cette chambre était la plus grande et en très bon état, j'ai pris la liberté de vous y installer, mademoiselle Gabby, en espérant que cela ne vous gênerait pas qu'il y ait une porte de communication entre vous et votre frère. Ai-je bien fait ?

Pas très convaincue, Gabby assura cependant à la brave femme que cela lui convenait à merveille et, lorsqu'on apporta enfin l'eau chaude, elle se hâta, avec l'aide de Mary, de se laver les mains et le visage, puis de rectifier son chignon. Elle tenait à descendre avant Beth afin d'avoir quelques minutes de conversation en privé avec Jem.

Stivers la rejoignit au moment où elle arrivait au rez-de-chaussée.

— Il est dans la bibliothèque, mademoiselle Gabby. Si vous voulez bien me suivre…

Gabby pénétra dans une grande pièce tapissée de livres et attendit que Stivers eût refermé la porte derrière lui pour s'avancer vers Jem qui se tenait devant la cheminée, les mains dans le dos, l'air soucieux.

— Vous avez appris que mon frère était dans cette demeure ? demanda-t-elle en frottant nerveusement ses bras croisés. Dites-moi, comment est-ce possible ?

Jem, aussi perturbé que Gabby, secoua la tête.

— Ce n'est *pas* possible, mademoiselle Gabby ! Pas possible du tout ! Sa Seigneurie… Votre frère a bel et bien été tué dans son île lointaine. Je l'ai vu de mes propres yeux.

— Peut-être n'était-il que blessé, risqua-t-elle.

— Il était mort, mademoiselle Gabby. Je vous demande pardon, mais il a été touché au cœur. Je sais quand un homme est mort, à mon âge, je n'ai pas pu me tromper là-dessus.

Elle le regarda droit dans les yeux.

— Il faut que vous vous soyez trompé, Jem. Sinon... sinon cet homme qui se prétend mon frère est un revenant, ou un imposteur.

Jem était sombre.

— Je ne crois pas beaucoup aux revenants, mademoiselle Gabby.

— Moi non plus.

Gabby frissonna malgré la douce chaleur qui régnait dans la pièce.

— Mais, un imposteur, reprit-elle, cela paraît tellement invraisemblable ! En outre, il connaît nos prénoms...

De plus en plus troublée, elle se souvint cependant qu'il avait appelé Beth Elizabeth, avant qu'elle le reprenne. Or, lorsqu'il jouait avec elle, autrefois, à Hawthorne Hall, il utilisait son diminutif. Dans sa lettre, il parlait également de Beth. En outre, il avait utilisé le prénom de Gabriella, et non Gabby.

Mais cela ne signifiait pas grand-chose, finalement. Il était adulte, maintenant, et sans doute gardait-il un très vague souvenir d'elles trois.

Aussi vague que celui qu'elle avait de son frère.

— À quoi ressemble cet homme ? demanda lentement Jem.

Mais oui ! Le vieux serviteur avait vu son frère, il pourrait l'identifier formellement !

— Grand, élégant, les yeux bleu foncé, les cheveux noirs. Très séduisant.

Jem semblait sceptique.

— Pour la séduction, je n'y connais rien, c'est une affaire de femmes. Mais pour le reste... Oui, ça colle à peu près.

— Alors ce doit être Marcus ! s'écria Gabby, soulagée.

Avec son frère miraculeusement vivant, présent à Londres et apparemment décidé à aider Claire pour son entrée dans le monde, Gabby voyait enfin la fin de ses tracas. Elle n'aurait plus besoin de jouer la comédie ; la lettre qu'elle avait envoyée à l'avoué, accompagnée du message de Marcus, n'était plus un mensonge. Elle ne trompait plus personne, et Claire ne serait plus obligée de se marier de toute urgence.

— Qui que soit ce gentilhomme, mademoiselle Gabby, reprit Jem, il ne peut s'agir de Sa Seigneurie. Sauf si son corps est sorti de la tombe.

Les paroles du domestique soufflèrent sur sa petite flamme d'espoir. Comment avait-elle pu imaginer que tout s'arrangeait ? Rien n'était si simple, dans la vie.

— Il faut que vous le rencontriez. C'est le seul moyen de l'identifier avec certitude.

— C'est exactement ce que je pensais.

— Il est sorti, et il rentrera sûrement tard.

— Avec votre permission, mademoiselle Gabby, je vais attendre son retour ici et, lorsque je l'entendrai, je jetterai un coup d'œil.

— Je reste avec vous.

Jem secoua la tête.

— C'est pas la peine, mademoiselle Gabby. Allez vous coucher, je vous raconterai tout demain matin.

— Je n'arriverai pas à dormir ! protesta Gabby.

À cet instant, ils entendirent des bruits de voix dans le hall. Beth demandait si sa sœur était déjà descendue. Celle-ci soupira.

— Je dois rejoindre Beth. Je vais demander à Stivers de vous apporter un plateau et, dès que Beth sera montée dans sa chambre, je vous retrouverai ici.

— Je gâcherais ma salive à essayer de vous convaincre, j'en suis sûr, maugréa le brave homme.

— En effet.

Beth et Gabby partagèrent un léger repas froid avant d'aller explorer la demeure. Beth s'extasiait devant tout, de l'élégant salon au ravissant jardin et aux écuries. Gabby, moins expansive, était cependant fort impressionnée, elle aussi.

Quand elle fut enfin parvenue à se débarrasser de sa sœur, de Mary et des autres domestiques, il était plus de minuit, et elle semblait prête à se mettre au lit. Habituée à s'habiller seule, elle ôta sa chemise de nuit et enfila une robe qui, semblable en tout point à celle qu'elle avait portée dans la journée, avait du moins l'avantage d'être propre. Puis elle refit son chignon et descendit rejoindre Jem à la bibliothèque.

Ils passèrent un quart d'heure à discuter à voix basse sur l'utilité de sa présence puis, de guerre lasse, Jem finit par renoncer.

Ils s'installèrent dans des fauteuils de chaque côté de la cheminée et attendirent. Une heure passa, puis deux, puis trois...

La pendule venait de sonner 4 heures, et Gabby luttait pour ne pas s'assoupir dans son fauteuil à haut dossier quand un bruit la fit sursauter.

Jem aussi avait tressailli. Ils échangèrent un regard complice tandis qu'une porte se refermait, que des pas lourds résonnaient dans le hall. Ils se levèrent d'un même mouvement et Gabby se dirigea la première vers la porte sur la pointe des pieds.

5

Le comte de Wickham – si c'était bien lui – traversa l'entrée et prit un chandelier que l'on avait laissé allumé à son intention sur une console. Sa cape de soirée soulignait la largeur de ses épaules.

Un autre homme, encore plus impressionnant, sortit alors du salon, une main en écran devant la chandelle qu'il tenait aussi à la main. Wickham eut l'air un instant surpris, puis l'autre le rejoignit et ils se mirent à converser à voix basse.

— C'est Barnet, l'homme de confiance de Sa Seigneurie, chuchota Jem. Je l'ai croisé tout à l'heure dans la cuisine.

Ils se faufilaient le long du mur en direction de l'escalier, et le cœur de Gabby se mit à battre la chamade. Il y avait quelque chose d'effrayant dans le spectacle de ces deux individus qui complotaient au beau milieu de la nuit. Pour la première fois, elle fut intimement persuadée que ce personnage qui se prétendait son frère était un imposteur aux intentions malfaisantes.

— Alors, c'est bien Wickham ? souffla-t-elle.

Elle aurait tout donné pour que Jem lui dise qu'il s'était trompé, que Marcus était vivant, que c'était bien l'homme qui conversait avec ce géant dans le hall d'entrée. Ainsi elle aurait pu, en toute sérénité, aller jouir d'un repos bien mérité.

— Je vous le répète, mademoiselle Gabby, c'est impossible. Je ne l'ai pas encore bien regardé, mais je suis sûr de moi : votre frère est mort.

Ils continuaient à avancer, protégés par l'escalier et l'obscurité qui régnait dans cette partie du hall. Les lumières vacillantes des bougies jouaient sur les traits des hommes en alternance d'ombre et de lumière. Il était fort difficile de reconnaître un visage, et Gabby s'en voulut de ne pas avoir pensé à cette éventualité. Mieux valait attendre le jour. Elle serait si bien, au chaud dans son lit...

La chute se produisit si soudainement qu'elle fut incapable de l'éviter. Elle était en train de progresser lentement le long du mur lorsque son pied se prit dans quelque chose... Un coin du tapis, le pied du guéridon ? Elle trébucha, ses jambes se dérobèrent sous elle et elle se retrouva à plat ventre sur le sol.

— Qui va là ? aboya une grosse voix.

Elle avait heureusement eu le temps d'amortir sa chute avec les mains. Jem poussa un cri et se précipita à ses côtés. Il s'accroupit près d'elle, la saisit aux épaules en lui demandant si elle était blessée.

Elle ne prit pas garde à lui. Les yeux agrandis d'horreur, elle tourna la tête vers les deux hommes.

D'où elle se trouvait, elle ne voyait guère plus haut que leurs chevilles, qui lui semblaient énormes et menaçantes.

Prise dans la lumière des chandeliers, elle cligna des yeux afin de discerner les visages des hommes qui les tenaient à la hauteur de leurs têtes, mais elle ne distinguait que leurs yeux étincelants. Avec un sursaut d'effroi, elle vit le pistolet que son soi-disant frère tenait fermement à la main, braqué dans sa direction.

— Mais, c'est Gabriella ! s'exclama-t-il d'une voix radoucie.

Aussitôt, le pistolet disparut dans sa poche. Puis Wickham, si c'était bien lui, posa son chandelier et vint vivement à elle, suivi par son sbire.

Gabby avala sa salive avec peine et s'assit, s'efforçant d'ignorer ses membres douloureux. Ce fut tout ce qu'elle put faire pour conserver un semblant de dignité. Elle rassembla les plis de sa jupe sur ses jambes, et se rendit compte que son chignon avait lui aussi souffert de l'incident, que des mèches échappées des épingles retombaient autour de son visage. Ses paumes étaient meurtries, ses genoux aussi, et sa hanche ainsi que sa jambe faible la faisaient horriblement souffrir.

Pourvu qu'elle ne se soit rien cassé !

Les deux hommes se penchaient sur elle, et soudain, sa condition physique devint le cadet de ses soucis. Son « frère » les observait, Jem et elle, d'un air intrigué qui n'augurait rien de bon. Son homme de main semblait féroce, avec sa carrure de lutteur et son expression menaçante.

— Auriez-vous l'amabilité de me dire ce que vous faites dans le hall à cette heure de la nuit ?

Le calme de Wickham était plus effrayant que la pire des colères, et Gabby sentit sa bouche se dessécher.

En effet, que faisait-elle là ?

Avant qu'elle eût le temps de formuler une vague réponse, Wickham reprit, les yeux plissés :

— Vous m'espionniez, chère sœur ?

L'intonation faussement aimable fit frissonner Gabby. Le comte haussait les sourcils en un simulacre d'interrogation courtoise.

— Pas du tout, répliqua-t-elle froidement, prête à lui affirmer contre toute vraisemblance qu'il n'avait rien à voir avec sa présence dans le hall au beau milieu de la nuit.

Mais elle n'eut pas le loisir d'en dire plus ; Jem s'était dressé entre elle et les autres tel un vieux roquet merveilleusement courageux prêt à défendre sa maîtresse contre des loups affamés.

Et elle dut bien s'avouer que le chien de garde avait plus de chances qu'elle de réussir.

— Elle n'est pas plus votre sœur que moi, espèce de canaille ! Vous n'êtes pas lord Wickham, je le sais. Mon seigneur est mort !

Sa voix tremblait d'indignation.

Gabby en resta bouche bée et elle vit, glacée, le pistolet revenir dans la main de l'homme avec une rapidité incroyable.

— Non ! Non ! cria-t-elle, terrifiée à l'idée d'assister à un crime.

Jem avait peut-être commis une erreur fatale en lâchant ainsi la vérité. « Cher idiot, gémit-elle intérieurement, que vous est-il passé par la tête ? »

Elle s'accrocha au bras de son fidèle serviteur qui l'aida machinalement à se relever sans quitter l'arme des yeux. Une fois debout, sans tenir compte de la douleur de sa hanche, appuyée à l'épaule de Jem, elle risqua un sourire qu'elle espérait espiègle.

— Jem plaisantait, bien sûr. Vous n'avez donc aucun sens de l'humour, Marcus ?

Il y eut un silence. Jem sursauta légèrement, mais il s'abstint prudemment d'insister, devinant sans doute qu'ils ne sortiraient pas vainqueurs de cet affrontement au milieu de la nuit. Le pistolet les visait toujours, et Gabby comprit que si ce que disait Jem était vrai, ils couraient un réel danger. Un danger de mort.

Mais le mal était fait. Si on ne pouvait effacer les paroles, il ne restait plus qu'à essayer de les atténuer.

Sinon, personne ne viendrait à leur secours. Twindle et les jeunes filles dormaient deux étages plus haut, les domestiques avaient leurs quartiers dans les combles. Ils étaient donc à la merci de l'imposteur et de son garde du corps.

— Ça ne marche pas, ma chère, dit Wickham d'un ton doucereux qui la glaça. Alors, inutile d'essayer. Permettez-moi de vous dire que vous êtes une bien piètre menteuse. Depuis le début, vous me regardez comme si j'étais un fantôme.

Il eut un petit rire.

— La question est : que faisons-nous maintenant ? enchaîna-t-il.

Il tenait toujours son arme braquée sur eux, et Jem, d'un mouvement vif, se plaça devant Gabby afin de la protéger.

L'homme arma le pistolet, et le bruit résonna dans le silence avec la force d'un coup de feu.

Gabby, les nerfs à vif, cherchait désespérément le moyen de s'en sortir.

— Très bien, qui que vous soyez, cela suffit ! déclara-t-elle enfin d'un ton sec en testant de nouveau sa jambe malade.

Celle-ci semblait capable de la supporter et elle lâcha l'épaule de Jem afin de s'avancer, sévère.

— Cessez donc d'agiter cette arme sous notre nez, c'est parfaitement vain parce que je sais que Jem et moi ne risquons rien.

Elle sentit le serviteur frissonner derrière elle tandis que le faux Wickham l'observait avec circonspection.

— Vraiment ? Et pourquoi ?

— Si vous tiriez, cela réveillerait toute la maison, répondit-elle le plus calmement possible, vous le savez aussi bien que moi. D'autre part, deux cadavres ensanglantés dans le hall poseraient des problèmes.

Il faudrait vous en débarrasser, nettoyer les traces, et tout cela avant que quelqu'un arrive sur les lieux. Ensuite vous auriez à expliquer ma disparition ainsi que celle de Jem. On nous rechercherait, et vous vous retrouveriez au centre d'une enquête que vous voulez certainement éviter, vu les circonstances.

— Vous avez du sang-froid, ma chère, je dois le reconnaître, dit-il avec un sourire ironique.

Sous le regard réprobateur de son homme de main, il relâcha doucement le chien de son arme et rangea celle-ci dans sa poche.

— Alors, quelle est votre opinion, Gabriella ? Vous pensez que j'ai renoncé à vous tuer de peur d'alerter toute la maison, ou parce que me débarrasser de vos… « cadavres ensanglantés » est au-dessus de mes forces ?

— Je n'en ai pas la moindre idée, et cela m'est complètement égal, rétorqua-t-elle sans se démonter.

— Dès demain, vous aurez la police aux trousses, espèces de bandits ! lança Jem qui croyait déjà avoir gagné la partie. Si j'étais vous, je prendrais mes jambes à mon cou et je disparaîtrais aussi vite que possible. On pourrait bien vous pendre, pour avoir usurpé l'identité d'un comte !

Cela, c'était une provocation inutile, songea Gabby. Le faux Wickham toisa le domestique, de ses cheveux gris à ses bottes éculées.

— Vous savez que vous devenez fort ennuyeux, tous les deux, dit-il. Je ne peux pas vous laisser aller raconter ces absurdités dans tout Londres !

Il croisa les bras, visiblement perplexe.

— Laissez-moi en finir avec eux, cap'tain, intervint le géant derrière lui. J'aurai pas de mal à nous débarrasser de deux satanés cadavres.

— Alors je ne vois pas de raison de me retenir davantage, répondit l'imposteur avec un sourire sardonique.

Aussitôt, Jem repoussa Gabby, au risque de la déséquilibrer, et brandit un pistolet que la jeune femme ne lui connaissait pas. Horrifiée, elle le vit viser leurs ennemis d'un air triomphant, bien qu'il dût renverser la tête en arrière pour les regarder dans les yeux.

— Tenez-vous à distance de Mlle Gabby, canailles ! avertit-il. Allez à la bibliothèque et enfermez-vous, mademoiselle Gabby. Je m'occupe de ces...

Le poing de l'imposteur partit si vite que Gabby eut à peine le temps de le voir, il s'écrasa sur le visage de Jem qui s'effondra sans un cri. Le pistolet glissa sur le sol, et Barnet le récupéra avec un mauvais sourire.

Un instant, Gabby fut incapable de réagir. Puis elle se tourna, accusatrice, vers son faux frère qui se contentait de se frotter les phalanges de la main gauche. Son acolyte ricanait, et elle sentit la colère s'emparer d'elle.

— Cela suffit, fit-elle, glaciale, avant de s'agenouiller près de Jem afin de s'assurer qu'il était seulement étourdi. Qui que vous soyez, quelles que soient vos intentions, la comédie est terminée. Si vous ne quittez pas ma maison sur-le-champ avec votre gorille, je hurle pour réveiller tout le monde.

— Il n'est guère raisonnable de proférer des menaces que vous ne pourrez pas tenir, Gabriella.

Il y avait du défi dans sa voix.

— Ah, je ne pourrai pas ?

Elle ouvrait la bouche pour lui prouver le contraire, mais il fondit sur elle tel un aigle sur sa proie et la bâillonna d'une main tandis que l'autre lui enserrait la taille. Elle se débattit comme un beau diable, mais il n'eut aucun mal à la maîtriser, et elle se retrouva plaquée contre lui.

— Beau travail, cap'tain, approuva Barnet tandis que Gabby luttait pour sauver sa vie. Maintenant, on verra bien si elle peut crier.

La main de l'imposteur couvrait toute sa bouche, ses longs doigts s'enfonçaient douloureusement dans ses joues, elle avait du mal à respirer. Mais elle pouvait tout de même donner des coups de pied et, oubliant sa douleur et regrettant de ne porter que de légères mules, elle s'y employa de toutes ses forces.

Puis elle lui mordit férocement la main.

— Bon Dieu ! jura-t-il en la libérant brusquement.

Gabby inspira une grande goulée d'air et ouvrit de nouveau la bouche pour hurler, mais il en profita pour lui fourrer entre les lèvres ce qui lui sembla être une boule de cuir et fit avorter son cri.

Prise par surprise, elle toussa, cracha, afin d'essayer de se débarrasser de la chose au goût d'huile. Elle suffoquait !

— Bien fait pour vous, ma petite ! dit-il farouchement en la soulevant à la hauteur de sa poitrine.

Elle continuait à se débattre, à essayer d'expulser la boule qui l'étouffait, transpirant de peur et de rage, mais ses efforts devenaient de plus en plus inefficaces à mesure que l'air lui manquait. Ses pieds, qui s'agitaient en vain au-dessus du sol, s'immobilisèrent peu à peu, elle finit par cesser de gigoter. Il la tenait entre ses bras de fer, et elle songea avec désespoir qu'elle n'avait plus aucune chance de se libérer.

Elle pouvait tout juste respirer.

— Emmène-le et surveille-le en attendant mes ordres, dit-il à Barnet en désignant le malheureux Jem toujours inconscient sur le sol. Pour l'instant, j'ai fort envie d'avoir une… conversation privée avec ma chère petite sœur.

6

Refusant de s'appuyer à son épaule, le cou raide, elle se tint aussi droite que possible tandis qu'il la portait à travers le hall sombre comme si elle ne pesait rien – ce qui était presque le cas. Il était tellement grand, tellement fort que toute lutte entre eux aurait été grotesque, et elle ne pouvait rien tenter, ce qui la mettait en rage. Heureusement, car la rage était un moteur bien plus efficace que la peur…

Malgré la pénombre, elle distinguait ses yeux et, plongeant hardiment son regard dans le sien, tenta d'y faire passer tout le mépris qu'il lui inspirait et que le bâillon malodorant l'empêchait d'exprimer par des mots.

Quelles que soient les intentions de cet individu, sa seule chance de s'en sortir était de garder la tête froide.

— Je suppose que vous avez manigancé votre petite embuscade depuis la bibliothèque, dit-il.

Un rayon de lumière sous la porte le confirmait.

Il n'était même pas essoufflé ! constata-t-elle avec fureur, tandis qu'elle-même étouffait et que son cœur battait à tout rompre… Peut-être de frayeur, dut-elle reconnaître.

Arrivé à la porte, il parvint à tourner la poignée sans la lâcher, puis il referma le battant d'un coup de pied.

— Vous m'attendiez, votre serviteur et vous, n'est-ce pas ? Ce n'est pas très malin !

C'était une question de pure forme, puisqu'elle ne pouvait y répondre. À la lumière orangée que diffusait le feu mourant, il la déposa dans le fauteuil à haut dossier où elle avait failli s'endormir. Emprisonnant ses poignets dans sa grande main, il s'accroupit devant elle. Ses larges épaules lui masquaient la pièce. Son visage aux traits fermes et bien dessinés lui parut trop proche du sien, tandis que ses yeux rivés sur elle la mettaient mal à l'aise. Malgré ses efforts, elle ne pouvait nier qu'il était extrêmement séduisant. Mais cela n'atténuait en rien la haine qu'elle lui portait. Le menton levé, elle soutint son regard avec une évidente hostilité.

— Vous auriez mieux fait, continuait-il d'un ton réprobateur, de garder vos soupçons pour vous jusqu'à ce que vous puissiez les confier à M. Challow ou à l'un de ses associés. Vous attaquer à moi en privé, avec pour toute aide un frêle vieillard, était de la folie.

Comme Gabby pensait exactement la même chose, sa colère en fut encore attisée. Certes, elle n'avait pas révélé sa présence, délibérément, mais cela lui était d'un piètre réconfort ! Et elle ne pouvait s'empêcher de se dire que si elle s'était donné la nuit pour réfléchir à la soudaine apparition de ce frère supposé disparu, le dénouement aurait été bien différent.

— Maintenant, poursuivait-il, impitoyable, à cause de votre conduite irréfléchie, vous vous trouvez à un point de non-retour.

Il arborait un sourire satisfait, ironique, et afin de résister à la tentation de lui décocher un coup de pied dans les tibias, elle dut se rappeler qu'avec ses mules légères, elle se ferait mal et ne parviendrait certainement pas à se libérer.

Elle se concentra un instant sur sa personne. Elle avait intolérablement chaud, à présent, sans doute à cause de la lutte qu'elle venait de mener, et une mèche de cheveux lui chatouillait désagréablement le bout du nez. Elle secoua la tête, mais la mèche revenait sans cesse l'importuner.

Normal. Rien ne s'arrangeait jamais, pour elle !

Elle lança un regard noir à son adversaire et remarqua qu'il fixait obstinément ses lèvres. Et s'il y avait pire encore à craindre que la mort ?

Il lui sortit le bâillon de la bouche.

— Si vous essayez de crier, je vous le remets, la menaça-t-il.

Elle toussa, frissonna, prit une profonde inspiration. Puis elle fit fonctionner sa mâchoire et sa bouche, tout en remarquant que ce qui l'avait ainsi étouffée n'était qu'un gant de cuir roulé en boule. L'homme le considéra avec un dégoût évident avant de le jeter sur un guéridon.

Il était si proche d'elle qu'elle discernait une légère ride verticale entre ses sourcils, des plis aux coins de ses yeux, la barbe naissante qui ombrait ses joues. Les dernières flammes provenant de la cheminée mettaient des éclairs acajou dans ses courts cheveux noirs, se reflétaient dans ses yeux indigo.

— Maintenant, vous allez m'étrangler ? demanda-t-elle, agressive, malgré sa bouche horriblement sèche.

Il eut un rire peu rassurant.

— Ne me tentez pas, ma chère. Vous êtes très encombrante, figurez-vous. Je vais vous poser quelques questions auxquelles vous répondrez. En toute honnêteté, ajouta-t-il en lui secouant les poignets.

Il se dégageait de lui une odeur d'alcool et, plus discrète, de tabac. Elle se dit soudain, à la brillance de ses yeux, que son bourreau était peut-être un peu éméché. Pas ivre à proprement parler, mais elle savait de triste expérience reconnaître un homme qui avait abusé de la boisson.

Elle eut un rictus de mépris.

— Vous aurez sans doute du mal à le croire, vu vos habitudes, mais certains êtres humains sont enclins à dire la vérité.

Il émit un petit rire sardonique.

— J'espère que vous ne prétendez pas que ce soit votre cas ?

Elle se hérissa.

— Bien sûr que si, je… Qu'insinuez-vous ?

— N'importe quel simple d'esprit se rendrait compte que vous jouez la comédie.

Gabby ouvrit de grands yeux.

— Je joue la comédie ? C'est trop fort ! Surtout venant d'un homme qui fait semblant d'être mon défunt frère.

— Ah ! fit-il, content de lui. Alors nous voici confrontés à une intéressante question : si vous pensez que Wickham est mort, dites-moi, je vous prie, ce que vous faites à Londres avec vos domestiques, préparant les débuts de votre sœur, au lieu de pleurer à la campagne la disparition d'un frère bien-aimé ? J'avoue être intrigué !

Elle le fusilla du regard. Canaille ou pas, elle devait admettre qu'il avait l'esprit vif.

— Je connaissais à peine mon frère, alors je n'ai pas vu de raison de prendre le deuil, se défendit-elle avant de relever le menton, hautaine. Et de toute façon, je n'ai pas à me justifier devant vous.

— Là, vous vous trompez. Voyez-vous, *je suis* Wickham, désormais. Votre serviteur et vous êtes les seuls à penser différemment, pour autant que je sache. Une situation fort délicate pour vous, *chère sœur*.

Gabby demeura un instant pensive. Il était toujours accroupi devant elle, tenant un de ses poignets dans chaque main, et même si la pression de ses doigts était légère, elle savait parfaitement qu'elle n'avait aucune chance de s'en libérer. Elle aurait pu tout aussi bien avoir des menottes. Il était impossible de lui échapper.

Leurs regards se croisèrent. Il ne souriait plus. Ses yeux brillaient, presque noirs, sa bouche était une ligne dure.

Il semblait capable de tout, même de meurtre, et Gabby était entièrement à sa merci. Elle en fut, durant un bref instant, submergée de terreur. Un long frisson la parcourut. La dernière fois qu'elle s'était sentie aussi vulnérable, c'était lorsque...

Non ! Elle ne voulait *pas* se souvenir. Elle n'était plus la même qu'à cette époque.

Ce jour-là, elle s'était juré que plus jamais elle n'aurait peur d'un homme.

Elle se redressa, s'efforça de surmonter sa peur, et le regarda droit dans les yeux.

— Si vous quittez cette demeure sur-le-champ, si vous cessez votre comédie, je vous donne ma parole de ne pas lancer la police à vos trousses et de ne révéler à quiconque votre imposture.

Ils s'affrontaient du regard, puis il eut un ricanement de dérision et se leva brusquement. Elle eut à peine le temps de se rendre compte qu'elle avait les mains libres – ce qui ne lui servait à rien, car toute attaque contre lui aurait l'efficacité d'une piqûre de moustique – qu'il se pencha sur elle et la saisit à la gorge. Il ne serrait pas, mais elle sentait ses doigts sur sa peau, tandis qu'il lui relevait le menton des pouces.

Ses mains tièdes formaient un collier inquiétant, et le cœur de Gabby se mit à battre follement. Très pâle, elle s'agrippa aux accoudoirs du fauteuil pour s'empêcher de saisir ses poignets – ce qu'il attendait sans doute. S'il voulait l'étrangler, elle n'aurait pas la force de lutter contre lui. Sa seule chance de s'en sortir était la ruse.

— Soyons tout à fait clairs : vous êtes entièrement à ma merci, dit-il avec un sourire odieux.

Ses mains la caressaient presque, et elle tenta de faire bonne figure tout en cherchant désespérément une échappatoire. Comme il était tout contre elle, elle sentit un objet dur à la hauteur de son genou.

Son pistolet ! Si seulement elle pouvait s'en emparer, il ne serait plus aussi fier !

— Un homme qui menace une femme... commença-t-elle calmement tandis qu'elle glissait la main dans la poche de son manteau.

Elle trouva sans peine l'arme lourde et douce au toucher.

— ... est infiniment méprisable, termina-t-elle.

— Néanmoins...

Il s'interrompit lorsque, toujours à l'intérieur du manteau, elle arma le pistolet qui émit un petit bruit sec semblable à nul autre. L'étonnement qui se peignit sur son visage était presque comique, et Gabby se permit un sourire féroce tandis qu'elle sortait l'arme de la poche et la lui enfonçait dans les côtes.

Pendant un long moment, ils restèrent tous deux silencieux.

— Maintenant, lâchez-moi, ordonna Gabby.

Il baissa les yeux comme pour s'assurer qu'il était bien menacé par un pistolet puis, les mâchoires serrées, leva les mains en l'air.

— Parfait. À présent, reculez. Lentement. Et pas de geste inconsidéré.

Il fit un pas en arrière, deux, trois, sans la quitter des yeux. Toujours gênée par la mèche qui lui retombait sur le nez, Gabby prit le risque de la repousser derrière son oreille.

— Je dois vous avertir que ce pistolet a la détente facile, dit-il sur le ton de la conversation.

— Alors, ne me donnez pas l'occasion de le vérifier. Reculez encore un peu, s'il vous plaît.

Elle glissa jusqu'au bord de son siège, planta fermement ses pieds sur le tapis, le canon de l'arme pointé sur le ventre de son adversaire. Il la regardait, les mains à hauteur des épaules, la bouche serrée. Son manteau ouvert révélait la blancheur de sa chemise, le pantalon noir moulant, le gilet argent. Il avait l'attitude typique d'un homme dominé par une femme, et qui déteste cela. Elle ne put s'empêcher de sourire.

— Maintenant, que vais-je bien pouvoir faire d'un scélérat comme vous ? demanda-t-elle, jubilant de sa victoire. Dois-je vous éliminer sur-le-champ, ou bien vous remettre aux autorités ?

— Comme il vous plaira, mais prenez en considération le fait que si vous annoncez publiquement que je ne suis pas Wickham, je serai obligé d'avouer qu'il est décédé.

Gabby plissa les yeux. La menace était plus grave encore qu'il ne pouvait l'imaginer.

— Vous ne direz rien du tout si vous êtes mort, monsieur, rétorqua-t-elle d'un ton acerbe.

— Certes, mais je ne pense pas que vous vouliez réellement finir dans la peau d'une meurtrière. Ce genre de crime est puni de pendaison, vous savez.

— Tirer sur un homme qui possède une arme et qui a tenté de vous étrangler n'est certainement pas considéré comme un meurtre, mais comme un cas de légitime défense, rétorqua-t-elle.

Il haussa les épaules.

— Puis-je baisser les bras ? J'ai des fourmis dans les mains.

Il joignit le geste à la parole sans attendre sa réponse et fit quelques mouvements pour rétablir la circulation dans ses membres, puis il croisa les bras sur sa poitrine.

— Ce sera en effet à la cour de décider, reprit-il, mais que vous soyez jugée coupable ou non n'aura plus guère d'importance : songez simplement au scandale. Je suis certain que vous ne voulez pas que votre famille en souffre.

Gabby serra les dents. Elle détestait reconnaître qu'il avait marqué un point, pourtant, c'était le cas. Si elle voulait que Claire fasse un brillant mariage, il fallait éviter tout scandale.

Elle grimaça un sourire.

— Merci de l'avertissement. Si je vous tue, je prendrai soin de dissimuler mon crime.

Il haussa un sourcil.

— Alors vous vous placerez dans la difficile situation contre laquelle vous me mettiez en garde tout à l'heure : vous débarrasser du… euh… cadavre ensanglanté. Vous ne seriez pas capable de traîner mon corps, vous en êtes consciente. Vous ne devez guère peser plus de quarante-cinq kilos.

Son regard passa soudain par-dessus la tête de Gabby et son visage s'éclaira.

— Ah, Barnet, tu tombes bien ! Il faut que tu…

Gabby se retourna instinctivement et s'aperçut aussitôt qu'elle avait été jouée. Barnet n'était pas là, la porte de la bibliothèque était toujours fermée. Un mouvement la ramena à l'homme, mais trop tard. Il avait profité de son bref moment d'inattention pour bondir vers elle. Il lui saisit le poignet et détourna l'arme en essayant de la récupérer…

Avait-elle eu l'intention de tirer ? Elle ne le saurait jamais. Toujours est-il que le coup partit dans une explosion assourdissante tandis que le pistolet sautait dans son poing.

L'homme poussa un cri sourd, vacilla, la main sur le flanc.

Le temps parut s'arrêter tandis qu'ils se regardaient, Gabby horrifiée, lui choqué.

— Par Dieu, vous avez tiré sur moi ! souffla-t-il.

7

Elle le fixait comme si elle s'attendait à le voir trépasser d'une minute à l'autre. Son expression arracha un sourire à l'homme qui gardait pourtant la main appuyée sur sa blessure. Tant pis pour elle, il n'y avait aucun organe vital à la hauteur de la hanche, il le savait.

Toutefois, il saignait à profusion, il le sentait sous sa paume. Étrangement, il ne souffrait pas. Pas encore, en tout cas, bien qu'il fût certain que la douleur ne tarderait pas à se manifester.

Sa « sœur » l'avait pris par surprise, ce qui lui arrivait rarement. Il avait survécu dans son dangereux univers parce qu'il était prudent, mais qui aurait pu imaginer que cette vieille fille anglaise oserait le défier, lui voler son pistolet et tirer sur lui ?

Personne.

Ironie du sort, après avoir quitté le théâtre et raccompagné Belinda chez elle, il avait décliné son invitation à partager son lit, préférant se rendre dans les maisons de jeu les plus mal famées de la capitale dans l'espoir de voir son ennemi se démasquer.

C'était le genre d'exercice où il risquait sa vie, et il était resté sur ses gardes toute la soirée. Et voilà qu'à peine rentré chez lui, là où il avait toutes les raisons de se sentir en sécurité, cette petite créature s'était révélée plus dangereuse que les sinistres brigands qui hantaient les rues mal fréquentées de Londres !

Une petite personne qui le regardait à présent de ses grands yeux gris, les lèvres entrouvertes, son corps menu – dont il s'était rendu compte en la portant qu'il possédait sa part d'appas féminins – semblant tout prêt, de façon ridicule, à voler à son secours.

Une petite personne qui commençait à sacrément l'intéresser !

— Vous avez tiré sur moi, répéta-t-il, une touche d'incrédulité dans la voix.

Enfin le choc disparaissait, et la blessure se réveillait. La douleur le fit brusquement vaciller.

8

— C'est votre faute ! Jamais vous n'auriez dû essayer de me reprendre le pistolet. Mon Dieu, vous saignez !

Il venait de retirer sa main afin de voir la blessure, et elle restait assise au bord de son fauteuil, catastrophée. Le pistolet lui avait glissé des doigts tout de suite après l'explosion, et il gisait sur le tapis tandis qu'une âcre odeur de poudre avait envahi la pièce.

— Inquiète à l'idée de devoir vous débarrasser de mon cadavre ensanglanté ?

L'ombre de sourire qui accompagnait sa phrase ne fit rien pour détendre Gabby. Atterrée, elle le vit sortir le pan de sa chemise de son pantalon et aperçut une bande de peau hâlée, de torse musclé. Baissant légèrement son pantalon, il découvrit le trou juste au-dessus de l'os iliaque. Puis il laissa retomber sa chemise et pressa de nouveau la main sur sa blessure.

— C'est grave ? demanda-t-elle, le cœur au bord des lèvres.

— Non. Une bonne égratignure, rien de plus.

Égratignure ou non, il ressentait de toute évidence le contrecoup de sa blessure. De sa main libre, il s'appuya lourdement au dossier du fauteuil de bureau qui se trouvait derrière lui. Son visage avait perdu toute couleur.

— Il faut appeler un médecin !

Gabby, sans se soucier de sa jambe douloureuse, se précipita soudain vers lui, oubliant ce qui l'avait poussée à tirer. Il était d'une pâleur extrême, et il plissait les yeux de douleur. Elle posa doucement la main sur son bras et vit les gouttes de sang qui, telles des larmes écarlates, coulaient entre ses doigts.

— Il faut arrêter l'hémorragie…

— Ne me dites pas qu'après avoir voulu me tuer, vous allez maintenant jouer les infirmières ! Si vous tenez à vous rendre utile, aidez-moi à ôter mon manteau. Il me gêne horriblement.

Sa respiration était hachée, et Gabby, docile, attrapa le vêtement par le col afin de l'en débarrasser, tandis que des bruits de pas se faisaient entendre dans le hall. Machinalement, elle regarda vers la porte. Il avait dû les percevoir aussi, car il se tourna vers elle, la sueur lui perlant au front.

— Apparemment, vous aviez raison, le bruit a attiré du monde ! Que décidons-nous, Gabriella ? Gardons-nous nos secrets, ou non ?

La porte de la bibliothèque s'ouvrit à la volée sur Jem, un morceau de corde pendant à l'un de ses poignets, suivi par l'énorme Barnet armé du pistolet de Jem. Celui-ci ne semblait guère intimidé par l'arme, ce qui désarçonnait l'homme de main. En outre, tous deux étaient rouges, échevelés, et Barnet avait un début d'œil au beurre noir.

— Mademoiselle Gabby ! Mademoiselle Gabby ! Dieu merci, vous êtes en vie ! Si ce salaud vous a fait du mal…

Jem s'arrêta tout net et ouvrit de grands yeux en voyant l'imposteur, très pâle, appuyé à un fauteuil, et Gabby, visiblement intacte, le manteau serré dans ses bras. La réalité de la scène lui apparut brusquement.

— Me dites pas que la petite vous a tiré dessus, cap'tain ! s'écria le colosse, aussi sidéré que Jem.

Il pointa son arme vers Gabby qui, d'instinct, se réfugia vers l'imposteur.

— Baisse ce pistolet, Barnet, ordonna Wickham.

— De toute façon, il est pas chargé ! coassa Jem en se précipitant vers Gabby.

— Espèce de...

Barnet jeta un regard noir à Jem avant de rengainer le pistolet et de se précipiter à son tour vers son maître.

— Bon Dieu, mademoiselle, vous auriez pas dû faire ça ! lança-t-il à Gabby. C'est tout ce que j'ai à dire.

— Si Mlle Gabby l'avait tué, tu peux être sûr que cette fripouille l'aurait mérité ! protesta Jem en se débarrassant de la corde. Ah ça oui !

— Tais-toi, Jem, murmura Gabby qui redoutait la reprise des hostilités.

Mais Barnet se penchait déjà pour soulever le tissu taché de sang et accordait toute son attention à son maître.

— C'est grave, cap'tain ? Vous deviez être plus ivre que je pensais, pour laisser un bout de femme comme elle vous tirer dessus !

— Je te prie de l'appeler lady Gabriella ! s'indigna Jem en prenant la jeune femme par le poignet afin de l'entraîner hors de la pièce.

— Lâchez-moi, Jem. Vous voyez bien que je ne peux pas le laisser...

— Au contraire ! Je préfère que vous sortiez d'ici, intervint l'imposteur.

Sa respiration était laborieuse, il souffrait visiblement tandis que Barnet se servait du pan de sa chemise pour étancher doucement le sang qui coulait de la blessure.

— Barnet s'occupera de moi. Nous devons seulement nous mettre d'accord : alliés ou ennemis ? Ensuite, vous pourrez partir avec ma bénédiction.

— Ce ne serait guère élégant de ma part de vous abandonner ainsi ! s'indigna Gabby.

Il arborait une expression indéchiffrable.

— Il n'était guère élégant non plus de me tirer dessus, alors si j'étais vous, je ne me tracasserais pas avec ce genre de mondanités.

Gabby tressaillit.

— Vous menaciez de m'étrangler !

— Vous auriez dû savoir que jamais je ne l'aurais fait !

Il grimaça au moment où Barnet appuyait sur un point particulièrement sensible, et elle eut presque envie de féliciter l'homme de main.

— Vous n'auriez jamais... ?

Elle s'interrompit et secoua la tête. Le voir si faible et pâle la ramena aux priorités.

— Ce n'est pas le moment de discuter. Il faut trouver un médecin.

— Je vous le répète, Barnet s'occupera de tout. Dites-moi seulement ce que vous avez décidé.

— La dame a raison, cap'tain, il faut un chirurgien.

— Je ne veux pas de satané charcuteur, Barnet ! Et fais attention, tous tes « cap'tain » vont nous trahir, grinça l'imposteur.

Le sang trempait à présent l'élégant gilet gris, et il semblait évident que l'homme n'aurait pu se tenir debout sans l'appui du fauteuil.

— C'est pas un médecin qu'il faut appeler, mais la police, espèce d'hippopotame ! s'écria Jem en fusillant Barnet du regard. Je t'avais bien dit que tu paierais cher toute cette histoire !

Barnet bondit sur ses pieds, les poings serrés.

— Écoute-moi bien, avorton sans cervelle, je suis assez costaud pour vous faire votre affaire, à toi et à la petite dame ! T'as pas intérêt à l'oublier !

— Ça suffit, Barnet, coupa sèchement l'imposteur.

La brute obtempéra et se pencha de nouveau sur la blessure.

Mais déjà des pas pressés se faisaient entendre dans l'escalier, ainsi que des exclamations étouffées.

— Vous êtes faits comme des rats ! marmonna Jem avec un plaisir non dissimulé. Vous vous retrouverez en prison avant ce soir, vous verrez !

— Ben, si c'est le cas, tu peux être sûr que je briserai ton ridicule petit cou juste avant, pour que tu puisses pas te réjouir ! gronda Barnet.

— Là ! Dans la bibliothèque ! Venez vite ! cria Gabby assez fort pour être entendue du hall.

Elle eut l'impression que toute une foule se précipitait dans leur direction.

— Vous tracassez pas, cap'tain, je les laisserai pas vous emmener sans me battre !

Barnet était de nouveau prêt à l'attaque.

L'imposteur le retint d'une main sur le bras.

— Attends, Barnet. Cette fois, le moment est venu, il me semble, ajouta-t-il à l'intention de Gabby. Gardons-nous nos secrets, Gabriella ?

Elle croisa son regard sombre. Il transpirait, son gilet était rouge de sang, sa chemise aussi. Barnet grognait comme un chien furieux en regardant la porte.

— Il n'en est pas question, répondit-elle enfin en secouant la tête.

Il lui paraissait impensable de garder le silence sur sa fausse identité. Ce serait mal, et en plus dangereux, car il pourrait s'attaquer à elle n'importe quand. Et si elle l'en avait rendu incapable à cause de sa blessure, il ordonnerait peut-être à Barnet de les faire disparaître, Jem et elle, seuls témoins de son imposture. La petite mise en scène qu'elle avait inventée afin d'assurer son avenir et celui de ses sœurs semblait bien innocente, en comparaison. Là il s'agissait d'une fraude, une fraude dangereuse qui plus est, avec laquelle elle ne voulait rien avoir affaire.

L'imposteur eut un semblant de sourire amer ; il paraissait sur le point de parler lorsque Stivers apparut sur le seuil, vêtu d'un pantalon et de bretelles enfilées sur sa chemise de nuit, les pieds nus dans des souliers non lacés. Il resta un moment bouche bée devant le spectacle qui s'offrait à lui. Derrière lui se bousculaient Claire, Beth, Twindle et quelques domestiques, tous en tenue de nuit.

— Venez, cap'tain, grommela Barnet. Je vous emmène hors d'ici.

Il essaya de passer le bras de son maître par-dessus son épaule, mais celui-ci le repoussa avec impatience, sans cesser de regarder Gabby.

— Dommage que vos sœurs et vous soyez obligées de manquer la saison mondaine, dit-il avec un air de regret, assez bas pour que les nouveaux venus ne comprennent pas ses paroles. Pour un frère, la période de deuil est d'une année, je crois. Ensuite, vous vous apercevrez certainement que la situation n'est plus la même.

Gabby ne le quittait pas des yeux. Un mot d'elle, et la vérité éclaterait au grand jour. Dans son état, même avec l'aide de son sbire, il n'avait guère de chance de s'échapper. Mais après tout, il avait bien mérité le châtiment qui l'attendait !

Ses sœurs et elle n'avaient rien à voir avec tout cela, cependant elles en subiraient les conséquences. La mort de Marcus connue, le cousin Thomas entrerait en possession de son héritage. Au mieux, Claire, Beth et elle se trouveraient reléguées au rang de parentes pauvres.

Brusquement, elle eut la révélation indubitable qu'il valait mieux pour elles de permettre à cet homme, quel qu'il soit, de se faire passer pour le comte que de laisser Thomas hériter du titre.

À moins, évidemment, qu'il ne les élimine, Jem et elle, avant que ses projets d'avenir n'aient porté leurs fruits.

Tout allait se décider à présent. Elle croisa le regard de l'imposteur. Il était temps de choisir le chemin de l'honneur, de la vérité, de la sécurité.

Qui était aussi le chemin de la pauvreté, du dénuement, pour Claire, Beth et elle-même.

— Vous êtes une canaille, grinça-t-elle entre ses dents.

Si elle avait conclu un marché infernal en décidant de taire la mort de Marcus, elle avait devant elle le diable en personne venu lui rendre la pareille. Elle se rendit alors compte que ce qu'elle avait pris pour un choix n'en était pas un, et elle haussa le ton afin d'être entendue de tous.

— Vous feriez mieux de nous permettre d'appeler un chirurgien, *Wickham*, dit-elle d'une voix claire.

L'imposteur accueillit sa décision avec un léger sourire qu'il accompagna d'un imperceptible mouvement de tête. Barnet semblait soupçonneux, tandis que Jem paraissait sur le point de s'étrangler d'indignation.

— Mademoiselle Gabby, que... ? Mademoiselle Gabby !

Elle se tourna vers lui.

— Ne dites rien, souffla-t-elle.

Au prix d'un énorme effort, le domestique obéit, mais il fit une grimace, comme si on l'obligeait à avaler une potion particulièrement amère. Il infligea à Barnet un regard méprisant qu'il réservait en général aux gens susceptibles de lui voler ses chevaux.

Ensuite, il ne fut plus question de conversation privée.

— Je vous demande pardon, monseigneur, mais j'ai été réveillé par un bruit, comme un coup de feu, déclara Stivers qui, poussé par les autres, avait bien du mal à garder sa dignité et son équilibre.

— Que s'est-il passé, Gabby ? s'écria Claire au même moment en se précipitant vers sa sœur.

Malgré le bonnet de dentelle qui protégeait ses cheveux pour la nuit, et bien qu'elle ne portât qu'un châle sur sa chemise de nuit, la jeune fille parvenait à demeurer aussi jolie et convenable qu'en plein jour. Beth, drapée dans une couverture, ses cheveux tressés, s'arrêta sur le seuil.

— Marcus saigne ! s'exclama-t-elle.

Toute l'attention se concentra sur Wickham, et on s'élança vers lui avec force cris et commentaires.

— Oh, Marcus... murmura Claire, accrochée au bras de Gabby.

— Mon Dieu ! gémit Twindle en se tordant les mains. Monseigneur, vous êtes si pâle ! Tenez, mettez ça sur la blessure !

Elle arracha son bonnet de nuit et le tendit à Barnet qui le prit d'un air dégoûté mais en fit un tampon qu'il appliqua sur le flanc de son maître.

— Évidemment qu'il est pâle. Regardez, on lui a fait un sacré trou ! dit l'un des valets récemment engagés, ce qui lui valut un coup d'œil sévère de Twindle.

— Il faut appeler le veilleur ! cria Mme Bucknell. Dites-nous qui vous a fait ça, monseigneur !

La brave femme scrutait la pièce comme si elle s'attendait à y découvrir un cambrioleur.

— C'est ma faute, répondit Wickham d'une voix étonnamment ferme. J'ai été maladroit. J'ai honte de l'avouer, mais j'avais mis mon pistolet dans la poche de mon manteau en le croyant déchargé et, quand j'ai voulu le sortir, le coup est parti.

— Comme vous le voyez, Stivers, Sa Seigneurie est blessée, et j'allais envoyer Jem vous chercher, renchérit Gabby, prenant la situation en main. Il faut appeler un médecin, et je suis certaine que vous savez où en trouver un.

— Bien, mademoiselle Gabby.

Bouleversé par l'état de son maître mais bien décidé à demeurer digne, Stivers s'inclina et se retira, l'impertinent valet sur les talons.

— Je vous ai dit que je n'avais pas besoin de docteur, déclara Wickham qui était à présent presque affalé sur le fauteuil. Barnet peut me soigner.

— Ne soyez pas stupide ! rétorqua vertement Gabby en remettant le manteau taché à un domestique.

Wickham serra les dents mais ne protesta pas davantage. Sans doute, à en juger par la couleur terreuse qu'avait prise son visage, était-il trop faible pour s'insurger.

— Barnet sera certainement utile, poursuivit-elle, mais il faut absolument un examen médical.

Il y eut un bref silence, puis Barnet grommela, bourru :

— Je crois que vous avez raison, mademoiselle.

— Lady Gabriella ! le reprit Jem.

D'un regard, Gabby lui ordonna de tenir sa langue. Les autres personnes s'étaient tournées spontanément vers Gabby en attendant ses instructions. Il y avait à présent une flaque de sang aux pieds de Wickham.

— Barnet, dit-elle, il vaudrait mieux que vous montiez Sa Seigneurie dans ses appartements en attendant l'arrivée du médecin. Francis, ajouta-t-elle à l'intention du valet qui était venu avec elle de Hawthorne Hall, aidez Barnet, je vous prie. Madame Bucknell, apportez s'il vous plaît des serviettes propres et de l'eau chaude à l'étage.

Habituée à diriger une maisonnée, Gabby parlait avec autorité, et personne n'aurait songé à discuter ses ordres.

— Mademoiselle Claire, mademoiselle Beth, dit Twindle, retournons nous coucher. Nous ne pouvons rien faire ici que gêner.

— Jamais je n'arriverai à dormir ! s'exclama Beth.

La gouvernante lui jeta un regard réprobateur et elle n'insista pas.

— Comment se fait-il que tu te sois trouvée là, Gabby ? s'étonnait Claire. Et Jem ?

Avant que Gabby puisse répondre, les domestiques avaient poussé un cri.

— Il s'est évanoui ! déclara Barnet d'une voix rauque.

En effet, Wickham avait perdu connaissance et, le teint cireux, les yeux clos, il était tombé contre Barnet qui le tenait par la taille. Il le souleva comme un bébé.

Désemparé, l'homme de main se tourna vers Gabby.

— Mademoiselle, je…

— Portez Sa Seigneurie sur son lit, ordonna-t-elle calmement.

Barnet hocha la tête, soulagé qu'on lui dise quoi faire, et se dirigea vers la porte, son maître dans les bras. Gabby leur emboîta le pas tout en lançant par-dessus son épaule :

— Allez tout de suite chercher ce que je vous ai demandé, madame Bucknell, je vous en prie. Jem, j'aurai peut-être besoin de vous aussi. Les autres feraient mieux de retourner se coucher.

9

Le chirurgien arriva alors que le jour pointait. Les premiers rayons de lumière filtraient entre les rideaux tirés de la chambre du comte, on commençait à entendre les sabots des chevaux sur les pavés, ainsi que la cloche du marchand de muffins. Malgré les péripéties de la nuit, les domestiques se réveillaient.

Wickham, torse nu, était étendu au milieu du grand lit aux tentures rouges, la tête reposant sur de moelleux oreillers. On avait rabattu les couvertures, et sa peau paraissait encore plus hâlée sur la blancheur des draps.

Le lit à colonnes était de belles dimensions, pourtant, ses larges épaules occupaient la moitié du matelas, et ses pieds arrivaient presque au bout.

Même blessé et à demi dévêtu, il était impressionnant, songea Gabby en frissonnant au souvenir de son impuissance lorsqu'il avait refermé ses grandes mains autour de son cou.

Elle jouait un jeu dangereux, cependant, si elle ne voulait pas mettre en péril tout ce à quoi elle tenait, elle n'avait pas d'autre choix.

Elle ne pensait pas que sa vie fût menacée dans un avenir immédiat.

Quant à sa pudeur, c'était une autre affaire ! À vrai dire, la situation dans laquelle elle se trouvait était franchement troublante ! Elle avait soigné son père, il lui était arrivé d'être appelée auprès de quelque fermier malade ou ayant eu un accident, aussi la morphologie masculine ne lui était-elle pas totalement étrangère. Mais jamais elle n'aurait imaginé se trouver si proche d'un inconnu presque nu, scandaleusement viril.

Gabby s'efforçait d'ignorer le large torse musclé, le ventre plat et ferme, le nombril dévoilé, mais elle ne parvenait pas à se concentrer tout à fait sur sa tâche. Comment ne pas remarquer l'éclat satiné de sa peau bronzée, ne pas respirer son odeur légèrement musquée ?... Pourtant elle devait le considérer comme un patient, rien de plus.

Aussi se montrait-elle calme et efficace, perchée au bord du lit, tandis qu'elle essayait d'arrêter l'hémorragie qui, selon elle, mettait sa vie en danger. Des deux mains, elle maintenait la pression sur les linges qu'on lui avait apportés, et elle s'interdisait de laisser ses yeux s'égarer... Enfin, autant que possible !

Il saignait tellement ! Combien de temps le supporterait-il encore ?

— Si vous essayez de me torturer, ma chère, c'est réussi.

Wickham, qui avait retrouvé ses esprits quelques minutes après que Barnet l'eut déposé sur son lit, la regardait, les yeux plissés. Sa voix était faible, mais nettement ironique. Il tenta vainement de se dégager.

— Vos soins sont plus douloureux que ma blessure !

— Restez tranquille, ordonna sèchement Gabby. Vous agiter ne fera qu'augmenter les saignements.

— Étant donné que c'est vous qui m'avez mis dans cet état, je trouve votre sollicitude pour le moins déplacée.

— Réfléchissez : si vous mourez, si *Wickham* meurt, je serai dans une situation aussi déplorable que lorsque mon véritable frère est décédé.

— Ah... Donc, je peux remettre ma vie entre vos mains.

— Je le regrette, mais vous le pouvez, en effet.

— Aïe !

Gabby venait de changer le pansement déjà détrempé.

— Attachez ce foutu bandage et n'y touchez plus ! se rebiffa-t-il. Ça fait un mal de chien, quand vous appuyez.

— Eh bien, ça vous apprendra ! riposta-t-elle, impitoyable, en continuant de presser les linges sur la blessure.

— Vraiment ? Je suis certain que vous aimeriez me pendre par les pouces, ou m'infliger le supplice de la roue.

Il se tourna vers son homme de main qui se tenait près du lit, les bras ballants.

— Apporte-moi à boire, Barnet. Je meurs de soif.

— Oui, cap'tain. Pardon, Milord.

Barnet s'exécutait lorsque l'on frappa à la porte. Jem, toujours contrarié que Gabby eût décidé de couvrir l'imposteur, alla ouvrir et fit entrer un homme trapu aux cheveux blancs et à l'air important. Gabby aperçut derrière lui Stivers, Mme Bucknell, ainsi qu'un groupe de domestiques massés devant la chambre de leur maître. Craignant que l'état de son pseudo-frère ne l'amène à délirer et à avouer sa véritable identité, elle avait préféré que personne d'autre que Jem, Barnet et elle-même n'entre dans la chambre.

— De l'eau ! De l'eau ? pestait Wickham tandis que Gabby se tournait vers le chirurgien. Je veux du vin, de l'alcool ! Emporte ça et donne-moi un remontant digne de ce nom !

Barnet, qui avait soulevé avec précaution la tête de son maître afin de l'aider à boire, rattrapa de justesse le verre que Wickham menaçait de jeter à terre. Ce faisant, il lâcha le blessé un peu brusquement.

— Bon Dieu, Barnet, tu veux me tuer, toi aussi ?

— Désolé, cap... Milord.

Le chirurgien s'approchait du lit en se frottant les mains.

— Je suis le Dr Ormsby, madame. Voyons un peu... Il s'agit d'une blessure par balle, m'a-t-on dit. Excusez-moi, je voudrais y jeter un coup d'œil.

Gabby lui céda la place.

— Fichez le camp, grommela Wickham. Je n'ai aucune envie d'être charcuté.

Ormsby, qui soulevait le tampon rougi, s'interrompit et recula, offusqué.

— Monseigneur...

— Ne faites pas l'enfant, intervint Gabby sévèrement. Le médecin doit examiner votre blessure. Je comprends que vous ayez peur de souffrir, mais il faut pourtant vous y résigner.

Wickham lui lança un regard noir.

— Je n'ai pas *peur* de souffrir !

— Oh, je croyais...

— Bon, fit-il, les dents serrées. Examinez-moi, mais faites bien attention !

Le chirurgien souleva le bandage avec douceur et palpa longuement l'abdomen de Wickham. Quand il se redressa, le comte était plus pâle encore et transpirait abondamment, bien qu'il n'eût pas émis le moindre gémissement.

L'examen avait sûrement été fort pénible.

Vu les circonstances – cet homme avait menacé sa vie et celle de Jem, après tout –, Gabby ne s'apitoyait pas trop sur son sort.

— La balle est encore dans la plaie, annonça le médecin. Je vais devoir l'extraire.

— Il n'en est pas question ! protesta Wickham, horrifié.

— Cognac, Milord ? dit Barnet qui revenait à point nommé avec une flasque d'argent.

Il releva la tête de son maître, et celui-ci but copieusement au goulot.

— Ce sera plus facile avec l'alcool, approuva l'homme de l'art en se débarrassant de sa veste.

— Je vous dis que je refuse…

Wickham était retombé sur les oreillers, les yeux mi-clos, la mâchoire crispée.

— Il faut absolument extraire la balle, si vous voulez guérir, dit sèchement Gabby.

— Ou alors la blessure va s'infecter, renchérit le médecin qui remontait ses manches. Il y a de l'eau bouillie ? Parfait !

— Vous n'avez pas le choix, insista Gabby.

Il lui lança un regard qui disait clairement qu'il la considérait comme responsable de la situation. Puis il se tourna vers Ormsby et lui adressa un petit hochement de tête.

— Allez-y, mais doucement !

— Comme toujours, monseigneur.

Barnet donna une nouvelle rasade de cognac à son maître tandis que Ormsby, avec force gestes théâtraux, commençait à disposer ses instruments sur une petite table que Jem lui avait apportée.

— Il est temps que vous vous retiriez, marmonna Wickham à l'intention de Gabby.

Celle-ci n'avait aucune envie d'assister à l'intervention, même par esprit de vengeance, et elle acquiesça volontiers, mais Ormsby secoua la tête.

— Je vais avoir besoin d'aide, madame. Bien sûr, si vous préférez appeler l'une des servantes…

— Barnet est parfaitement capable de vous assister, grogna Wickham qui avala une nouvelle gorgée de cognac.

Le chirurgien jeta un regard entendu à Gabby.

— Bon sang, mon vieux, ne faites pas de grimaces dans mon dos ! Si vous n'êtes pas d'... d'accord pour Barnet, dites-le-m... moi franchement.

La diction hésitante de Wickham indiquait que l'alcool faisait son effet.

Ormsby prit l'air navré.

— Il pourrait se révéler nécessaire, monseigneur, d'utiliser votre robuste serviteur pour... euh... vous immobiliser. Je ne voudrais pas risquer un faux mouvement avec le scalpel.

— Si vous dérapez, mon brave, le menaça Wickham en montrant les dents, cela vous coûtera cher, croyez-moi !

Le médecin recula instinctivement, tandis que Barnet tendait de nouveau la flasque à son maître.

— Il est... autoritaire, votre mari, murmura Ormsby à Gabby.

— Ce n'est pas mon mari.

Ormsby eut l'air surpris. De toute évidence, il ne trouvait pas convenable qu'une jeune femme se trouvât dans la chambre d'un homme à demi nu qui n'était pas son époux.

— C'est mon frère ! déclara Gabby à contrecœur.

Il faudrait bien qu'elle s'y habitue ! Pour les jours à venir, en effet, ce méprisable individu serait son frère !

— Ch... chère petite sœur, je vais quand même vous demander de quitter ma chambre.

Visiblement, il avait entendu et trouvait la situation cocasse. Le cognac lui avait redonné des couleurs, et il semblait se laisser aller plus lourdement sur le lit.

— Votre domestique, Jem, pourra servir d'infirmier. Je ne tiens pas à ce que… vous assistiez… à la boucherie.

— Il ne s'agit pas de boucherie, monseigneur ! se récria le médecin, vexé. Je tiens à vous le dire…

Monseigneur lui lança un regard meurtrier, et le malheureux Ormsby déglutit péniblement.

— Madame, reprit-il à voix basse, comme votre frère est grand et vigoureux, je crains qu'il ne faille plus d'une personne pour le… pour qu'il ne bouge pas.

Wickham les regardait d'un air soupçonneux, mais il était trop occupé à vider la flasque pour intervenir.

Effectivement, elle pouvait envoyer quelqu'un à sa place, se dit Gabby, mais serait-ce bien prudent ?

Si la vérité éclatait au grand jour, elle aurait autant à perdre que Wickham.

— Sortez, maintenant ! gronda le blessé.

— Je préfère rester ! lâcha-t-elle d'un ton sans réplique.

Wickham, convaincu ou trop faible pour protester davantage, n'insista pas.

Le médecin avait terminé ses préparations, et il fit un signe à Barnet qui s'assit au bord du lit.

— Mordez ceci, Milord, dit-il en lui tendant un mouchoir roulé en boule.

Malgré son état d'ébriété avancé, Wickham comprit ce qu'on lui demandait et serra le mouchoir entre ses dents. Barnet l'immobilisa alors de ses énormes pattes.

La suite des opérations fut extrêmement déplaisante. Le chirurgien cherchait la balle, le sang coulait à flots, Wickham émettait des cris gutturaux à travers le mouchoir. Comme l'avait prédit le docteur, un homme ne suffisait pas à le tenir, et Jem dut s'asseoir sur ses chevilles en pressant des deux mains sur ses genoux.

Quand la balle fut enfin extraite, Gabby transpirait autant que Wickham.

— Je l'ai! cria enfin Ormsby en brandissant triomphalement l'objet sanguinolent, avant de le déposer dans la cuvette que lui tendait Gabby.

Wickham qui, malgré les efforts de Barnet et de Jem, s'était cambré au dernier moment, se laissa retomber sur le matelas, tandis que le sang giclait de plus belle.

L'air important, Ormsby entreprit de juguler l'hémorragie. Wickham cracha le mouchoir.

— Je crois que je vais être malade, murmura-t-il d'une voix enrouée.

Jem lui lâcha les chevilles, Barnet lui tint la tête hors du lit, et Gabby eut tout juste le temps de se précipiter avec la cuvette.

10

Lorsqu'elle sortit de la chambre du comte, Gabby était tout étourdie de fatigue. Après avoir cautérisé la plaie, fait un pansement et laissé un certain nombre de médicaments, Ormsby était parti, promettant de revenir le lendemain. Wickham, épuisé et encore sous l'influence de l'alcool, avait déjà sombré dans le sommeil. Barnet avait exprimé son désir de veiller son maître, et Jem suivit Gabby dans le couloir qui, heureusement, était désert. Sans doute les domestiques avaient-ils escorté le médecin dans leur hâte d'avoir des nouvelles du comte.

— Si vous avez quelque chose à me dire, or je vois bien que c'est le cas, ça attendra. Je suis trop lasse pour vous écouter.

On distinguait nettement un début d'ecchymose sur la mâchoire du vieil homme, et Gabby se rappela le coup que Wickham lui avait assené. Jem ne l'oublierait pas de sitôt, et il était fort peu enclin à pardonner !

— Vous vous êtes fourrée dans un drôle de pétrin, mademoiselle Gabby, vous le savez aussi bien que moi ! grommela le domestique avec véhémence. Ces deux-là sont une paire de canailles comme je n'en ai jamais vu ! Et tirer sur cette fripouille est ce que vous avez fait de mieux. Il...

— Pensez ce que vous voulez, mais surtout, tenez votre langue ! coupa brutalement Gabby. Qui que soit cet homme, il ne peut être pire pour nous que le cousin Thomas.

— M. Thomas est peut-être un imbécile, mais au moins, avec lui, on n'aurait pas à craindre d'être assassiné dans nos lits. Ces deux gredins méritent le bagne, ou même la pendaison. Laissez-moi seulement aller à Bond Street…

Il s'interrompit comme Mary arrivait avec un broc d'eau chaude et s'inclinait devant Gabby.

— Bonjour, Mary.

— Bonjour, madame. Mme Bucknell a pensé que vous aimeriez faire un brin de toilette…

— C'est une excellente idée, Mary, merci. Portez cela dans ma chambre, je vous rejoins tout de suite.

Dès que la caméριste eut disparu, Gabby se tourna de nouveau vers Jem.

— Si nous révélons que cet homme n'est pas Wickham, il révélera à son tour que mon frère est mort. Alors, Thomas entrera en possession de l'héritage. Vous le connaissez. Une fois qu'il sera comte, mes sœurs, moi, vous, le reste du personnel, nous trouverons dans une situation catastrophique. L'alternative que j'ai choisie n'est sans doute pas idéale, mais elle est meilleure, je vous assure.

Jem eut un petit mouvement sceptique de la tête.

— Si vous êtes vraiment déterminée, mademoiselle Gabby, vous pouvez compter sur moi. Mais à mon avis, c'est une erreur, une grave erreur. Ces canailles…

Une servante passait, chargée d'un lourd seau de charbon, et il se tut de nouveau. Gabby en profita pour se diriger vers ses appartements.

— Je vais me coucher, annonça-t-elle, et je vous suggère d'en faire autant.

— Je ne pourrai jamais fermer l'œil avec la maison pleine de gredins, rétorqua Jem. Et comme je dors dans les communs, qui vous protégera, vous, hein, vous pouvez me le dire ?

— Fort heureusement, je n'ai pas besoin d'être protégée pour l'instant. L'un est blessé et l'autre veille sur lui. Ce qui signifie qu'ils n'auront guère le loisir de s'occuper de nous.

Sur cette note optimiste, elle posa la main sur le bouton de sa porte.

— Vous avez raison, sauf s'ils décident qu'il est plus urgent d'éliminer des témoins gênants que de soigner une blessure. Alors là, on est fichus. Ouvrez l'œil, comme moi, et surtout ne leur faites pas confiance une seule seconde !

Ce sombre avertissement lui résonnant encore aux oreilles, Gabby entra chez elle où elle laissa Mary s'occuper d'elle avant de s'allonger sur son lit.

Quelques minutes plus tard, elle dormait à poings fermés.

— Tu vas la réveiller. Disparais immédiatement !

— Mais il est presque midi !

Le murmure contrarié venait de Beth.

— Ça prouve qu'elle est très fatiguée.

Claire aussi parlait à voix basse.

— Gabby ne dort jamais aussi tard.

— En général, elle n'est pas réveillée par un coup de feu au milieu de la nuit.

— Bah, Gabby n'est pas une mauviette au point de se reposer toute la journée à cause de ça ! Nous aussi, nous avons été dérangées, pourtant nous sommes debout. Je suis persuadée qu'elle n'aimerait pas manquer notre première journée en ville.

— Tu ne penses qu'à aller te promener, rétorqua Claire.

Gabby entrouvrit les yeux et vit ses sœurs près de son lit. Claire essayait d'éloigner Beth, mais celle-ci résistait énergiquement. Bien entendu, ni l'une ni l'autre ne savaient qu'elle avait passé une nuit blanche.

— Tu commences sacrément à m'échauffer les oreilles !

— Quand je pense que c'est à moi que Twindle reproche d'utiliser des termes vulgaires ! s'indigna Beth. Tu n'en emploies jamais devant elle.

— Allons, file !

Avec beaucoup de dignité, Claire avait négligé de relever l'allusion de sa sœur.

— Laisse Gabby se reposer, nous irons courir les boutiques demain.

— Courir les boutiques ? s'étrangla l'adolescente. C'est ça ton idée d'une journée réussie ? Ça me paraît plutôt rasoir. Je...

— Très bien, je suis réveillée, intervint Gabby en roulant sur le dos.

Les rideaux étaient tirés mais, d'après les bruits de la rue, la journée était déjà bien avancée. Un instant, elle éprouva un délicieux frisson qui lui fit fugitivement oublier tout le reste : elles étaient à Londres !

— Regarde ce que tu as fait ! s'exclama Claire, réprobatrice. Tu aurais pu la laisser dormir, tout de même !

— À vrai dire, j'ai beaucoup trop à faire pour passer la journée au lit. Quelle heure est-il ?

— Plus de 11 heures ! s'empressa de répondre Beth, scandalisée, comme si dormir si tard était le comble de la dépravation.

Il faut dire que leur père, insomniaque de nature, exigeait que l'on se levât à l'aube. Et bien qu'il fût mort depuis plus d'un an, les jeunes filles découvraient que les habitudes avaient la vie dure.

— Si tard ! plaisanta Gabby en faisant signe à sa jeune sœur d'ouvrir les rideaux.

La vive lumière acheva de la réveiller et, se redressant, elle s'adossa à la tête de lit. Elle se rendit compte alors qu'elle avait mal partout. Surtout à la hanche, ce qui lui rappela aussitôt sa chute et tout ce qui avait suivi. Dans la pièce voisine se trouvait un homme qui se prétendait son frère. Un homme qui l'avait brutalisée, menacée, et qui avait bien mérité sa blessure. Un dangereux criminel dont elle connaissait le sombre secret.

Elle frissonna. Elle devait se féliciter d'avoir été réveillée par ses sœurs et non par son homme de main venu la trucider dans son lit !

Mais inutile de s'appesantir sur le sujet, pour le moment, elle ne pouvait rien contre l'imposteur. Le moyen le plus rapide pour se débarrasser de lui était de suivre son plan initial : voir Claire honorablement mariée. Tout serait alors différent, et le gredin n'aurait qu'à bien se tenir.

— Vois comme elle a l'air lasse. Il faudrait que tu apprennes un peu à te soucier des autres, Beth.

Cette dernière bouillait d'indignation.

— Beth a raison, Claire, intervint vivement Gabby afin d'empêcher la discussion de dégénérer.

— Tu vois ? triompha Beth.

Claire, oubliant provisoirement son statut de jeune fille bien élevée, lui tira la langue.

— Voulez-vous sonner, l'une ou l'autre ? Il faut que je me prépare. D'abord, nous devons rendre visite à tante Salcombe le plus tôt possible ; ensuite, nous recevrons sûrement des invitations.

Gabby contempla ses sœurs, vêtues de leurs tristes robes de deuil, et décida d'agir au plus vite. Elle respirerait mieux lorsque Claire serait convenablement vêtue, admirée, courtisée et mariée. Elle avait beau se raisonner, elle avait l'impression d'être assise sur un baril de poudre qui menaçait d'exploser à tout instant.

— Il te faut des toilettes neuves, Claire. Nous en avons toutes besoin, d'ailleurs. Nous ne ferions guère d'effet, avec notre garde-robe actuelle !

Claire approuva avec chaleur tandis que Beth faisait la grimace.

— Ne me dis pas que nous allons traîner dans les boutiques ! gémit-elle.

Gabby rabattit drap et couvertures, et s'efforça d'ignorer la douleur de sa hanche lorsqu'elle posa le pied par terre.

— C'est pourtant exactement ce que nous allons faire !

Le temps de se préparer, Gabby avait calmé sa jeune sœur en lui promettant de l'emmener visiter Londres dès qu'elles seraient convenablement vêtues. Beth, postée à la fenêtre pour regarder les élégants passants – au grand dam de Claire qui trouvait cela fort vulgaire –, dut bien reconnaître que c'était indispensable.

Pour répondre aux questions de Claire, Gabby dut ensuite inventer une histoire afin d'expliquer comment Jem et elle s'étaient trouvés les premiers sur les lieux de l'accident, la nuit précédente.

Comme elles se dirigeaient vers l'escalier, les trois sœurs croisèrent malencontreusement Barnet qui sortait de la chambre du comte, l'air sombre, portant un plateau avec un bol de bouillon intact et un verre de bière.

— Comment va Wickham ? demanda Beth, alors que Gabby aurait préféré ne pas s'arrêter.

— Pas bien. Faible comme un nouveau-né, et il veut pas manger.

— Je ne toucherai pas à cette satanée eau de vaisselle !

Par la porte entrouverte, la voix de Wickham leur parvint, faible mais agressive.

Barnet jeta un regard désolé à Gabby.

— Vous avez entendu le Dr Ormsby, mademoiselle. Il a dit qu'il devait rien avaler de solide avant qu'il l'ait examiné de nouveau.

Claire prit le plateau des mains de Barnet.

— Nous pourrions peut-être…

— Gabriella ! C'est vous ? Venez ici ! ordonna le comte d'un ton péremptoire.

Gabby fronça les sourcils. Elle fut tentée d'ignorer ce rustre, mais ses sœurs seraient étonnées d'un tel comportement. Le blessé était censé être leur frère, après tout.

— Gabriella !

— Donne-moi ça ! déclara Gabby en attrapant le plateau. La chambre de Wickham n'est pas un endroit pour vous deux. Descendez demander à Stivers de servir le déjeuner. Je vous rejoins dans quelques minutes.

— Mais, Gabby…

Beth glissa un coup d'œil curieux par l'entrebâillement, mais elle ne discerna que deux fauteuils de brocart près de la cheminée.

— Obéis !

— Vous pouvez lui rapporter le plateau si vous voulez, mademoiselle, intervint Barnet, mais il m'a demandé d'aller chercher des tranches de rosbif à la cuisine, et peut-être aussi du pudding. Le cap… Sa Seigneurie va m'arracher les yeux, si je n'exécute pas ses ordres.

— Il n'arrachera pas les miens, assura Gabby avec plus de conviction qu'elle n'en éprouvait réellement.

Barnet s'effaça devant elle avec respect, et elle pénétra dans la chambre dont il referma la porte.

Elle entendit ses sœurs s'éloigner.

Elle se retrouvait seule avec l'homme qu'elle avait toutes les raisons de redouter, et elle s'arrêta un instant, hésitante.

Elle se sentait un peu comme Daniel entrant dans la fosse aux lions.

11

Elle était menue, délicate, et aussi nerveuse qu'un simple soldat au milieu d'une pièce pleine de généraux. Ses yeux étaient immenses dans son petit visage pâle. Parfait ! se dit-il. Il lui faisait peur, et c'était exactement ce qu'il souhaitait. Il fallait qu'elle ait suffisamment peur pour y songer à deux fois avant de révéler son secret.

Certes, il était en état d'infériorité, cloué au lit par sa blessure. Pour commencer, il n'avait aucun moyen de l'empêcher de revenir sur leur marché. Il espérait seulement que l'intérêt de la jeune femme l'obligerait à tenir sa langue.

Mais c'était un espoir bien fragile. Le fil sur lequel il marchait depuis qu'il avait endossé l'identité de Marcus devenait de plus en plus ténu, puisque son domestique et elle étaient au courant. Jusque-là, il s'était seulement inquiété à l'idée de rencontrer quelqu'un qui connût soit Marcus, soit lui. Comme Marcus avait vécu toute sa vie à Ceylan et n'avait mis les pieds en Angleterre que pour un bref séjour des années auparavant, et que lui-même avait également passé son enfance à Ceylan avant de s'installer en Inde, il y avait tout de même peu de chance pour que sa supercherie fût découverte. Toutefois, il était conscient de marcher sur des œufs.

Mais après les événements de la nuit passée, il se sentait plutôt sur une barque en train de sombrer...

— Approchez ! dit-il sur le ton qu'il aurait employé avec un de ses hommes.

Elle releva le menton, haussa les sourcils. Malgré la robe noire qui semblait faite pour une femme deux fois plus âgée qu'elle et deux fois plus grosse, elle était soudain une grande dame qui le considérait comme s'il n'était que poussier.

S'il ne s'était pas senti à ce point mal à l'aise et vulnérable, il en aurait souri.

— Approchez, s'il vous plaît, ma chère Gabriella, se reprit-il avant qu'elle ne tournât les talons, comme son expression le laissait prévoir. J'aimerais vous dire quelques mots.

— À quel sujet ?

Le ton était coupant, mais elle obtempéra.

Il la soupçonna d'ailleurs d'obéir plus à cause du poids du plateau que par docilité.

— De notre marché.

Elle se raidit de nouveau, et chancela brièvement.

— Je n'ai pas besoin que vous me le rappeliez, dit-elle froidement. Je ne reviendrai pas sur ma parole.

— Vous vous souvenez ? Vous ne devez en parler à âme qui vive.

— Vous ne croyez tout de même pas que j'irais raconter cette histoire à qui voudrait l'entendre ? Être entrée dans votre jeu ne me donnerait de crédit aux yeux de personne, croyez-moi.

— Sauf aux miens, si cela peut vous réconforter.

— Cela ne me réconforte nullement.

Elle posa le plateau sur la table de nuit avec une telle force qu'un peu de bouillon se renversa. Il remarqua alors que c'était exactement celui qu'il venait de renvoyer aux cuisines.

— J'ai demandé à Barnet d'aller me chercher quelque chose de consistant, dit-il d'un ton aigre.

— Il suivait simplement les instructions du médecin, objecta-t-elle sévèrement.

Les rideaux étaient ouverts, et les rayons du soleil illuminaient son visage. Ses yeux avaient la couleur de la pluie, nota-t-il, et elle avait un profil de camée. Elle possédait, comme il s'en était aperçu en la tenant serrée contre lui, bien plus de rondeurs féminines qu'on ne le soupçonnait au premier abord, et cette disparité entre l'image qu'elle offrait au monde et la jeune femme qui perçait fugitivement intriguait fort Wickham. Il se rendit compte qu'il avait grand plaisir à la contempler.

— Cette bouillie infâme me tuera plus sûrement que votre coup de feu, marmonna-t-il.

Comme il s'y attendait, elle prit un air coupable et il s'en réjouit. Il souhaitait qu'elle regrettât son geste, ainsi, il pourrait tirer parti de son sentiment de culpabilité.

— C'est pourtant ça ou rien, jusqu'à ce que M. Ormsby soit venu vous voir, déclara-t-elle.

Peut-être après tout n'était-il pas aussi impressionnant qu'il l'aurait voulu, couché sur son lit, mal rasé, sans doute très pâle, vêtu d'une simple chemise sous le drap que Barnet avait remonté jusqu'à sa taille. Il n'était vraiment pas en position de donner des ordres ! D'ailleurs Gabriella ne semblait plus avoir peur de lui, elle avait plutôt l'attitude d'une gouvernante face à un enfant capricieux.

— Vous pouvez manger tout seul ?

— Je ne suis pas un bébé ! répliqua-t-il. Bien sûr, je pourrais manger seul si je le désirais, mais je n'en ai pas envie.

— Montrez-moi quand même, le défia-t-elle en lui posant le plateau sur les genoux, avant de reculer et de le contempler, les bras croisés. Allez, prenez la cuiller !

— Je n'en ai pas envie… répéta-t-il, buté.

— Vous n'y arrivez pas, c'est ça ? Quelle humiliation pour quelqu'un habitué à commander que d'être trop faible pour tenir une cuiller !

Les dents serrées, il mordit à l'hameçon et il en fut conscient. Pis encore, lorsqu'il voulut porter la cuiller à sa bouche, ses muscles se transformèrent en coton, et il se mit à trembler. Le bouillon se renversa sur le plateau.

— Je vais vous aider.

Résignée, Gabby lui prit la cuiller des mains et s'assit au bord du lit.

Il ne savait pas s'il devait être amusé, vexé ou reconnaissant d'être ainsi traité comme un enfant au berceau.

— Ouvrez la bouche ! fit-elle d'un ton aussi autoritaire que le sien.

Surpris lui-même par sa docilité, il obéit, et elle lui fit avaler le liquide qu'il trouva étonnamment bon.

— Dites-moi quelque chose : comment avez-vous appris que mon frère était mort ?

La question le prit au dépourvu et il faillit s'étrangler.

— Je pourrais vous retourner la question, dit-il finalement.

— Je vais vous répondre : j'avais envoyé Jem porter un message à Marcus. Il était là quand… ça s'est passé.

— Vraiment ?

Il était étonné de ne pas avoir remarqué le vieux serviteur. Mais il est vrai qu'il s'était lancé aussitôt à la poursuite du meurtrier, poussé par la rage et le chagrin, alors que Jem était sûrement resté sur place. Marcus avait écrit : *J'ai trouvé ce que tu cherches.* Et ce qu'il cherchait, il était si pressé de le trouver qu'il n'avait pas pris le temps de retourner auprès de Marcus. Celui-ci était mort, il ne pouvait plus rien pour lui, hormis se jeter aux trousses de son assassin. Un homme pour qui, apparemment, le crime ne représentait pas grand-chose. Suivre sa trace était la seule piste dont il disposât, et il ne fallait pas la laisser refroidir.

Cependant, il craignait que cela ne le mène à rien, comme bien des pistes suivies au cours de ces derniers mois. Son imposture était pour le moins hasardeuse. Si le meurtrier ne tentait pas de le tuer en pensant qu'il avait raté son coup la première fois, il n'arriverait à rien. C'était vraiment chercher une aiguille dans une botte de foin.

— Alors ?

Gabriella le regardait, impatiente, tandis qu'il avalait la dernière gorgée de bouillon. Il se rendit compte qu'il se sentait bien mieux de s'être restauré. Mais il ne pouvait répondre. Jamais, au grand jamais, il ne révélerait l'objet de la quête qui l'avait amené là où il était.

— Vous avez une bouche… qui appelle… les baisers, murmura-t-il pensivement en s'appuyant contre ses oreillers, les yeux mi-clos.

La taquiner lui semblait un bien piètre remerciement pour ses soins, mais cela eut le résultat escompté. Stupéfaite, elle ouvrit de grands yeux, et il poursuivit en souriant :

— J'y goûterais bien pour le dessert. Qu'en pensez-vous ?

Elle bondit sur ses pieds, bousculant le plateau au passage, et un moment il craignit d'être inondé de bière. Il rattrapa vivement le verre, heureux de s'apercevoir qu'il en était de nouveau capable, et croisa les yeux d'argent qui le fixaient avec fureur.

— Vous n'êtes qu'un vulgaire libertin ! s'indigna-t-elle. J'aurais dû m'en douter, au lieu de m'attendrir ! Je regrette de ne pas vous avoir laissé mourir de faim !

Sur ce, elle tourna les talons et se dirigea d'un pas digne vers la porte. Souriant, il ne put s'empêcher de s'attarder sur le léger balancement de ses hanches sous la robe trop large. Non, décidément, elle n'était pas aussi mince qu'il l'avait d'abord supposé, loin de là !

12

Gabby fulminait encore lorsqu'elle rejoignit ses sœurs. Songer qu'elle avait eu pitié de lui, qu'elle s'était assise sur son lit pour lui faire avaler son bouillon, qu'elle commençait à se sentir un peu plus à l'aise en sa présence ! Quelle sotte ! Mais il avait un charme à faire damner une sainte, et elle s'y était laissé prendre.

Cela ne se produirait plus.

— Que voulait Marcus ? s'enquit Beth alors qu'elle s'asseyait à table.

Décontenancée, Gabby cligna des yeux, puis elle s'efforça d'oublier la scène qui venait d'avoir lieu et se composa un visage raisonnable pour émettre une réponse raisonnable.

— Il voulait s'assurer que nous étions bien installées, et je l'ai rassuré sur ce sujet.

Beth semblait sur le point de poser une autre question, et Claire de s'en mêler, aussi Gabby détourna-t-elle vivement la conversation. Elle demanda à Twindle où l'on pouvait trouver les boutiques les plus en vogue. Sa petite ruse fonctionna au-delà de toute espérance, et Claire se mit à bavarder avec la gouvernante, interrompue de temps en temps par Beth, ou demandant l'avis de Stivers. Il le leur donna volontiers tandis qu'elles dégustaient un léger repas, puis elles décidèrent de se lancer dans leur première journée citadine.

Londres parut éblouissant à leurs yeux de provinciales. Elles s'émerveillèrent devant les monuments, les musées, les maisons aux élégantes façades. Puis devant les nombreux parcs, la foule qui circulait dans les rues, à pied, à cheval, en attelage. Lorsqu'elles atteignirent Bond Street qui, selon le majordome et le manuel que s'était procuré Beth, était la rue la plus chic de la capitale, Gabby elle-même demeura béate d'admiration. Pour un peu, elle serait restée bouche bée, comme Beth à qui Claire fit remarquer qu'elle avait l'air de gober les mouches.

Au début, conscientes de leur accoutrement, elles hésitèrent à pénétrer dans les élégantes boutiques où évoluaient des dames de la haute société. Gabby s'y sentait à peu près aussi à sa place qu'une jeune puritaine dans une maison close. Mais les soies, les satins, les mousselines déployés dans les vitrines étaient si magnifiques, les toilettes de coupe si parfaite qu'elles ne purent résister. À peine entrées, le plaisir prit le pas sur la gêne.

Une fois dans le très sélect sanctuaire de Mme Renard, la plus célèbre couturière de la ville, elles s'absorbèrent dans une conversation sur la mode sans se soucier de leur entourage. Après que Claire eut laissé entendre à une vendeuse pincée que ce trio de provinciales mal fagotées était en réalité les sœurs du comte de Wickham venues à Londres pour la saison, Madame en personne vint s'occuper d'elles en se félicitant intérieurement de sa bonne fortune.

L'après-midi se passa au milieu des étoffes et des patrons, au point que Gabby elle-même en était tout étourdie. Mme Renard comprit tout de suite qu'il fallait s'intéresser à Claire en priorité. La petite femme aux cheveux teints et au regard d'oiseau de proie sut aussitôt que ses modèles seraient mis en valeur sur cette superbe jeune fille, ce qui était excellent pour sa réputation. Les autres sœurs, confia-t-elle en privé à son assistante, étaient moins spectaculaires, encore que l'aînée, même si elle était un peu âgée pour une célibataire, possédait une allure qui était, d'une certaine manière, aussi précieuse et rare que la véritable beauté. De la classe, déclara-t-elle. Lady Gabriella avait de la classe. Quant à la cadette, il fallait espérer qu'avec le temps sa silhouette perdrait ses rondeurs affligeantes.

Madame avait toutefois l'impression d'avoir rendu grand service à ses clientes en faisant remarquer qu'en tant qu'aînée et chaperon, lady Gabriella aurait également besoin de nombreuses toilettes. Lady Elizabeth ne devait pas non plus être négligée car, bien qu'elle fût trop jeune pour assister aux soirées, il était parfaitement convenable qu'elle acceptât des invitations dans la journée et rencontrât des jeunes gens de son âge. Il fallait donc que sa garde-robe, sage comme il convenait pour une adolescente, fût également conséquente.

Quand elles en eurent terminé avec les essayages, sur le conseil de la couturière, elles se rendirent chez *Guenther* afin de déguster des glaces. Épuisées mais ravies, elles goûtaient le plaisir sans mélange d'être élégantes dans leurs robes neuves. En effet, Mme Renard, impressionnée par ses illustres clientes, avait accepté de se séparer de robes commandées par d'autres clientes qui n'avaient pas encore été livrées. Les tristes tenues de deuil seraient données à des œuvres charitables, et le reste leur serait apporté au cours de la semaine.

— Et si l'apparition de cette ravissante débutante ne fait pas nettement augmenter mes ventes, je ne mérite plus le nom de couturière ! déclara Mme Renard, satisfaite, lorsque ses clientes eurent quitté la boutique.

Trois quarts d'heure plus tard, ayant terminé leurs crèmes glacées, les trois sœurs décidèrent de remettre le reste de leurs courses – rubans, éventails et autres colifichets – à un autre jour.

— Ma foi, reconnut honnêtement Beth tandis qu'elles remontaient en voiture, je dois avouer que cela n'a pas été trop pénible. C'est beaucoup plus amusant ici qu'à York.

— En effet. D'autant que nous n'avons jamais eu autant d'argent à dépenser, et que la mode à Londres est époustouflante, renchérit Claire qui se tourna vers Gabby, anxieuse. Crois-tu que Marcus va nous couper les vivres, quand il recevra les factures ? Nous avons été affreusement dépensières, je le crains. J'ignorais que nous aurions besoin de tant de toilettes.

— Sans compter les gants, les capotes, les châles, et ces charmantes petites bottines à boutons ! intervint Beth avec enthousiasme.

Elle s'était trouvée tellement différente, dans ces élégantes tenues !

— Il n'était pas nécessaire d'acheter de nouvelles robes pour moi, mademoiselle Gabby, dit Twindle qui s'inquiétait aussi du montant dépensé. Je vous l'ai dit, j'ai largement de quoi m'habiller, et Sa Seigneurie n'a peut-être pas envie de payer pour que je me pavane vêtue comme une duchesse.

— Sornettes ! la rabroua Beth. Tout ce que vous avez sélectionné est gris, ou violet, et d'une coupe tellement classique... Aucune duchesse ne voudrait de ces toilettes !

— J'ai choisi en fonction de mon âge et de ma situation, mademoiselle Beth, et ces robes seront beaucoup plus belles que tout ce que j'ai jamais possédé.

— C'est vrai pour nous toutes, lui rappela Claire avec un clin d'œil.

— Père était tellement pingre ! s'exclama Beth. J'espère que notre frère ne tient pas de lui. Ce serait affreusement humiliant, s'il nous obligeait à tout rendre !

— Notre frère sera ravi de nous voir à notre avantage ! déclara fermement Gabby en chassant de son esprit la vision de l'odieux personnage.

Elle n'avait pas la moindre idée de sa réaction s'il tombait par hasard sur l'exorbitante facture, et elle s'en moquait ! Après tout, cet argent leur appartenait bien plus qu'à lui. Pour être tout à fait exact, la fortune était désormais celle du cousin Thomas, mais Gabby refusait d'y penser. Inutile de se laisser troubler par de vains scrupules. Elle avait pris une décision, elle devait s'y tenir. Claire aurait enfin les toilettes qu'elle méritait de posséder, point final.

Compte tenu des circonstances, « Wickham » n'allait certes pas se mettre à contrôler leurs dépenses ! Il avait déjà bien de la chance de ne pas moisir en prison. Et de toute façon, il n'était guère vraisemblable qu'il eût vent du montant de leurs dépenses, car Gabby avait fait envoyer la facture directement chez M. Challow.

— Cette robe fauve que tu portes te va à ravir, Claire, reprit-elle.

— Oui ! renchérit Beth. Tu as vu les deux messieurs qui ne te quittaient pas des yeux, dans la rue ? Je dois dire, Claire, que malgré tous tes défauts, tu es d'une beauté renversante.

La jeune fille exprimait là une vérité universelle, sans la moindre trace de jalousie.

— Moi ? Des défauts ? s'indigna Claire, le menton levé, avant d'éclater de rire. Tu es très jolie toi aussi, Beth. Ce vert donne un ton cuivré à tes cheveux.

— Non, c'est vrai ? répliqua l'adolescente, aux anges, en lissant la mousseline de sa jupe. Tu crois qu'ils pourraient foncer un peu, réellement ? Avoir une chevelure carotte est ce qu'il y a de plus détestable au monde !

— Réjouis-toi de n'avoir pas en plus des taches de rousseur, lui conseilla Claire.

Beth était tellement d'accord avec sa sœur qu'elles bavardèrent sans se disputer durant le reste du trajet.

De retour à la maison, elles trouvèrent le cousin Thomas qui les attendait au salon. Grand, maigre, à moitié chauve, une expression rébarbative sur le visage comme à l'accoutumée, il se leva vivement à leur entrée. Bien que leur dernière entrevue ait été pour le moins fraîche, Gabby l'accueillit avec le sourire et lui tendit la main. Beth et Claire suivirent son exemple.

Après les politesses d'usage, Thomas en vint à l'essentiel.

— J'ai entendu dire – vous savez comme les nouvelles se propagent vite – que Wickham était rentré de Ceylan pour prendre sa place à la tête de la famille, et qu'il s'était arrangé pour qu'on lui tire dessus. Qu'y a-t-il de vrai dans toute cette histoire, je vous prie ?

À présent, mentir aurait presque dû être une seconde nature chez elle, songea Gabby, or ce n'était pas le cas. Et elle ressentit plus qu'un pincement de culpabilité lorsqu'elle confirma que Wickham se trouvait bien dans sa chambre, légèrement blessé par un coup de feu qu'il s'était maladroitement infligé lui-même.

Sans l'appui innocent de Beth et de Claire, Thomas aurait pu deviner à sa voix mal assurée qu'elle ne disait pas la vérité, et Gabby se promit de s'améliorer à l'avenir. Après tout, elle était bien trop impliquée dans cette affaire pour songer à revenir en arrière.

Quand le cousin Thomas fut parti, en annonçant la visite de lady Maud et de ses filles dès qu'elles seraient rentrées d'un court séjour en province, Gabby rédigea une lettre à leur tante Salcombe pour lui faire part de leur présence en ville et la prier de les recevoir dès que possible.

Épuisée par sa journée et le babillage de ses sœurs, elle se retira tout de suite après le dîner mais, une fois au lit, elle s'aperçut qu'elle était incapable de dormir.

Sa hanche et sa jambe la faisaient terriblement souffrir, à cause de sa chute de la veille, mais aussi des courses dans Londres. Pour ajouter à son malaise, elle entendait des sons provenant de la chambre adjacente, qui lui rappelaient qu'une simple porte la séparait de deux gredins. Celle qui s'ouvrait au fond de l'antichambre.

Toutefois, Stivers lui avait appris que le Dr Ormsby était passé et avait trouvé le comte en piètre état, aussi se jugeait-elle à peu près en sécurité. Malgré tout, les avertissements de Jem lui résonnaient encore aux oreilles. Grâce à son fidèle serviteur, chaque fois qu'elle fermait les yeux, elle imaginait l'énorme Barnet se glissant en silence jusqu'à son lit pour l'étouffer sous un oreiller.

Finalement, elle se leva, prit sur la coiffeuse un flacon de cristal qu'elle vida de son contenu avant de le poser en équilibre sur le bouton de la porte de communication. Dernière précaution, elle emporta le tisonnier dans son lit, et parvint enfin à s'endormir.

Pour être réveillée en sursaut au beau milieu de la nuit par le bruit du flacon qui éclatait sur le plancher. Elle se redressa, s'empara du tisonnier, et vit, horrifiée, une haute silhouette se découper à contre-jour sur le seuil de l'antichambre.

13

Le cœur battant, son arme improvisée bien serrée dans sa main, Gabby se débarrassa des draps d'un coup de pied, et bondit sur le sol avant que l'homme – Barnet – n'eût le temps d'arriver jusqu'à elle. Elle empoigna à deux mains le pique-feu, qu'elle trouva incroyablement lourd, et le brandit au-dessus de sa tête.

— Ne bougez pas ! Ne bougez pas ou j'appelle au secours !

Sa voix tremblait tellement qu'elle n'était pas du tout certaine d'avoir la force de crier. La gorge sèche, elle arrivait à peine à articuler sa menace.

— Mademoiselle ! Mademoiselle, c'est le cap'tain !

Barnet ne se laissa pas intimider et, contournant le lit, l'accula dans un coin de la chambre.

— Sortez ou je vous frappe !

Trop tard ! Il était déjà sur elle et elle ne pouvait plus ni l'assommer ni le décapiter, pour la simple raison qu'il avait saisi l'autre bout de la barre de fer sans la moindre difficulté et la tenait à présent dans son énorme poing.

— Il va pas bien, mademoiselle. Il faut que vous m'aidiez.

Le dos collé au mur, la tête levée vers le géant, elle continuait à s'accrocher à la poignée de bois du tisonnier tout en cherchant du regard une autre arme à sa portée.

— S'il vous plaît, mademoiselle. Il perd la tête, et je veux appeler personne d'autre, parce que j'ai peur de ce qu'il pourrait dire.

Le colosse, nerveux, se dandinait d'un pied sur l'autre en jetant des coups d'œil inquiets vers la chambre de son maître, et Gabby se détendit en comprenant soudain qu'il n'était pas venu lui faire du mal, mais, au contraire, lui demander de l'aide.

— Il faut que vous veniez tout de suite, mademoiselle, insistait-il. Je peux pas le laisser plus longtemps.

— Vous avez besoin de moi ? demanda Gabby, encore méfiante.

La chambre était sombre, elle ne voyait que l'impressionnante ligne des épaules de Barnet, et il était si près d'elle qu'elle n'allait pas tarder à attraper un torticolis. Il tenait toujours le bout du tisonnier, que Gabby se décida à lâcher enfin.

Un faible gémissement et une série de sons étouffés répondirent à la place de Barnet.

— Il va mourir, s'il continue à s'agiter comme ça ! dit l'homme, désespéré.

Il jeta le tisonnier sur le lit et se dirigea vers la porte. Gabby remarqua qu'il était en chaussettes et songea vaguement qu'avec un peu de chance, il se couperait le pied en marchant sur les éclats de verre. Il allait disparaître dans la pièce voisine lorsqu'il se retourna brièvement.

— Venez, mademoiselle !

Récupérant le pique-feu – non qu'il eût été de quelque utilité, mais on ne savait jamais –, Gabby s'empara de son peignoir et suivit le géant en prenant soin d'éviter le flacon brisé.

Il y avait une clé sur la porte de communication du côté de Wickham, et elle se dit qu'il n'avait pas été bien difficile d'entrer chez elle.

Elle avait eu raison de mettre un témoin sur la poignée.

La vision qui s'offrit à elle en entrant dans la chambre du comte la laissa sans voix. La pièce était éclairée par un candélabre posé sur la table de chevet, un grand feu brûlait dans la cheminée. Il faisait très chaud, et une légère odeur de médicament flottait dans l'air. Bien différent de l'individu qui l'avait insultée le matin même, Wickham était allongé sur le dos, et il s'agitait, les mains et les pieds attachés aux colonnes du lit par des bandelettes. Il ne portait qu'une chemise de nuit qui avait remonté au-dessus de ses genoux.

Elle eut beau s'efforcer de ne pas le regarder, elle remarqua quand même qu'il avait de longues jambes musclées.

Vous avez une bouche qui appelle les baisers... Les mots lui revenaient, importuns. Comment ce mufle avait-il osé lui parler ainsi ? Elle le détestait ! Pourtant, elle ne pouvait chasser la phrase de son esprit.

— Marcus ! Dieu, Marcus ! Il est trop tard...

Wickham, en plein délire, tentait vainement de se dégager.

— Qui est-il ?

La question avait échappé à Gabby tandis qu'elle contemplait le malheureux. De toute évidence, il avait bien connu son frère. Et il savait qu'il était mort.

— Qui êtes-*vous* ? reprit-elle à l'intention de Barnet.

— C'est fini, cap'tain. Arrêtez de vous tracasser, vous m'entendez ?

Barnet, ignorant la question de Gabby, se penchait sur le lit pour maintenir son maître aux épaules.

Gabby comprit qu'elle n'obtiendrait pas de réponse à ses questions pour l'instant et n'insista pas. D'ailleurs, s'attendait-elle vraiment à ce que Barnet lui fournît des explications ?

— Vous l'avez attaché…

— Je savais plus quoi faire. Il essayait de se lever. Il sait plus où il est.

L'homme de main était en manches de chemise, le visage bouffi de fatigue, et un cercle bistre soulignait ses yeux.

— Ce sacré – pardon, mademoiselle –, ce satané chirurgien a bien vu qu'il avait la fièvre quand il est venu cet après-midi, mais il s'est contenté de le saigner et de me laisser une potion à lui donner. Le médicament lui fait rien, et…

Barnet fut interrompu par un cri de Wickham.

— Ah, Marcus, j'aurais dû… ! Non ! Non, je suis venu aussi tôt que j'ai pu !

Wickham se débattait de plus belle, tirait sur ses liens, se cambrait sur le matelas.

— Là, cap'tain. Là…

Barnet se coucha pratiquement sur son maître pour l'immobiliser, tout en lui parlant comme à un enfant récalcitrant, ou à un cheval rétif.

— Ça va aller… Calmez-vous.

Barnet jeta un coup d'œil suppliant à Gabby qui enfila son peignoir et posa le pique-feu avant de s'approcher du lit. Wickham, hagard, avait le teint gris, les cheveux collés au front, les yeux à demi clos. Il remuait les lèvres silencieusement.

Était-ce le matin même qu'elle lui avait fait avaler son bouillon ?

— Son état s'est terriblement aggravé, murmura-t-elle.

— Oui, et c'est votre faute, mademoiselle, grommela Barnet tandis que Wickham s'agitait de nouveau.

Gabby eut le cœur serré. Avait-elle réellement été obligée de tirer sur lui ? Puis elle se rappela ses menaces, ses mains autour de son cou, et elle se secoua. Elle n'avait pas eu le choix.

— Je suis désolée, mais vous savez fort bien qu'il s'est mis tout seul dans cette situation, répliqua-t-elle d'une voix ferme.

Il ne servait à rien de s'adresser des reproches, il fallait surtout qu'elle prenne les choses en main.

— Il est brûlant, mademoiselle. Le chirurgien a dit qu'il s'attendait à un peu de fièvre, mais c'est bien pire.

Gabby acquiesça et posa la main sur le front de Wickham.

— Chut... Ça va aller.

La fraîcheur de ses doigts dut atteindre sa conscience à travers le brouillard dans lequel il flottait, car il cessa de bouger et ouvrit les paupières. Gabby plongea dans le bleu profond de ses yeux.

— Consuela, articula-t-il d'une voix enrouée. Ma belle impure, je voudrais bien, mais pas maintenant... Je... je suis un peu... fatigué.

Gabby retira sa main comme s'il l'avait mordue. Il ferma les yeux de nouveau, poussa un long soupir et sembla s'endormir.

— Il sait pas ce qu'il dit, mademoiselle, grommela Barnet dont les oreilles avaient cependant viré au rouge vif. Il a plus toute sa tête.

— Il faut faire baisser la fièvre, décréta-t-elle, préférant ignorer les paroles de Wickham ainsi que les excuses maladroites de Barnet. Envoyons chercher le médecin.

Barnet secoua la tête.

— Non, mademoiselle. Ce qu'il dit... C'est trop dangereux. C'est pas seulement ses secrets, il y a... autre chose, aussi.

Gabby croisa les bras et le fixa droit dans les yeux.

— Quelle chose ? Qui est-il, Barnet ? J'ai le droit de savoir !

Le colosse soutint son regard, mais il paraissait hésiter.

— Vous l'appelez capitaine, insista Gabby, et il est clair qu'il connaissait mon frère. Maintenant, vous parlez de secrets. Je me sentirais bien mieux si vous me racontiez le fin mot de l'histoire. Sinon, j'ai tendance à imaginer le pire... Que vous êtes des criminels échappés de prison, par exemple.

Barnet esquissa un sourire.

— C'est pas ça, mademoiselle, je vous jure. Mais c'est au cap'tain, et pas à moi, de tout vous dire s'il en a envie.

— Dieu, quelle chaleur... Ce soleil...

Wickham sortait de sa torpeur.

— De l'eau, s'il vous plaît... De l'eau.

— Vous allez en avoir, dit doucement Gabby qui, à son cœur défendant, s'attendrit et posa la main sur la joue brûlante. Il faut absolument faire venir le chirurgien, reprit-elle à l'intention de Barnet.

Celui-ci entreprit de discuter, puis finit par acquiescer. Après avoir fait boire quelques gorgées d'eau à Wickham, Gabby se retira dans sa chambre où elle sonna Mary pour la charger d'envoyer un domestique tirer Ormsby de son lit.

Ensuite, elle demanda qu'un autre valet aille chercher Jem, qui dormait dans les communs, au cas où il faudrait deux hommes pour maîtriser le patient. Enfin, elle s'habilla, bien que le jour commençât à peine à poindre. Pour jouer les infirmières, sa vieille robe noire suffirait bien, dit-elle à Mary qui l'aidait à sa toilette.

Jem arriva avant Ormsby, et ce fut Barnet qui le fit entrer dans la chambre. Les deux hommes s'observèrent avec une hostilité non dissimulée et, durant un moment, se tournèrent autour tels deux chiens ennemis. Enfin, sur un ordre bref de Gabby, ils vinrent se poster de chaque côté du lit. À voix basse, la jeune femme expliqua la situation à Jem qui ne cessait d'échanger des regards noirs avec Barnet. Le domestique commençait à peine à lui demander de réfléchir aux conséquences lorsque Ormsby frappa à la porte.

— La plaie s'est infectée, déclara le médecin après un rapide examen. Je n'irai pas par quatre chemins, mademoiselle : l'état de votre frère est grave. Pas désespéré, toutefois, se reprit-il vivement, si l'on suit mes instructions à la lettre. Il faut mettre toutes les deux heures des cataplasmes imprégnés de la poudre que je vais vous laisser, lui donner beaucoup à boire, et surtout qu'il reste au chaud et au calme.

— J'y veillerai, dit Gabby.

Le médecin saigna Wickham, afin, expliqua-t-il, de chasser les mauvaises humeurs de son corps, puis on lui fit avaler une potion et on s'occupa de la blessure elle-même. Comme cette opération révélait davantage le flanc du blessé, Gabby se retira dans un coin de la pièce afin de préparer une carafe d'eau coupée de vin.

— ... Tellement de sang ! Seigneur, Marcus ! Marcus.

Le nettoyage de la plaie devait être fort douloureux, car Wickham se réveilla à demi en criant et en se débattant. Barnet redoutait ce qui risquait d'échapper à son maître, et Gabby sentait elle aussi l'angoisse l'étreindre. Lorsqu'il s'écria : « Par Dieu, la petite sorcière m'a tiré dessus ! », elle s'empourpra violemment.

Mais quand il reprit sa litanie sur le sang et sur Marcus, elle se rassura en se disant que le médecin n'était pas censé connaître la famille, et que donc les divagations du comte n'avaient aucun sens pour lui.

Or elle se trompait.

— Je vous demande pardon, lady Gabriella, fit-il en se préparant à prendre congé, mais est-ce que... C'est-à-dire, je croyais que Marcus était le prénom de Sa Seigneurie.

Gabby sentit son sang se glacer, mais elle parvint à faire bonne figure.

— En effet, répondit-elle froidement, comme pour lui demander de quoi il se mêlait.

— Mais alors, quand il parle de ce Marcus, qui aurait été sévèrement blessé, ou même tué...

Le médecin fronça les sourcils, réduit au silence par le regard de Gabby.

— Cela n'a aucune importance, bien sûr, reprit-il. Je me demandais seulement... Excusez-moi.

— Il se trouve que mon frère avait un ami qui s'appelait également Marcus, et qui est décédé il y a quelques mois. Mon frère a été témoin de ce fatal accident.

Elle n'en aurait pas dit autant si elle n'avait tenu à dissiper tout soupçon. Si le blessé avait été réellement son frère, elle ne se serait même pas donné la peine de satisfaire la curiosité du médecin.

— Ah ! Alors, tout s'explique, soupira Ormsby, soulagé.

Avec un sourire un peu crispé, Gabby le raccompagna elle-même à la porte.

— On l'a échappé belle ! souffla Barnet après le départ du docteur.

Wickham, sans doute épuisé par les soins, se taisait, comme par hasard, maintenant qu'il n'y avait plus de danger. À la vérité, il semblait s'être endormi.

— Je vous avais avertie que le cap'tain risquait de nous causer des ennuis, poursuivit Barnet d'un ton de reproche. J'en avais les cheveux dressés sur la tête !

— Y a pas de « nous » dans cette histoire, gros balourd ! s'exclama Jem, de l'autre côté du lit. Vous êtes deux sales criminels, et ma pauvre maîtresse a seulement été obligée de vous aider.

— Garde tes réflexions pour toi, avorton ! rétorqua Barnet, les poings serrés.

— Ça suffit ! ordonna Gabby. Je ne veux plus de ces querelles entre vous. Que cela vous plaise ou non, nous devons nous serrer les coudes sous peine de nous retrouver tous sous les verrous. Depuis combien de temps n'avez-vous pas dormi, Barnet ?

Un peu adouci, l'homme fronça les sourcils dans un effort de mémoire.

— J'ai un peu somnolé dans le fauteuil avant de venir vous réveiller, mademoiselle.

— Alors, allez vous coucher, et revenez seulement dans huit heures, s'il vous plaît.

— Mais, mademoiselle... Mais...

Il jeta un coup d'œil à Wickham qui reposait paisiblement.

— Jem ou moi le veillerons en votre absence. Il est clair que nous nous partagerons la tâche de le soigner à trois. Vous avez raison, il en raconte trop, dans son délire, pour que nous le laissions aux soins de gens qui ne sont pas au courant des... circonstances particulières.

Jem se raidit et lui lança un regard qui disait clairement qu'elle avait perdu l'esprit.

Barnet se redressa.

— Si ça vous ennuie pas, mademoiselle, je préfère rester. Merci quand même de vous soucier de ma santé.

— Si, cela m'ennuie ! répliqua sèchement Gabby. Je vous prie de m'obéir. Et je suis désolée, ce n'est pas votre santé qui m'importe, mais la survie de votre maître.

Barnet sembla brusquement inquiet.

— Pourtant, mademoiselle...

— Vous ne lui serez d'aucune utilité si vous tombez de fatigue. Allons, laissez-nous nous occuper de lui.

— Oui, mademoiselle, murmura le colosse.

— Bien. Alors, filez !

Barnet se dirigeait vers la porte quand il se retourna en fusillant Jem du regard.

— Si quelque chose lui arrivait pendant que je suis pas là…

— Dehors ! cria Gabriella.

Barnet finit par obtempérer à contrecœur.

— C'est comme ça qu'il faut lui parler, mademoiselle Gabby ! exulta Jem quand la porte se fut refermée.

— Si vous ne voulez pas que je pique une crise de nerfs, je vous en supplie, cessez de vous disputer avec Barnet. Vous ne comprenez pas que nous sommes dorénavant liés à lui… et à celui-là aussi ? ajouta-t-elle avec un signe de tête en direction de Wickham. Comme ils sont liés à nous.

14

L'état de Wickham demeura stationnaire durant les deux jours qui suivirent. La blessure était entourée de chairs tuméfiées, rouges et chaudes. À chaque pansement, la plaie dégorgeait du pus et du sang, tandis que Wickham continuait à délirer sous l'effet de la fièvre. Peut-être cela valait-il mieux, songea Gabby alors qu'elle appliquait le cataplasme, pour la centième fois lui semblait-il. Au moins, il ne se rendait pas compte de ce qu'on lui faisait, et la pudeur de la jeune femme s'en trouvait un peu moins outragée.

Il était fort difficile de le laisser décemment couvert tout en le soignant. Sa chemise de nuit était propre, car Barnet l'avait changée juste avant de venir la chercher. Mais on avait dû la remonter pour le traitement et, bien que Gabby s'efforçât de cacher son bas-ventre avec le drap, il s'en dégageait sans cesse. Ce qu'il révélait alors intriguait la jeune femme au plus haut point, toutefois, elle refusait de céder à cette honteuse curiosité.

Il était déjà bien assez gênant de l'apercevoir par hasard !

Assise au bord du lit, elle s'obligeait à se concentrer sur la blessure et le haut de son corps, ce qui suffisait largement à occuper son regard – et ses sens.

Elle s'était déjà rendu compte que, bien malgré elle, son torse musclé la troublait étrangement. Parfois, elle le contemplait distraitement, se persuadant qu'elle pensait à autre chose, quand la pure beauté de ce corps masculin sous ses doigts pénétrait son esprit, accélérant les battements de son cœur, lui coupant le souffle. Elle luttait alors pour se ressaisir mais, elle ne pouvait le nier davantage, l'imposteur l'attirait irrésistiblement.

Or elle était obligée de le toucher, ce qui n'arrangeait rien. Malgré tous ses efforts, elle ne pouvait s'empêcher d'aimer le contact de sa peau. Il avait le ventre plat, ferme, aussi doux que le cuir le plus fin, partagé en son centre par une fine ligne de duvet brun qui s'élargissait là où elle s'interdisait de regarder. Son nombril, aux secrets replis, elle avait dû plus d'une fois en ôter l'eau qui coulait du cataplasme.

Il avait les hanches étroites, la poitrine qui s'évasait en V vers les épaules et, bien que la chemise la dissimulât en partie tout comme ses épaules et ses bras, elle devinait là aussi le jeu des muscles sous la peau.

Soudain, elle eut envie de le caresser.

« Tu devrais avoir honte ! » se morigéna-t-elle en croisant les mains sur ses genoux. Sans doute son esprit était-il embrumé par la fatigue et l'inquiétude, sinon elle n'aurait pas eu sans cesse de ces images incongrues qui l'envahissaient à l'improviste.

Vous avez une bouche qui appelle les baisers.

Wickham, à cet instant, marmonna quelques mots et se tourna vers elle en battant des paupières. Horrifiée, Gabby se demanda si elle n'avait pas prononcé la phrase tout haut ! Mais déjà il refermait les yeux. Dieu merci, il était toujours inconscient !

— Vous êtes un scélérat, vous savez, dit-elle avec humeur. Je ne me sens pas coupable une minute de vous avoir tiré dessus.

C'était faux. Et elle se sentirait encore bien plus coupable – meurtrière, en fait – s'il succombait. Si l'infection se répandait dans tout le corps, si la fièvre refusait de tomber...

Non, il ne fallait pas penser à ça!

Quelque part, en bas, une pendule sonna. Une heure du matin. Toute la maisonnée était endormie. Gabby avait eu bien du mal à empêcher quiconque d'entrer dans la chambre, sauf afin d'accomplir les tâches les plus élémentaires. En ce qui concernait ses sœurs, elle s'était contentée de leur dire que ce n'était pas un spectacle pour deux jeunes filles, mais avec les domestiques, ç'avait été plus compliqué. Gabby avait fini par déclarer qu'elle ne faisait confiance à personne d'autre qu'elle, Jem et Barnet pour soigner le comte.

Elle avait reçu en retour bien des regards offensés.

Pour que Wickham n'eût pas la circulation coupée et qu'il se reposât plus confortablement, elle avait demandé à Barnet de dénouer ses liens un peu plus tôt dans la journée. Cela avait merveilleusement réussi, car il dormait beaucoup plus calmement depuis qu'il était libre de ses mouvements.

— Chaud, dit-il distinctement.

Gabby retint son souffle. Allait-il enfin se réveiller? Elle en avait eu l'impression plusieurs fois depuis qu'elle avait pris son tour de garde, mais il retomba dans le sommeil, et pendant un moment, on n'entendit plus dans la pièce que sa respiration un peu rauque et le crépitement du feu dans la cheminée.

Il faisait chaud, en effet. Gabby trouvait sa robe à manches longues étouffante et, en coinçant une mèche rebelle dans son chignon, elle s'aperçut qu'elle transpirait légèrement. Elle s'éventa avec une serviette.

Il régnait dans la chambre une odeur qui n'était pas des plus agréable, celle moutardée du cataplasme et celle d'un corps fiévreux, mêlées à la cire chaude des chandeliers.

Les trois bougies, presque terminées, avaient laissé de petites flaques de cire sur les bobèches, et Gabby les souffla. Elle n'en avait pas besoin et, si faible que fût leur rayonnement, cela ajoutait à la chaleur de la pièce. Elle avait si souvent traité la blessure qu'elle était sûre de pouvoir le faire dans une relative obscurité.

— ... briella ?

Elle se tourna vivement vers Wickham. Avait-il prononcé son nom, ou marmonnait-il dans son sommeil ?

— Vous êtes réveillé ? demanda-t-elle un peu brusquement.

Pas de réponse. De toute façon, elle n'en attendait pas. Il avait toujours les yeux fermés, sa respiration était régulière. Peut-être allait-il mieux, se dit-elle en vérifiant la température du cataplasme. En tout cas son visage était moins congestionné, et il était moins agité.

Encore une heure et Jem prendrait la relève. Toujours déconcerté par la détermination de Gabby à « aider ce sacripant », ce dernier remplissait cependant sa tâche avec conscience. Même si, en attendant qu'elle s'en allât, il passait son temps à maugréer, marmonner, la mettre en garde contre des dangers plus effrayants les uns que les autres.

Elle serait tout de même heureuse de le voir arriver, car elle était épuisée, et étrangement irritable. L'homme qui gisait à demi nu et vulnérable sur le lit était un inconnu, un criminel, un individu qui l'avait insultée, menacée, brutalisée. Mais c'était aussi un homme infiniment séduisant, charmeur sans doute, et terriblement viril. Elle n'aurait pas dû se formaliser de le trouver attirant, pourtant elle s'en étonnait, et surtout elle avait horreur de cela. C'était pour le moins… troublant.

Il remuait à présent la tête sur l'oreiller et il se mit à murmurer des mots sans suite, tellement confus qu'elle n'en comprit pas une syllabe. Elle fixait sa bouche dans l'espoir de lire sur ses lèvres, qu'il avait belles, fermes, bien dessinées, elle le savait pour l'avoir fait boire maintes fois au cours des dernières heures.

Vous avez une bouche qui appelle les baisers.

Lui aussi. Que ressentirait-elle, si elle posait la sienne sur ses lèvres ?

Les cils de Wickham frémissaient tandis que les pensées de Gabby flottaient à leur guise dans son esprit. Lorsqu'elle se rendit compte du cours qu'elles prenaient, et qu'en plus elle vit les yeux bleu marine soudain fixés sur elle, elle sursauta violemment. Pourtant, à y regarder de plus près, son regard était étrangement absent, preuve qu'il n'était pas réellement conscient. D'ailleurs, il referma bien vite les paupières.

Elle poussa un soupir de soulagement et, horrifiée de découvrir qu'elle nourrissait des idées aussi inconvenantes, entreprit de soigner une fois de plus sa plaie. Enfin, sa tâche accomplie, elle posa la cuvette près du lit. Elle allait pouvoir s'asseoir au coin de la cheminée et attendre l'arrivée de Jem en parcourant le livre qu'elle avait apporté.

Au moins, cela l'empêcherait de contempler Wickham.

Pressée de s'éloigner de lui, elle entreprit de panser sa blessure. Elle eut du mal à passer la bande sous son corps, mais c'était indispensable, sinon il finissait toujours par la déplacer.

Il bougea de nouveau, ses jambes s'agitèrent, repoussant le drap – elle ne vérifia pas mais elle en était certaine –, et il articula clairement :

— S'il vous plaît.

Gabby n'avait aucune idée de ce qu'il voulait dire, elle avait hâte de s'éloigner, aussi l'ignora-t-elle, uniquement concentrée sur sa tâche.

— S'il vous plaît, murmura-t-il de nouveau.

Gabby leva les yeux. Ses paupières frémissaient mais restaient fermées, et ses lèvres s'incurvaient en une esquisse de sourire.

Il voulait de l'eau, se dit-elle, un peu agacée. Il y en avait un verre sur la table, et elle lui en donnait le plus souvent possible. Dès qu'elle en aurait fini avec le pansement, elle lui en ferait avaler encore un peu avant d'aller lire près du feu.

— Quel assommant personnage vous faites ! grommela-t-elle en lui infligeant un regard sévère qui ne risquait évidemment pas de l'intimider.

Elle finissait de fixer la bande autour de sa taille.

Il dut plus ou moins le sentir, car il referma la main sur la sienne. Ses doigts étaient brûlants, et Gabby scruta son visage. Essayait-il de communiquer ? Peut-être, mais ce n'était pas sûr. En tout cas, ses yeux étaient toujours clos.

Un peu méfiante, Gabby le laissa malgré tout soulever sa main… et la poser sur la partie la plus intime de son individu !

Horrifiée, elle s'arracha à lui et sauta à bas du lit comme un bouchon de champagne. Sa main la brûlait, la « chose » avait bougé et grossi sous ses doigts ! Incapable de s'en empêcher, elle baissa les yeux, et vit l'appendice viril dressé !

Elle frissonna, frotta convulsivement sa main contre sa jupe. Dieu, elle le sentait encore enfler dans sa paume !

Wickham fermait toujours les yeux, serein, immobile.

Évidemment, il n'était pas conscient de ce qu'il venait de faire, il était sous l'emprise de la fièvre…

Dieu merci !

Elle se calmait un peu. Maladroitement, en s'efforçant de ne pas regarder, elle chercha à tâtons le drap pour couvrir sa nudité.

Mais, rapide comme l'éclair, il lui saisit de nouveau la main et l'attira à lui sur le lit. Elle perdit l'équilibre et tomba avec un petit cri sur sa hanche douloureuse. Avant de pouvoir esquisser un geste, elle se retrouva sur le dos, lui sur elle, l'écrasant de tout son poids.

15

Elle était douce, tendre, sous lui, elle sentait... la vanille. Il enfouit le visage dans son cou et inspira profondément.

Gabriella. Il savait qui elle était. Il le savait depuis un moment, dans un petit coin de sa conscience.

Son parfum le grisait, comme le contact de son corps mince, délicat, en cet instant raidi d'appréhension.

Il se caressait contre elle tout en se doutant qu'elle n'allait pas tarder à se débattre, à lui ordonner de la lâcher.

En attendant, il avait l'intention d'en profiter. Il fit glisser sa bouche sous son oreille, où il sentit une petite veine battre au rythme de son propre cœur.

Quoi qu'elle pensât – et il ne voulait même pas essayer de l'imaginer –, son corps lui répondait instinctivement, enflammant ses sens encore davantage. Elle respirait vite, ses seins se gonflaient contre sa poitrine.

Il saisit le lobe de son oreille entre ses dents et le mordilla doucement.

Elle s'accrochait à ses épaules, ses ongles s'enfonçaient dans sa chair, elle émit un petit gémissement qui l'embrasa complètement.

Il avait envie d'elle avec une intensité presque douloureuse. Il la voulait pantelante entre ses bras, il voulait qu'elle l'embrasse avec passion, qu'elle noue ses jambes autour de ses reins.

Il voulait être en elle.

C'était impossible, il le savait, malgré le brouillard dans lequel baignait encore son cerveau.

En tout cas, il n'obtiendrait pas *tout* ce qu'il aurait voulu, il n'était pas si mufle, finalement. Mais un aperçu, peut-être…

Il posa la main sur son sein.

— Oh…

Il y avait de la surprise dans sa voix, pourtant, il sut aussi qu'elle aimait cette sensation autant que lui-même.

Ne disait-on pas que l'enfer était pavé de bonnes intentions ?

16

L'oreille de Wickham était près de sa bouche tandis qu'il l'embrassait au creux du cou. Il l'écrasait sous lui, et elle avait l'impression qu'il était aussi lourd qu'un cheval !

Et c'était… c'était…

Merveilleux !

Tout au fond d'elle vibrait une corde sensible dont elle ignorait jusque-là l'existence. Jamais elle n'avait été caressée, ou même embrassée par un homme, et cela ne lui avait pas manqué. À vrai dire, elle avait toujours considéré que, comme la plupart des jeunes personnes de son éducation, elle était à l'abri des passions bestiales, celles-ci étant le lamentable apanage du genre masculin.

Lorsqu'elle était jeune et que le mariage lui semblait faire partie évidente de son avenir, elle s'interrogeait parfois sur les relations conjugales, ou du moins ce qu'elle en savait. Elle avait conclu, au mieux, qu'elles étaient plutôt désagréables, mais que c'était le prix à payer pour avoir un époux et ensuite des enfants.

Jamais elle n'aurait imaginé qu'elle pût trouver les assauts physiques d'un homme… plaisants.

Non, s'avoua-t-elle avec son honnêteté habituelle. Divins ! C'était le seul mot capable de qualifier les frémissements qui la parcouraient tout entière. Ses sens la trahissaient, l'empêchaient de réagir, et elle s'accorda un moment, juste un petit moment, pour vivre une expérience comme elle n'aurait plus jamais l'occasion d'en goûter.

Son menton non rasé grattait la peau tendre de son cou et, quand il mordilla le lobe de son oreille, elle ouvrit la bouche, à la recherche d'air. De petits frissons partaient de l'endroit où ses lèvres se posaient sur elle, et se propageaient jusqu'à ses orteils. Même son poids ne l'écrasait pas. Ou s'il l'écrasait, c'était d'une façon agréable, excitante. En vérité, leurs corps semblaient faits l'un pour l'autre. Spontanément, le sien était prêt à s'abandonner, à se plier, à se mouler au sien.

Choquée de nouveau, elle sentit qu'il pressait son… son sexe durci à l'endroit précis où se trouvait la fleur secrète de sa féminité.

Heureusement qu'elle était habillée, songea-t-elle, les yeux agrandis d'émotion. Sinon… sinon…

Les plis du dais écarlate au-dessus d'elle se mirent à tanguer tandis que la pression rythmée éveillait en elle les sensations les plus incroyables. Elle avait l'impression qu'un nœud se formait en elle, elle était envahie d'une délicieuse chaleur, et ses hanches épousaient le rythme de celles de l'homme.

Elle brûlait, elle brûlait au moins autant que lui.

Un petit son lui échappa, et elle se rendit compte que c'était un gémissement.

Vexée, elle serra les dents afin de ne plus émettre le moindre bruit, mais elle s'aperçut bien vite qu'elle perdait pied.

Il était temps de mettre fin à cette petite expérience. Sur-le-champ. Par la force de sa volonté plus que par réel désir de s'échapper, elle détourna vivement la tête.

Aussitôt, l'air frais sur son oreille lui fut comme un reproche. Wickham en profita pour laisser glisser sa bouche le long de son cou.

Elle battit des paupières, malgré l'envie qu'elle avait de les fermer sur son plaisir. Ses mains se crispèrent, froissant la fine batiste de la chemise. Il fallait absolument qu'elle arrête avant de se laisser emporter par le tourbillon de la passion.

Il souleva légèrement son côté blessé, peut-être parce qu'il avait mal, et elle se rendit compte qu'elle pourrait plus facilement lui échapper.

À condition qu'elle le souhaitât.

Gabby chassa bien vite cette restriction troublante de son esprit. Bien sûr qu'elle le voulait ! Et même, de toute façon, il le fallait !

Elle prit une profonde inspiration. Si elle pouvait le pousser davantage sur son mauvais côté...

Mais une chaleur sur son sein la détourna de son projet. Sa main... Elle baissa les yeux vers les grands doigts posés sur la sinistre robe noire et en eut la gorge sèche. C'était parfaitement inconvenant... et délicieux.

Il joua un moment avec son sein.

Elle adorait ça ! Elle le sentait gonfler, durcir sous la caresse, elle avait l'impression de se liquéfier de l'intérieur.

Oui ! se dit-elle, horrifiée, elle devait fondre, car elle se sentait nettement humide.

Elle en fut à la fois terrorisée et excitée.

Son sein se logeait à la perfection dans la paume de Wickham, nota-t-elle, fascinée, tandis que son pouce décrivait de petits cercles concentriques qui avaient pour cible le bout rose tout raidi.

Elle tremblait de la tête aux pieds.

C'était tellement bon que ses orteils se crispaient sous les raisonnables bas de laine, tellement bon qu'elle en perdait le souffle, qu'elle serrait les mâchoires pour empêcher ces gênants petits sons de lui échapper.

Il se souleva de nouveau, glissa le genou entre les siens. Sa jupe était remontée sur ses cuisses, ses jambes mêlées à celles de Wickham.

Elle eut un brusque sursaut de panique. C'était mal ! Elle sentait sa virilité contre elle et...

Seigneur, que faisait-il, à présent ?

Sa main descendait lentement le long de son corps, il tirait sur sa robe.

Elle remontait inexorablement quand Gabby trouva enfin le courage de lutter.

— J'adore quand vous vous tortillez comme ça, dit-il distinctement à son oreille.

Stupéfaite de l'entendre s'exprimer si nettement alors qu'elle l'avait cru inconscient, elle s'immobilisa.

À cet instant, il releva la tête et la regarda.

— Vous êtes réveillé ! cria-t-elle d'une voix suraiguë.

— Vous en doutiez ?

Il avait un sourire si sensuel que son cœur fit un bond dans sa poitrine. Puis, avant qu'elle pût protester, avant qu'elle pût se débattre ou exiger qu'il la lâchât, il posa la bouche sur son sein.

Elle sentait la chaleur de sa langue malgré la robe et la chemise, et un brasier s'alluma en elle. Elle tremblait, elle s'arquait contre lui, un de ces humiliants gémissements lui échappa de nouveau. Elle glissa la main sur sa nuque pour le retenir contre elle.

Puis, scandalisée par sa propre réaction, elle se ressaisit. Elle ne devait pas, elle ne pouvait pas laisser les choses aller plus loin, et elle se mit à se débattre comme un beau diable, à le repousser. Comme elle n'arrivait à rien, avec la rapidité d'une vipère, elle le mordit de toutes ses forces à l'épaule.

17

— Aïe ! cria-t-il en roulant sur le dos, la main posée à l'endroit douloureux.

Il entendit un bruit de chute et regarda autour de lui. Elle s'était échappée et avait atterri à quatre pattes sur le tapis. Il ne voyait plus d'elle qu'une masse de cheveux auburn.

— Vous auriez pu tout simplement me dire d'arrêter !

Il fut étonné de se découvrir une voix curieusement rauque.

— Vous m'auriez écoutée ?

Elle ne semblait pas avoir remarqué quoi que ce soit d'anormal dans sa voix, se contentant de le fustiger du regard, ses yeux gris à hauteur du matelas.

Malgré ses diverses douleurs et un léger vertige, il trouvait la situation plutôt amusante.

— Bien sûr ! Pour qui me prenez-vous ?

L'expression de la jeune femme était éloquente. Il voyait tout son visage, à présent, et la réponse qu'il y lisait était fort peu flatteuse.

— Mademoiselle Gabby !

La porte s'ouvrit à la volée, et Jem entra sans demander la permission. Wickham fronça les sourcils. Heureusement que le domestique n'était pas arrivé cinq minutes plus tôt ! Gabriella en aurait été mortellement humiliée.

Jem ferma la porte derrière lui et s'approcha du lit à côté duquel Gabriella se remettait avec peine sur ses pieds, passant une main nerveuse dans sa chevelure qui croulait autour de son visage de la plus délicieuse façon.

— Vous allez bien ? lui demanda Jem, inquiet.

— Très bien. Je... j'ai seulement perdu l'équilibre.

Appuyée un peu lourdement sur la colonne, au pied du lit, elle avait le souffle court. Wickham aussi, d'ailleurs, et le regard dont il parcourait Gabby n'améliorait pas la situation. La découverte de ces trésors cachés – or ce que dissimulait l'horrible robe de corbeau était bien un trésor – lui semblait plus excitante que tout ce dont il aurait pu rêver.

— Je ne me rappelle pas vous avoir entendu frapper ni vous avoir permis d'entrer, déclara-t-il d'un ton péremptoire.

En même temps, il jeta un coup d'œil au bas de son corps pour s'assurer qu'il était décemment couvert par le drap.

— Vous êtes réveillé, on dirait ! rétorqua Jem.

— Il l'est, en effet, répondit Gabby à sa place, d'une voix aussi calme que si elle avait passé le dernier quart d'heure à broder devant la cheminée.

Elle tourna vers le domestique un regard pur et frais. Dommage qu'elle n'ait pu contrôler aussi aisément la rougeur qui lui était montée aux joues.

Jem l'observait avec un rictus qui ne lui plaisait pas du tout et Wickham, se sentant en position d'infériorité, couché sur le lit, tenta de s'asseoir.

Une violente douleur le traversa. Les dents serrées pour retenir un cri, il se laissa retomber contre l'oreiller. La souffrance persistait, et il ferma les yeux tandis que la sueur perlait à son front. Quand il parvint enfin à se détendre, un bon moment plus tard, il découvrit Gabriella et son serviteur près du lit, qui le regardaient. Jem avec une franche hostilité, Gabriella avec circonspection.

— N'essayez pas de bouger, cela va vous faire saigner de nouveau, fit-elle.

— Vous avez tiré sur moi, dit-il, tandis que la mémoire lui revenait.

— Vous le méritiez ! répliqua-t-elle, soutenue par un vigoureux hochement de tête de la part de Jem.

— Seigneur, j'ai l'impression qu'une voiture de poste m'est passée dessus ! gronda-t-il.

Il se rendit compte aussitôt qu'il aurait mieux fait de se taire, vu la sympathie que son auditoire éprouvait pour lui. Mais il souffrait trop, il était trop désorienté pour se montrer stoïque.

— Vous avez été très malade.

Jem lui lança un coup d'œil de biais, et elle parvint, afin d'éviter les questions embarrassantes, à prendre l'air un peu moins rébarbatif.

— Combien de temps ? demanda-t-il.

La douleur se calmait peu à peu.

— C'est le troisième jour.

Sans aucun doute, la dame lui en voulait. Soit à cause de la façon dont elle avait répondu à ses caresses, ou alors parce qu'il savait combien elle avait été troublée... Il aurait penché pour la seconde raison.

— Alors, vous m'avez soigné.

La phrase était lourde de sens, et il parvint à esquisser un sourire, bien qu'il eût du mal à soutenir la conversation. Il avait la bouche pâteuse, la voix enrouée, il était saisi d'étourdissements dès qu'il soulevait la tête. La douleur à sa hanche, moins violente toutefois, le taraudait encore.

La seule fois où il s'était senti aussi mal en point, c'était lorsque son cheval avait été tué et était tombé sur lui, lui brisant la jambe en trois endroits, de façon si affreuse que le chirurgien voulait tout simplement la lui couper. Il s'y était opposé avec virulence, et le fidèle Barnet, quand son maître avait perdu conscience, avait empêché le médecin de procéder quand même à l'amputation. À ce souvenir, Wickham plissa les yeux.

— Qu'avez-vous fait de Barnet ? Jamais il ne m'aurait laissé ainsi.

Prudemment, il leva la main qu'il posa sur sa blessure et fit la grimace.

— Je l'ai envoyé se coucher. Il était épuisé. Et ne touchez pas à ce pansement ! le réprimanda sévèrement Gabby.

Une punition pour le sourire chargé de sous-entendus !

— Alors vous l'avez convaincu de vous faire confiance, c'est ça ? Bravo ! Une vraie victoire !

Il rassemblait ses forces pour tenter de nouveau de se redresser, tout en observant la jeune femme. Il y avait une auréole un peu plus sombre sur son corsage, nota-t-il avec plaisir. Elle suivit la direction de son regard, ses yeux s'agrandirent et elle croisa les bras sur sa poitrine.

— Il le fallait bien, il n'en pouvait plus, répondit-elle, glaciale.

Jem acquiesça. Il était curieux de noter qu'à présent, c'était le domestique le plus amical des deux. Enfin, si toutefois l'on pouvait dire qu'entre un cobra et une vipère l'un fût plus amical que l'autre...

— On a pris des tours de garde. On est tous épuisés, surtout Mlle Gabby. En ce qui me concerne, j'ai envie de dire que vous n'en valez pas la peine !

— Pourquoi n'avez-vous pas envoyé les domestiques ? demanda Wickham à Gabriella.

— Parce que vous déliriez sous l'effet de la fièvre. J'ai jugé préférable que le personnel ne soit pas au courant de vos secrets.

Elle eut un sourire qui laissait entendre qu'*elle* était au courant de ces secrets, à présent.

Il lui sourit en retour, malgré l'effort que cela lui demandait.

— C'était très sage de votre part. Si quelqu'un – qui que ce soit – apprenait un seul de mes secrets, je me verrais dans l'obligation de le tuer.

Comme prévu, le sourire s'effaça. Jem et Gabby se rembrunirent.

— Espèce de gredin ! Vous n'avez pas honte de menacer celle qui vous a sauvé la vie ? Si Mlle Gabby n'avait pas...

— Ça suffit, Jem. On ne peut pas s'attendre à de la reconnaissance de la part de ce genre d'individu.

Il y avait tant de mépris dans la voix de Gabby qu'il se rappela combien elle savait se montrer hautaine... Mais aussi combien elle s'était montrée différente lorsqu'il avait la bouche sur son sein !

Il le lui aurait volontiers fait remarquer s'ils avaient été seuls...

Leurs regards se croisèrent, et elle dut lire plus ou moins dans celui de Wickham, car elle s'empourpra de nouveau.

— Puis-je avoir de l'eau ?

Il ne servait à rien de la mettre dans l'embarras devant son domestique, car elle était bien trop limpide pour ne pas se trahir. En outre, il avait réellement soif.

— Bien sûr...

Si elle lui en voulait, cela n'affectait pas les soins qu'elle lui prodiguait, se dit-il.

— Soulevez-lui la tête avec un oreiller, ordonna-t-elle à son domestique.

Cette fois, ce fut avec Jem qu'il se mesura du regard. Le vieil homme l'aurait volontiers laissé mourir de soif, cela ne faisait aucun doute. Quant à lui, il n'aimait guère accepter de l'aide, surtout venant de quelqu'un qui avait une évidente envie de lui tordre le cou. Couché sur le dos, il se sentait vulnérable, et il n'aimait pas non plus cette impression, à laquelle, en outre, il n'était pas habitué. Mais boire dans cette position était presque impossible.

Aussi décida-t-il de soulever la tête pendant que l'homme, tout en marmonnant quelques paroles incompréhensibles mais certainement désagréables, lui glissait deux oreillers sous la nuque. À la suite de quoi ils échangèrent un nouveau regard agressif.

— Vous devriez remettre un peu de bois dans le feu, suggéra Gabby. Il s'éteint.

Elle vint s'asseoir au bord du lit, trempa la cuiller dans le verre d'eau et la porta avec précaution aux lèvres du blessé.

— Vous vous y prenez fort bien, murmura-t-il, incapable de résister au plaisir de la taquiner.

Elle serra les lèvres, et il songea une fois de plus qu'elle avait une bouche tout à fait tentante, lorsqu'elle ne prenait pas cet air pincé.

Quand il eut assez bu, il lui saisit le poignet. Sa peau était soyeuse, ses os aussi délicats que du verre filé.

Elle se raidit instantanément.

— Merci de vous être occupée de moi, dit-il tout bas afin que le domestique ne pût l'entendre.

Soudain, l'atmosphère se tendit. Dans les yeux de la jeune femme il lisait du désarroi, presque de la panique, et il sentait son pouls s'accélérer sous ses doigts.

Instinctivement, il regarda ses lèvres entrouvertes, et il se souvint distinctement de ce qu'il lui avait dit : « Vous avez une bouche qui appelle les baisers. »

Si c'était vrai alors, ça l'était bien plus encore maintenant.

Elle dut s'en souvenir aussi, car elle se leva brusquement en se dégageant d'une secousse.

— Il n'y a pas de quoi, répondit-elle froidement.

Elle posa le verre et la cuiller sur la table de chevet et se tourna vers Jem.

— Je vais me coucher. Bonne nuit.

Puis, sans accorder un regard à Wickham, elle disparut par la porte de communication qu'elle ferma soigneusement derrière elle.

Une seconde plus tard, il entendit la clé tourner dans la serrure.

— Vous pouvez aller chercher Barnet, ordonna-t-il à Jem.

18

Au soir, son état s'était considérablement amélioré. Il avait beaucoup dormi, mais il était parfaitement lucide lorsqu'il se réveillait. De toute évidence, la guérison était en bonne voie.

Cette information, qui enchantait tout le monde, Gabby l'avait apprise de Barnet lorsqu'elle avait résolument refusé de se rendre auprès de son scandaleux « frère ». C'était un libertin sans scrupules, or elle était beaucoup trop sensible à ses perversions. Il fallait à tout prix qu'elle évite de se trouver avec lui et, maintenant que tout danger était écarté, elle ne se gêna pas pour se décharger de son rôle d'infirmière sur d'autres.

Wickham ayant retrouvé ses esprits, elle jugea possible de désigner deux serviteurs pour le soigner. Sa Seigneurie, dit Barnet – qui venait régulièrement lui donner des nouvelles de sa santé, qu'elle le souhaitât ou non –, Sa Seigneurie ne parlait plus à tort et à travers.

Bien que Wickham fût encore cloué au lit, les visiteurs, sans aucun respect pour le drame qui frappait la demeure, se succédaient sans cesse, car la nouvelle de l'accident s'était répandue dans Londres comme une traînée de poudre.

Lady Salcombe envoya à ses nièces un message dans lequel elle les invitait chez elle trois jours plus tard. Les cartes arrivaient par douzaines, et c'était Gabby qui devait recevoir à la place de son prétendu frère.

Lord Denby, qui se déclarait intime du comte, fut l'un des premiers à être admis, l'après-midi du jour où Gabby renonça à ses devoirs d'infirmière. Après s'être poliment enquis de la santé de son « ami », il passa le reste du temps à courtiser Claire.

Sur ce plan, il faut bientôt suivi par l'Honorable M. Pool, lord Henry Ravenby et sir Barty Crane. Ces visites étaient inattendues, mais Gabby, plus que jamais persuadée qu'un riche mariage serait la fin de ses soucis et lui permettrait de se débarrasser de l'imposteur qui reposait à l'étage, reçut ces messieurs avec toute l'amabilité requise.

Lady Ware, qui arriva dans le salon déjà fort peuplé au moment où les jeunes gens prenaient congé, fut moins bien accueillie. Elle embrassa Claire et Gabby comme si elles étaient les meilleures amies du monde et rejoignit les autres dames pour s'apitoyer sur l'accident du comte avant de faire le tour des derniers potins de la capitale.

Bien qu'elle ne se fût pas attardée au-delà du quart d'heure convenable, Gabby fut immensément soulagée lorsqu'elle la vit se lever pour partir. Non seulement Claire admirait ouvertement la robe de soie bleue qui mettait merveilleusement en valeur une poitrine dont même Gabby devait bien reconnaître qu'elle était magnifique, mais en outre, la jeune femme lui glissa un billet dans la main au moment où elle la saluait.

— Cela consolera un peu notre pauvre cher Wickham, dit-elle avec un sourire entendu.

Gabby ne trouva aucun moyen courtois de refuser, toutefois, elle mourait d'envie de chiffonner le billet doux.

Plus irritant encore était le fait que, après avoir remis l'enveloppe scellée à Stivers afin qu'il la portât à son destinataire, elle gardait sur la main le parfum capiteux de la dame. Elle eut beau se brosser et changer de vêtements, elle ne parvenait pas à s'en débarrasser.

Ce n'était pas à proprement parler la faute de Wickham, pourtant Gabby lui en voulut personnellement.

Les visiteurs qui se présentèrent les deux jours suivants furent nettement plus flatteurs. Lady Jersey, qui était apparemment une vieille connaissance de leur tante, et la comtesse Lieven déposèrent leurs cartes. Ces deux dames faisaient partie du comité d'*Almack*, le plus fermé des clubs, il fallait donc les traiter avec tous les égards, déclara Twindle, tout excitée.

— On n'y reçoit que les gens des meilleures familles, vous savez, expliqua-t-elle. Le peuple l'appelle « le marché au mariage ». Rien ne pourrait être plus fatal pour une jeune fille que de s'en voir refuser l'entrée. Si ces dames patronnesses vous regardaient de haut… Mais il n'y a aucun risque que cela arrive. Vous êtes irréprochables toutes les trois.

— Certes, Twindle, objecta Gabby. Cependant, si notre tante ne nous apprécie pas, lady Jersey et ses amies ne se montreront plus aussi aimables.

Elle avait passé encore une nuit médiocre, une légère migraine la taraudait, mais rien de cela ne comptait par rapport à l'importance que représentait l'appui de leur tante dans leur projet.

À 4 heures précises, ce jour-là, Gabby et Claire montaient le perron de lady Salcombe à Berkeley Square. Beth avait été dispensée de la visite, et s'en était réjouie. Toutefois, lorsqu'elle apprit le programme de remplacement que lui réservait Twindle, elle déchanta. Il s'agissait d'aller visiter un vieux musée poussiéreux plein de statues grecques à la nudité choquante, et cassées, en plus, fit-elle remarquer d'un ton boudeur. Cela lui valut un sermon de la part de la gouvernante au sujet des catastrophes qui s'abattaient sur la tête des jeunes filles incultes et mal élevées, aussi était-elle de fort mauvaise humeur lorsqu'elles partirent pour leur expédition culturelle.

Gabby venait juste de raconter l'anecdote à Claire, et elle souriait lorsqu'on les conduisit auprès de leur tante.

Claire souriait aussi, car elle s'amusait toujours des querelles qui opposaient sa jeune sœur à Twindle. C'était exactement ce que souhaitait Gabby, qui ne voulait pas que Claire eût l'air trop intimidée. Et si le sourire de sa sœur était tout de même un peu crispé, Gabby se dit qu'on ne pouvait imaginer plus ravissant spectacle que celui qu'elle offrait avec sa robe de mousseline toute simple et son printanier chapeau de paille.

Pourtant l'imposante vieille dame qui posa sa broderie et se leva à leur entrée commença par les détailler d'un œil résolument critique.

— Eh bien, fit-elle d'une voix de baryton qui ressemblait tellement à celle de leur défunt père que Gabby frissonna, je suppose que je devrais me sentir honorée que vous m'ayez avertie de votre présence en ville.

19

Claire ouvrit de grands yeux, mais Gabby releva le menton. Quelle que fût l'issue de cette visite, elle était bien déterminée à ne pas se laisser maltraiter. Sa sœur et elle l'avaient été bien suffisamment par leur père !

— Bonjour, ma tante, dit-elle froidement en serrant la main que lui tendait la vieille dame.

Vêtue de taffetas mandarine, une coiffe de dentelle blanche sur les cheveux, elle avait elle-même belle allure, bien qu'elle ne pût se comparer à Claire.

Augusta Salcombe plissa ses petits yeux bleus. Sans doute n'avait-elle jamais été jolie, même dans sa jeunesse, et à plus de soixante ans, on aurait pu dire qu'elle était taillée à la serpe, songea Gabby. Très grande, masculine, elle avait un long nez et un visage anguleux surmonté de cheveux gris. Elle était vêtue d'une robe puce passablement démodée.

— Ma foi, je suis heureuse de constater que vous n'êtes pas une petite créature insipide, ma nièce, décréta-t-elle. Vous avez le bon sens de vous habiller comme il convient à votre position, ce que beaucoup de filles d'âge limite pour le mariage ne font pas.

Sur ce compliment à double tranchant, elle se tourna vers la malheureuse Claire qui esquissa une révérence.

— Vous ressemblez à votre mère, petite. Une beauté, mais rien dans la cervelle. Ce qui va sans dire, je suppose, puisqu'elle a épousé Wickham.

Elle eut un rire qui ressemblait à un hennissement.

— J'espère que vous êtes moins sotte qu'elle.

Elle revint à Gabby.

— Vous aussi, vous ressemblez à votre mère mais, si Sophia avait de la personnalité, je ne l'ai jamais remarqué, alors que j'en devine chez vous. Asseyez-vous.

On apporta le thé, et lady Salcombe reprit :

— J'ai entendu dire que Wickham s'est tiré dessus, ou quelque chose d'aussi ridicule. Qu'y a-t-il de vrai là-dedans ?

Gabby lui fournit la version officielle, et la vieille dame eut un claquement de langue désapprobateur.

— J'espère qu'il n'est pas toujours aussi stupide. C'est lui le chef de notre famille à présent et, s'il est aussi benêt que cette histoire le laisse supposer, cela ne va pas nous arranger. Enfin… On raconte aussi qu'il est beau garçon, mais cela ne l'empêche pas d'être un garnement. Il est en ville depuis plus de quinze jours, et il n'a pas encore trouvé le temps de venir saluer sa tante. Que dites-vous de cela ?

Elle lançait un regard accusateur à Gabby.

— Que je n'aimerais pas être tenue pour responsable des défauts de mon frère, madame, répondit calmement Gabby.

Lady Salcombe soupira.

— Je vous aime bien, Gabriella. Et cela m'étonne. Votre père… Ce n'est ni l'endroit ni le moment de vous le dire, mais vous devez savoir que nous ne nous sommes jamais bien entendus. Je n'ai même pas assisté à ses funérailles. Si vous aviez lu la lettre qu'il m'a envoyée lorsque j'ai proposé de vous présenter dans le monde ! Honteux !

La vieille dame, fronçant les sourcils, détaillait Gabby de la tête aux pieds.

— Bref, il m'a dit que vous étiez infirme.

— Gabby n'est pas infirme ! protesta vivement Claire, indignée.

Consciente de l'effort que cela lui demandait, Gabby lui adressa un petit sourire avant de répondre à sa tante.

— Je boite, en effet, madame.

— Je ne l'ai pas remarqué.

— Cela ne se voit que lorsqu'elle est fatiguée, ou malade, ou lorsqu'elle doit marcher trop longtemps, intervint de nouveau Claire. Mais Gabby n'est pas infirme !

Elle avait les joues toutes roses, ce qui rehaussait encore sa beauté.

Lady Salcombe lui lança un coup d'œil peu amène.

— Ah, vous avez donc une langue ! Je commençais à en douter. N'y a-t-il pas une autre sœur ? Je croyais que Matthew avait trois filles.

— Beth n'a que quinze ans. Elle est restée avec sa gouvernante.

— Hum… J'aimerais la voir.

— Nous serions ravies de vous inviter à Grosvenor Square, répondit aimablement Gabby.

— Je viendrai. Salcombe est mort voilà dix ans, vous savez, et je n'ai pas d'enfant. En dehors de vous deux, de votre sœur et de votre frère, mes seuls parents sont Thomas et ses filles. Si vous les connaissez, vous imaginez bien que je n'ai guère envie d'entretenir de relations avec eux. Je préférerais plutôt vous connaître mieux, tous les quatre.

Gabby sourit à la vieille dame.

— Nous en serons enchantés, madame.

Lady Salcombe posa sa tasse et regarda Gabby d'un air rusé.

— Je n'ai jamais aimé tourner autour du pot, alors dites-moi franchement : vous êtes venues chercher de beaux partis ?

— Oui, madame.

Lady Salcombe examina une Claire plus que mal à l'aise, puis s'adressa de nouveau à Gabby.

— Elle n'aura pas de mal, et elle peut viser aussi haut qu'elle veut, si je ne me trompe. Il sera plus difficile de vous trouver un époux, pourtant, je ne désespère pas. Un veuf avec des enfants, peut-être. Vous aimez les enfants ?

Claire écarquilla les yeux et émit un son que Gabby reconnut pour un éclat de rire vite masqué en toux sous le regard sévère de lady Salcombe.

— Oui, madame, répondit vivement Gabby afin de détourner l'attention, j'aime les enfants, mais je ne me cherche pas de mari. C'est pour Claire que nous sommes à Londres.

— Sornettes ! Toutes les femmes veulent se marier, c'est dans leur nature. Donc, je suppose que vous êtes venues me demander de vous introduire dans la bonne société ?

Gabby avait envisagé d'aborder le problème avec délicatesse, mais lady Salcombe, bien différente de ce qu'elle avait imaginé, n'avait que faire du tact, il ne restait donc plus qu'à se montrer aussi directe qu'elle.

— Oui, madame.

Lady Salcombe sourit, et ce fut comme un rayon de soleil illuminant une terre ingrate. Du coin de l'œil, Gabby vit Claire médusée par la transformation de leur tante, puis elle se reprit et regarda ailleurs.

— Vous avez du bon sens, dit la vieille dame à Gabby qui avait gardé une expression sereine. Voilà une qualité que j'apprécie chez les femmes. J'ai horreur de ces niaises petites personnes qui sont à la mode de nos jours, ajouta-t-elle avec un regard sombre en direction de Claire. Eh bien, c'est entendu. Je vais vous patronner toutes les deux, à condition que vous vous laissiez guider. Sally Jersey vous procurera des entrées pour *Almack*. Au fait, elle m'a fait savoir qu'elle envisageait de vous rendre visite. Vous avez été bien inspirées de venir me voir avant, ainsi vous pourrez lui dire que je vous ai prises sous mon aile. Quant à Wickham, il donnera un bal en votre honneur, ce qui me vaudra un énorme travail – j'espère que vous m'en serez reconnaissantes, mesdemoiselles –, mais je le ferai au nom de notre famille. En outre, je suis sûre que je vais beaucoup m'amuser !

« La fille de Maud, ajouta-t-elle avec un clin d'œil, celle qui s'appelle Desdémone, ou un nom aussi absurde, je ne sais plus, fait son entrée dans le monde cette année. Elle sera verte de jalousie quand elle verra celle-ci !

Elle désignait Claire qui rougit, embarrassée.

Gabby sourit.

— Merci, madame. Nous acceptons votre offre avec joie, n'est-ce pas, Claire ? Vous êtes trop bonne. Mais pour le bal…

— N'oubliez pas, vous devez m'obéir ! rappela la vieille dame d'un ton sans réplique. Si je dis qu'il faut un bal, il y en aura un, sinon je ne fais rien du tout. Je parlerai moi-même à Wickham.

La perspective de l'autoritaire lady Salcombe exigeant de son prétendu neveu un bal pour ses « sœurs » arracha un sourire à Gabby, qui souriait encore lorsqu'elle se leva, le temps requis pour une visite étant écoulé.

— Il ne pourra pas vous résister, madame. Personne ne le pourrait, j'en suis sûre.

— Je dois vous avertir que j'ai horreur de la flatterie, rétorqua sévèrement lady Salcombe. Mais il est vrai que l'on me dit fort persuasive. Bon. Attelonsnous à la tâche sans tarder. La saison a déjà débuté. Je passerai vous prendre avec ma voiture ce soir, et nous nous rendrons toutes les trois à l'opéra. Vous pouvez amener votre jeune sœur si vous le désirez. Ainsi, tout le monde saura que vous êtes en ville, et sous ma protection. Dès demain, le heurtoir devrait faire un trou dans votre porte. Quoi d'autre ? Une coiffure un peu plus à la mode, Gabriella, s'il vous plaît. Je vous enverrai ma coiffeuse. Quant à vous, Claire, il vous faudra cultiver l'art de la conversation. L'impossibilité de prononcer plus de deux mots à la fois est une faute grave, croyez-moi. Je sais que vous suivrez mes conseils. Et je vous permets de m'appeler tante Augusta.

— Nous en sommes honorées, madame, dit Gabby en déposant un baiser léger sur la joue poudrée qu'on lui offrait.

Claire fit de même en silence, et elle eut droit à un nouveau sermon sur la nécessité de retrouver sa langue.

— Quel dragon ! s'écria la jeune fille quand elles furent dans la voiture. Rien que l'idée de devoir sortir avec elle me terrorise.

— Ne t'inquiète pas, dit Gabby distraitement. Je trouve que nous avons beaucoup de chance. Avec elle pour te patronner, tu vas vite devenir la coqueluche de Londres, Claire.

— Mais elle me fait peur ! Elle me rappelle tellement père que je perds tous mes moyens, quand je suis près d'elle.

Gabby, tirée de sa rêverie par cette déclaration, posa un regard plein de douceur sur sa sœur et dut admettre que la ressemblance était fâcheuse. En outre, songea-t-elle, Claire avait toujours été trop douce pour supporter la brutalité, or tante Augusta était tout sauf tendre !

— Je ne la laisserai pas te malmener, je te le promets. Elle n'a aucun droit sur nous. Elle n'est pas notre tutrice !

— C'est Wickham notre tuteur, n'est-ce pas ?

Claire semblait rassurée, mais Gabby, qui n'avait jamais envisagé la situation sous cet angle, se rembrunit. C'était pourtant la cruelle vérité. Aux yeux du monde, l'affreux serpent déguisé en Marcus était leur tuteur, et il pouvait faire ce qu'il voulait de leurs vies.

L'attelage arrivait à Grosvenor Square, et les deux jeunes filles rejoignirent promptement leurs chambres. Encore ébranlée par la réflexion de sa sœur tandis qu'elle empruntait le couloir en retirant ses gants, Gabby broyait des idées noires.

Un son étouffé provenant de la chambre de Wickham la fit s'arrêter à quelques mètres de la sienne. Une exclamation féminine ! Puis plus rien...

Mais elle ne s'était pas trompée.

L'homme était-il assez dépravé pour s'attaquer à l'une des caméristes ? Ou assez grossier pour « honorer » une quelconque lady Ware dans sa chambre ? Se laissait-il aller au genre de vice qu'il avait tenté de lui imposer ?

En plein jour, et à Wickham House ?

C'était plus fort qu'elle, il fallait qu'elle sache. S'il s'agissait d'une servante, elle devrait la secourir. Si c'était lady Ware ou une femme de petite vertu, eh bien, elle ferait savoir à son « frère » qu'un gentilhomme n'avait pas le droit de se comporter ainsi. Mais ce n'était pas un gentilhomme, se rappela-t-elle. Elle en avait eu la preuve.

Toutefois, il était comte, pour l'instant.

Elle se demandait encore que faire quand un autre son derrière la porte la fit sursauter. Un cri étranglé.

Était-il en train de forcer une femme de chambre ?

Avec un fort sentiment de culpabilité, elle se glissa jusqu'à la porte du comte et, après s'être assurée qu'elle était seule dans le couloir, elle colla son oreille à la porte.

Il y avait bien deux personnes dans la pièce : un homme et une femme, dont elle entendait distinctement les voix sans comprendre ce qu'ils disaient. L'homme était forcément Wickham, mais qui était l'autre personne, et que faisaient-ils ?

Toutes sortes de possibilités s'offraient à elle.

Gabby entendit Wickham dire une phrase qui se termina par un rire, et elle se concentra sur la réponse. Si elle était normale, si la créature, quelle qu'elle fût, ne semblait pas en danger, elle n'aurait plus qu'à rentrer chez elle et à oublier l'incident.

Après tout, même si elle était choquée, elle ne pouvait faire un scandale dans ce qui était aux yeux de tous, à part Jem et elle, la demeure de ce goujat.

Elle grinça des dents.

La compagne de Wickham parla, et Gabby sentit ses cheveux se dresser sur sa tête.

Elle connaissait par cœur cette voix, ce rire frais…

La femme dans la chambre était Beth.

20

Heureusement, la porte n'était pas verrouillée. Gabby pénétra dans la chambre et, la main encore sur le bouton, s'immobilisa.

Beth, assise au bord du grand lit, lui tournait le dos, ses boucles rousses retenues par un ruban cascadant sur ses épaules. La robe de mousseline, relevée par sa position insouciante – une jambe repliée sous elle –, dévoilait un mollet rond presque jusqu'au genou. Loin d'être en danger, elle examinait avec attention les cartes à jouer étalées devant elle sur le couvre-pied.

— Beth !

L'adolescente, visiblement très occupée, jeta un bref coup d'œil par-dessus son épaule.

— Salut, Gabby ! lança-t-elle en retournant à ses cartes. Tu as vu notre tante ?

Gabby inspira longuement, et son cœur reprit un rythme plus normal. Derrière Beth, Wickham la contemplait, et elle se sentit rougir en songeant aux circonstances de leur dernière rencontre. Ce monstre avait lâchement abusé d'elle… et elle l'avait laissé faire. Non, à vrai dire, elle avait adoré !

Déterminée à lui cacher ses pensées intimes, elle soutint son regard, hautaine.

— L'avez-vous vue ? insista-t-il sur le ton de l'intérêt poli.

Elle ne s'y laissa pas prendre.

— Certainement, répondit-elle d'une voix égale. Elle est fort impressionnante. Elle viendra vous rendre visite demain, et elle a bien l'intention de vous mettre à l'amende pour ne pas avoir eu la courtoisie d'aller lui présenter vos hommages.

— Hélas ! je suis cloué au lit, et je ne peux pas encore recevoir de visites.

— Vous m'avez bien reçue, fit remarquer Beth sans cesser d'étudier son jeu. Gabby aussi, d'ailleurs.

— Mais vous êtes mes sœurs, le degré de parenté est bien différent. Et puis, je ne vous ai pas reçues à proprement parler, quoique je sois ravi de vous accueillir. Vous êtes seulement… venues.

Ses yeux pétillaient de malice, et, un bref instant, son charme déstabilisa Gabby. Elle faillit oublier que c'était un scélérat et céder à l'amusement. Il était tellement séduisant !

Cette simple pensée lui fit l'effet d'une douche froide. Elle le fusilla du regard.

Il était assis dans son lit, des cartes à la main. Gabby fut soulagée de voir qu'il était décemment vêtu d'un peignoir de soie sur sa chemise de nuit et que la courtepointe le couvrait jusqu'à la taille. Il semblait étonnamment bien portant pour quelqu'un qui avait frôlé la mort. Ses cheveux retombaient sur son front, la barbe de quelques jours qui ombrait ses joues lui faisait un sourire de pirate.

— Tu me cherchais, Gabby ? demanda Beth sans se retourner.

— Beth, mon enfant, je crains que vous ne vous trompiez. Si Gabby s'est précipitée ainsi dans ma chambre, c'est parce qu'elle *me* cherchait.

Il se moquait encore, car il devinait à coup sûr ce qui avait poussé Gabby à entrer.

— Je suis à votre service, chère sœur, reprit-il.

— Beth, que fais-tu ?

Gabby, indignée, regardait sa sœur qui, au mépris des convenances, s'était à demi allongée, la tête appuyée sur la main. Elle semblait compter ses cartes.

— Marcus m'apprend à jouer au piquet, répondit-elle, se méprenant sur le sens de la question. C'est exaspérant ! J'ai déjà perdu ma bague, mon médaillon et presque toute la monnaie qui me restait de nos courses de l'autre jour. Il n'est pas assez galant pour me laisser gagner, et jusqu'à présent, c'est lui qui a remporté toutes les parties.

Faussement désespérée, la jeune fille montra ses possessions groupées en petit tas sur la couverture.

— Je vous ai dit dès le départ qu'il ne fallait pas compter sur ma mansuétude, fit-il plaisamment.

— Oui, mais je n'y ai pas cru. Je suis tout de même votre petite sœur !

— Vous auriez dû me le rappeler plus tôt. Alors, je vous aurais peut-être montré que vous aviez un sept qui se cachait derrière cette reine, ce qui vous donne une tierce et vous permet de gagner.

Beth vérifia et poussa un cri indigné.

— Tricheur ! Si vous me l'aviez dit... Rendez-moi mon médaillon !

Wickham sourit tandis qu'elle récupérait le bijou pour le remettre à son cou. Gabby le regardait, frappée de le trouver si charmant, tandis qu'il plaisantait avec Beth. Si elle n'avait rien su, jamais elle n'aurait pu imaginer quel malhonnête individu il était en réalité.

Elle aurait volontiers cru qu'il était le comte de Wickham, l'affectueux grand frère de Beth.

— Je croyais que Twindle devait t'emmener visiter un musée, cet après-midi, dit-elle avec une sécheresse inhabituelle.

— C'est ce qui était prévu, mais figure-toi que c'était fermé. Alors nous sommes allées nous promener dans le parc, mais elle s'est tordu la cheville, et nous avons dû rentrer. Elle est allée s'occuper de son entorse, et comme je n'avais rien à faire, j'ai eu envie de prendre des nouvelles de Marcus. Il était très content de me voir. Il s'ennuyait ferme, n'est-ce pas, Marcus ? Et il m'a raconté sa vie à Ceylan.

— Ah bon ? demanda Gabby, heureuse que sa sœur le mette sur la sellette.

— C'est vrai, déclara-t-il avec aplomb.

Beth était retournée à ses cartes, et il regarda Gabby.

— Je sais que je viens d'arriver dans la famille, mais j'aurais aimé que mes sœurs s'enquièrent parfois de ma santé.

Le feint reproche ne la toucha absolument pas, mais Beth fut prise de remords.

— C'est que... un frère, c'est nouveau pour nous, répondit-elle gravement. Nous allons vite nous y habituer, ajouta-t-elle.

— Alors moi, je vais « m'habituer » à l'idée d'avoir des sœurs, répondit-il avec sérieux.

Beth opina, acceptant le marché.

Gabby, de son côté, voyait Wickham jouer avec l'affection de sa petite sœur, et elle en était furieuse.

— Lève-toi immédiatement, Beth. Tu ne dois pas te vautrer ainsi sur le lit de Wickham.

Elle était tellement contrariée que son intonation était plus dure qu'elle ne l'aurait voulu.

Beth lui jeta un coup d'œil distrait.

— Oh, Gabby, ne sois pas si collet monté ! Tu es pire que Twindle, je t'assure ! Il s'agit de Wickham, notre frère !

Gabby s'abstint de répondre. Que dire ? La vérité serait leur perte à tous.

— Nous ne faisons rien de mal, vous savez, intervint doucement Wickham.

Croisant son regard, Gabby fut curieusement rassurée.

Beth poussa soudain un cri de joie.

— J'ai un carré, Marcus !

Ce dernier se pencha sur ses propres cartes.

— Gagné ! Je n'aime guère concéder la victoire à une débutante, mais je dois reconnaître que la partie est pour vous.

Il prit une pièce qu'il lui tendit.

Gabby les observait, songeuse. Sa sœur était à présent complètement assise sur le lit, les jambes repliées sous elle, assez proche de Wickham pour qu'ils se touchent dès que l'un ou l'autre faisait un mouvement. Même s'il s'était agi d'un frère et d'une sœur – ce qui n'était pas le cas –, la situation aurait été choquante. Mais de toute évidence, Beth n'en saisissait pas l'inconvenance. Et même si Gabby considérait Wickham comme un escroc de haut vol, elle était prête à admettre qu'il n'avait pas de mauvaises intentions vis-à-vis de Beth. Néanmoins, elle ne pouvait laisser l'adolescente s'installer ainsi dans sa chambre.

— Il est temps de te préparer pour le dîner, Beth. Et soigne ta toilette, car nous irons ensuite à l'opéra.

C'était une carotte qu'elle agitait sous le nez de sa sœur.

— L'opéra ? Pour de bon ?

La petite n'était guère amatrice de grands airs, mais elle mourait d'envie de goûter à tous les plaisirs qu'offrait la capitale.

— Merveilleux ! commenta-t-elle, enchantée.

Wickham, de son côté, semblait préoccupé.

— Vous ne pouvez vous rendre à l'opéra sans chaperon, or d'après Beth, Mlle Twindlesham n'est pas en état de marcher.

Gabby lui adressa un sourire malicieux. Si elle avait pu, elle lui aurait tiré la langue. Cette canaille se mêlait de convenances ? C'était vraiment cocasse !

— Le cas échéant, j'aurais largement l'âge de chaperonner mes sœurs, je vous assure !

— Ah bon ? Et quel âge avez-vous, je vous prie ?

— Voyons, elle a vingt-cinq ans ! Vous ne connaissez pas nos âges, Marcus ? s'indigna Beth.

— Ma mémoire me joue parfois des tours, s'excusa-t-il.

— Gabby a vingt-cinq ans, Claire en aura dix-neuf en juin, et j'ai fêté mon quinzième anniversaire, récapitula Beth.

— Je tâcherai de m'en souvenir. Quoi qu'il en soit, vous ne pouvez vous rendre à l'opéra toutes les trois. Ce n'est pas un lieu pour des jeunes femmes seules.

Il était visiblement familier de cet endroit, et Gabby avait du mal à imaginer que ce fût par amour de la musique. Comme son père et ses amis avaient amené bien souvent des jeunes femmes au passé indéterminé à Hawthorne Hall, Gabby savait que l'opéra était le lieu où l'on choisissait ses maîtresses.

Elle eut un sourire doucereux.

— Alors, il est heureux que notre tante nous accompagne. Nous serons ainsi certaines que les attentions déplacées de messieurs qui ne sont pas des gentilshommes nous seront épargnées. Si vous voulez bien m'excuser, je vais aller prendre des nouvelles de Twindle. Beth, notre frère est fatigué, j'en suis sûre, et il a besoin de se reposer. Rappelle-toi qu'il est convalescent.

— Je sais, je sais…

Congédiée d'un geste de la main par sa sœur, Gabby lança un regard mauvais à Wickham avant de les laisser à leur jeu. La situation se compliquait… Lorsqu'elle avait pris la décision de poursuivre la comédie, elle n'avait pas songé que ses sœurs, ignorant la vérité, allaient traiter l'imposteur comme leur frère. Ni que Wickham entrerait parfaitement dans la peau du personnage. Cela allait lui attirer des ennuis, elle en était sûre, mais elle ne pouvait rien faire.

À part s'inquiéter, naturellement.

Mary l'attendait dans sa chambre, et il ne lui fallut guère de temps pour se changer. Elle jeta ensuite un coup d'œil dans le miroir, et fit la grimace. Sa tante avait décrété qu'elle devait changer de coiffure, et elle avait sans doute raison.

Une demi-heure plus tard, après avoir comblé Twindle de sympathie et de compresses fraîches, en retournant chez elle, elle vit que la porte de Wickham était entrouverte, comme elle l'avait laissée.

Il était presque l'heure du dîner, et elle décida que Beth méritait une bonne semonce. Les lèvres pincées, elle pénétra dans la pièce… et découvrit Claire qui virevoltait devant Wickham dans sa robe de soie rose.

La première chose qu'elle remarqua, se précipitant de nouveau dans la chambre pour défendre l'une de ses sœurs, fut que l'expression de Wickham lorsqu'il regardait Claire n'était pas du tout la même que lorsqu'il regardait Beth.

Elle fut aussitôt en alerte.

21

Si le loup s'était déguisé en mouton avec Beth, devant Claire, il se révélait la bête sauvage qu'il était en réalité ! songea Gabby, furibonde.

— Que fais-tu ici, Claire ? s'enquit-elle sèchement.

Wickham lui décocha un lent sourire diabolique.

— Oh, Gabby, s'écria la jeune fille, Beth a eu une merveilleuse idée ! Plutôt que de laisser Wickham tout seul, nous allons dîner avec lui, dans sa chambre. Elle nous rejoindra dès qu'elle sera changée.

Gabby ne s'attendait pas à ça ! Et ce n'était absolument pas une merveilleuse idée ! Elle ne voulait pas que ses sœurs passent plus de temps que nécessaire avec l'imposteur. Le danger qu'il représentait pour Claire était bien réel. De toute évidence, leur faux frère était une canaille, mais aussi un libertin de la plus belle espèce.

Gabby secoua la tête.

— Non, dit-elle du ton qu'elle utilisait lorsqu'elle dirigeait la maison. Je crains que ce ne soit pas possible. Nous dînerons dans la salle à manger, comme d'habitude. Je suis certaine que Wickham survivra sans notre compagnie.

Voyant Claire ouvrir de grands yeux pleins d'incompréhension, elle chercha une excuse plausible à cette étrange et soudaine crise d'autorité.

— Il n'est pas tout à fait remis, poursuivit-elle, et nous ne voudrions pas abuser de ses forces. En outre, cela demanderait une surcharge de travail à nos domestiques.

Le sourire de Wickham s'élargit.

— J'ai déjà donné mon autorisation, fit-il un peu trop gentiment. Et j'ai prié Stivers de dresser la table. Ne vous tracassez pas pour moi. Profiter de la charmante présence de mes sœurs au cours d'un dîner familial me fera le plus grand bien, j'en suis certain.

Il soutenait le regard de Gabby avec une calme assurance, comme s'il était le maître de cette demeure. La jeune femme prit la pleine mesure de la bêtise qu'elle avait faite en accréditant son imposture. Elle lui avait donné l'entière autorité sur Hawthorne Hall ainsi que sur toutes les propriétés du comte de Wickham. Et sur ses sœurs dont il était à présent le tuteur légal.

Sur elle aussi, d'ailleurs.

Elle avait envie de hurler, de s'arracher les cheveux. Elle était prise à son propre piège. Seigneur, qu'avait-elle fait ?

Le gredin pouvait ordonner tout ce qui lui passait par la tête sans qu'elle eût le moindre mot à dire, sans qu'elle pût en aucune manière l'en empêcher.

Excepté en avouant la vérité, ce qui équivaudrait à se condamner en même temps que lui.

En fait, hormis deux brefs échanges, ce fut un repas fort agréable.

Le premier incident se produisit lorsque Claire demanda à Wickham si sa blessure le faisait encore beaucoup souffrir.

Barnet l'avait aidé à se lever pour s'installer dans un fauteuil à oreilles que l'on avait approché d'une table pliante dressée par deux valets. Sur la nappe de lin blanc, cristaux et argenterie rutilaient à la lumière des chandeliers. Claire, particulièrement en beauté comme toujours lorsqu'elle était à l'aise, avait les joues d'un rose assorti à celui de sa robe, et, sous le charme de Wickham, s'épanouissait à vue d'œil. Assise à sa droite, elle semblait suspendue à ses lèvres. Beth, délicieuse et bavarde, très juvénile en mousseline blanche, était à sa gauche, et ses yeux brillaient d'adoration chaque fois qu'elle le regardait, c'est-à-dire pratiquement tout le temps. Gabby, dans une toilette de crêpe gris-bleu, face à son ennemi, était irritée de voir ses sœurs succomber à la séduction de l'usurpateur.

Pour être honnête, il s'occupait de la même façon des deux jeunes filles, et s'il y avait une lueur particulière dans son regard lorsqu'il se posait sur Claire, cela aurait pu passer inaperçu aux yeux d'un observateur moins attentif que Gabby. Elle était en revanche la seule qu'il gratifiât d'un traitement différent. Il lui parla peu durant le repas et, quand il la regardait par hasard, c'était, décida-t-elle, comme pour la jauger, alors qu'il se montrait gai et chaleureux avec ses sœurs.

À vrai dire, cela lui convenait parfaitement. Il se rendait compte qu'ils étaient adversaires. Il séduirait sans doute les deux plus jeunes, mais jamais il ne conquerrait Gabby, et tant mieux s'il n'essayait même pas !

Durant le repas, elle fut donc une oasis de silence au milieu d'une tempête de gaieté. Elle parlait seulement lorsqu'on s'adressait à elle, souriait à ses sœurs, grappillait dans son assiette, tout en écoutant avec une irritation grandissante les réponses joviales que ce sale menteur offrait aux questions incessantes des jeunes filles sur sa vie à Ceylan.

Elle refusait de remarquer combien il était séduisant lorsqu'il riait, ou la façon dont le brun de son peignoir rehaussait son teint hâlé, ou même la largeur de ses épaules qui semblaient emplir le vaste fauteuil.

Cependant, quelque chose dans la manière qu'elle avait de le dévisager dut l'alerter, car il lui lançait de plus en plus souvent des regards de moins en moins amicaux.

Lorsque Claire lui demanda des nouvelles de sa blessure, il s'appuya au dossier de son siège, fit tourner son verre entre ses doigts et répondit :

— En vérité, je suis plus dérangé par une morsure à l'épaule. Sans doute une petite créature qui a eu la témérité de se glisser dans mon lit…

Était-ce une façon de punir Gabby qui ne se pâmait pas devant lui comme ses sœurs ?

Elle se crispa et son regard croisa celui de Wickham tandis qu'elle revivait les instants qui avaient précédé cette morsure. « Canaille ! Rustre ! Goujat ! » pesta-t-elle intérieurement. Horrifiée, incapable de s'en empêcher malgré tous ses efforts, elle se sentit rougir jusqu'à la racine des cheveux tant le souvenir était vivace en elle. Dans l'espoir de dissimuler son émoi, elle but une gorgée de vin auquel elle ne trouva aucun goût.

Une ébauche de sourire se dessinait sur les lèvres de Wickham, et elle se rendit compte qu'il trouvait le jeu fort amusant.

— Une punaise des lits, vous voulez dire ? demanda innocemment Beth avant de se tourner vers Gabby. Je n'ai jamais entendu dire qu'il y en avait ici.

— C'est ça, une punaise des lits.

Ses yeux pétillaient de malice lorsqu'il se frotta l'épaule en insistant :

— C'était sûrement ça. Et particulièrement virulente. Ce sont des créatures voraces, les punaises des lits.

— Il faudra demander à Mme Bucknell d'aérer ! s'écria Claire.

Il ne fallait surtout pas que Gabby lâche la bride à sa colère !

— Je suis certaine que Wickham se trompe. Mme Bucknell serait bouleversée si l'on mettait en doute la bonne tenue de la maison. Je pense que nous pouvons écarter l'existence de punaises dans une demeure sur laquelle elle règne.

Elle affronta Wickham du regard.

— Peut-être confondez-vous avec une autre blessure que vous vous seriez infligée vous-même ?

— Peut-être, concéda-t-il avec un sourire malicieux.

Il n'avait pas l'intention de la trahir, comprit-elle, à la fois soulagée et furieuse. Au contraire, il voulait que son attitude honteuse – et la réponse plus honteuse encore qu'elle lui avait donnée – demeure un secret entre eux. Ainsi il pourrait continuer à la taquiner à sa guise, tel un petit garçon qui tarabuste un insecte.

Elle fit dévier la conversation vers des sujets plus anodins. Claire était toute prête à parler de leurs robes, du nombre flatteur d'invitations qu'elles avaient déjà reçues et du fait intéressant que leur cousine Desdémone faisait elle aussi son entrée dans le monde cette année. De son côté, Beth avait trouvé le parc où elle avait fait sa promenade interrompue avec Twindle absolument charmant, et elle conseillait vivement à ses sœurs d'aller l'explorer.

— Il faut s'y montrer entre 5 et 6, intervint Wickham. C'est l'heure élégante.

Gabby avait méchamment espéré que le bavardage typiquement féminin de ses sœurs l'ennuierait à mourir, mais elle comprit qu'il ne lui accorderait même pas cette petite satisfaction quand il se tourna vers Claire.

— Lorsque j'irai mieux, j'espère vivement que ce sera dans quelques jours, je vous emmènerai au parc. Je viens de recevoir un nouveau cabriolet, et je n'ai pas encore eu le temps de l'essayer.

— Ce serait merveilleux ! s'exclama Claire, tout sourires, tandis que Gabby cachait son agacement. Beth pourrait nous accompagner et nous montrer le point de vue où elles grimpaient quand Twindle s'est tordu la cheville.

— Pour être franche, avoua Beth, penaude, je montais, et Twindle tentait de m'en empêcher. Elle avait peur que je tombe.

— Et c'est elle qui est tombée, murmura Wickham, ce qui prouve que les bonnes actions sont souvent punies.

« Échec et mat ! » songea Gabby qui repoussa sa chaise.

— Ce petit dîner familial était charmant, déclara-t-elle aimablement, mais si vous voulez bien nous excuser, lady Salcombe passe nous prendre à 9 heures. Retrouvons-nous en bas dans trois quarts d'heure.

Gabby laissa Beth s'excuser sincèrement d'abandonner le comte pour la fin de la soirée, et se dirigea vers la porte, mais Wickham la rappela.

— Gabriella !

Elle se retourna, les sourcils arqués.

— Vous vous êtes fait mal à la jambe ? Il me semble que vous boitez.

La question la frappa de plein fouet. Pourquoi accordait-elle tellement d'importance au fait qu'il eût remarqué la claudication qu'elle s'efforçait soigneusement de dissimuler ? Elle l'ignorait, et ne tenait pas à le savoir, mais cela l'ennuyait, en effet. Elle avait beau se donner un mal fou pour se déplacer normalement, il subsistait toujours un léger déhanchement qui la trahissait. Elle n'y pouvait rien.

Sous le regard interrogateur de Wickham, elle entendait malgré elle la voix de son père, surgie du fond de son passé : « Pauvre créature pathétique, qui voudra de toi, maintenant ? Il aurait mieux valu pour nous tous que je te noie à la naissance ! »

Bien que le comte fût mort et enterré depuis dix-huit mois, les mots la blessaient toujours autant. De même que l'expression de Wickham qui avait noté sa disgracieuse claudication.

Cependant, tout comme elle avait refusé de courber honteusement l'échine devant le mépris affiché de son père, elle ne permettrait pas à Wickham de voir à quel point sa question lui était douloureuse.

Elle releva le menton.

— J'ai boité la plus grande partie de ma vie. Je me suis cassé la jambe à l'âge de douze ans, et la fracture ne s'est pas correctement ressoudée.

— Vous ne saviez pas que Gabby était boiteuse, Marcus ? s'étonna Beth.

Dans la bouche de l'adolescente, il s'agissait d'une évidence, comme elle aurait dit « Gabby a les yeux gris », pourtant, cela lui fit mal d'entendre son infirmité si crûment nommée. Beth, entre autres qualités, appelait toujours un chat un chat, ce qui avait de bons côtés, et de moins bons !

— Gabby n'est pas une boiteuse ! protesta vigoureusement Claire. Elle a une jambe faible. Quand on est boiteuse, il faut marcher avec une canne, ou être aidé par quelqu'un en permanence.

Elle se tourna vers Wickham.

— Gabby boite parfois, reprit-elle à son intention, mais elle se déplace sans difficulté, je vous assure.

Gabby lui lança un regard chargé d'affection. À cet instant, au lieu de la ravissante jeune fille, elle voyait la petite fille aux cheveux ébouriffés qu'elle était à cinq ans. Claire avait été la première à accourir à ses côtés après le drame, à lui tenir la main tandis qu'une servante allait chercher du secours. Gabby avait toujours pensé, bien qu'elle n'aimât guère s'y attarder, que son accident avait profondément affecté Claire.

— Ne sois pas idiote, Claire, je n'insultais pas Gabby. Elle est autant ma sœur que la tienne !

— C'est toi qui es idiote, si tu ne comprends pas qu'elle déteste être traitée de boiteuse ! s'exclama Claire en se levant brusquement avec un raclement de sa chaise sur le plancher.

— Oh, toi...

Beth s'était levée à son tour.

— Ça suffit ! déclara Wickham avec autorité, comme s'il avait l'habitude de régler les conflits entre sœurs.

Il n'y avait aucune pitié dans le regard qu'il posa sur Gabby et elle en fut – juste un peu – réconfortée.

— La vie est pleine de coïncidences, reprit-il. Moi aussi j'ai une jambe fragile. Elle a été brisée en trois endroits quand un cheval s'est effondré sur moi. J'ai mis un temps fou à guérir, et j'en souffre encore par temps humide.

— En général, la mienne ne me tracasse que lorsqu'elle a été mise à rude épreuve. Si je tombe, par exemple, ou si quelque chose de lourd l'écrase. Alors, je peux en subir les conséquences pendant plusieurs jours.

Le sourire poli était accompagné d'un regard noir qui signifiait qu'elle lui faisait porter toute la responsabilité de sa claudication actuelle.

Il sourit en retour. « Touché ! » se dit-il.

Gabby revint à ses sœurs.

— Mes chéries, si vous ne vous hâtez pas, nous serons en retard, or nous n'avons pas intérêt à faire attendre notre tante.

Les deux jeunes filles oublièrent aussitôt la jambe de leur sœur, qui était pour elles de l'histoire ancienne, et souhaitèrent une bonne soirée à Wickham avant de se précipiter vers leurs chambres. Gabby sonna pour que l'on vînt débarrasser et s'apprêtait à sortir lorsque Wickham la retint de nouveau.

— Gabriella.

Il était debout, appuyé au dossier de son fauteuil. Elle faillit lui conseiller spontanément de se rasseoir, de ménager ses forces, mais après tout, il n'était pas sous sa responsabilité, et elle se contenta de lui lancer un regard interrogateur.

— Peut-être qu'un jour, vous et moi pourrions comparer nos cicatrices, murmura-t-il.

Le sous-entendu lascif ne lui échappa pas, et elle se redressa, outragée.

Il eut un sourire moqueur qui ne fit qu'attiser sa colère.

— Vous êtes un libertin écœurant ! siffla-t-elle. Tenez-vous à l'écart de mes sœurs et de moi-même.

Sur ce, elle tourna les talons et sortit de la chambre.

Ce fut seulement bien plus tard alors que, dans la loge à l'opéra, ses sœurs s'extasiaient sur le spectacle qui s'offrait à elles, qu'elle comprit. Cette exaspérante grossièreté était délibérée, et elle avait atteint son but : Gabby avait cessé de se sentir la « pauvre créature pathétique » dont son père parlait, elle avait retrouvé sa dignité.

22

Ses plans soigneusement élaborés étaient tombés à l'eau, songeait-il en arpentant sa chambre afin de mettre ses forces à l'épreuve. Le temps jouait contre lui, et il avait l'impression qu'il allait devenir fou s'il devait rester immobilisé davantage. Et tout cela à cause de Gabriella ! Dès qu'il avait posé les yeux sur elle, dans sa vilaine robe noire, avec son air hautain, il avait compris qu'elle serait une source d'ennuis. Mais il ne savait pas encore à quel point.

Elle l'avait menacé de dévoiler son imposture, l'avait défié, avait tiré sur lui, puis elle l'avait troublé, et maintenant, il se sentait coupable !

S'il avait su que sa claudication était permanente, jamais il n'aurait attiré l'attention dessus. Mais quand il l'avait vue traverser la chambre de sa démarche hésitante, il s'était cru un instant responsable. Lui avait-il fait mal lorsqu'il l'avait soulevée brutalement, ce fameux soir ? Ou avait-elle heurté le sol trop durement lorsqu'elle était tombée du lit ? Cette pensée l'avait profondément dérangé. Quoi qu'il arrivât, il ne voulait pas la blesser. Pourtant c'était ce qu'il avait fait en mentionnant ce qui était la plupart du temps indécelable. Il avait vu la douleur dans son regard, alors il avait tenté de l'effacer avec le premier commentaire qui lui était venu à l'esprit. Et il avait réussi. Elle s'était mise en colère.

Ce qui était tout de même mieux.

— Euh… cap'tain, qu'est-ce que vous voulez que je fasse de ça ?

Barnet, qui changeait les draps du lit, brandissait l'une des missives copieusement parfumées de Belinda. Un valet de pied l'avait apportée un peu plus tôt, et il l'avait lue distraitement, puis Beth était arrivée sans être annoncée, alors il l'avait prestement cachée sous la couverture, pour l'oublier aussitôt.

— Range cette lettre dans le tiroir de la table de nuit avec les autres, répondit-il en haussant les épaules.

Belinda était une correspondante acharnée, mais il était certain que c'était grâce à Gabriella qu'on lui épargnait sa présence durant sa convalescence. Belinda se moquait pas mal de l'inconvenance qu'il y avait à rendre visite à un homme dans sa chambre – et à l'y distraire de façon royale ! Seule l'existence d'une maîtresse de maison sévère, au port de duchesse et au regard d'aigle, pouvait la tenir à distance.

— Le lit est prêt, cap'tain.

Wickham fit la grimace.

— J'en ai assez de rester allongé ! Si ça continue, je vais devenir faible comme un nouveau-né. Notre petite sorcière puritaine a bien failli avoir raison de moi.

Barnet, qui débarrassait la table de chevet des verres vides, lui lança un coup d'œil réprobateur.

— Vous devriez pas parler comme ça de Mlle Gabby, cap'tain. C'est pas sa faute si vous l'avez terrorisée assez pour qu'elle vous tire dessus.

Wickham s'immobilisa devant son homme de main.

— T'aurait-elle ensorcelé ?

— Désolé, cap'tain, mais je dis ce que je pense. Et je pense que Mlle Gabby est une vraie dame, alors je supporterai pas que ni vous ni un autre vous lui manquiez de respect.

— J'aurai tout entendu ! s'exclama Wickham, plus amusé que vexé. C'est la reine des empêcheuses de tourner en rond, oui !

Barnet, qui passait devant lui avec un plateau chargé, lui jeta un regard courroucé.

— L'ennui, avec vous, cap'tain, c'est que vous êtes habitué à ce que les femmes se pâment dès que vous leur touchez l'épaule, alors vous aimez pas celles qui résistent à votre charme.

— Je n'aime surtout pas celles qui me prennent pour une cible de tir au pistolet, rétorqua Wickham tandis que Barnet, après avoir déposé le plateau à la porte, revenait dans la chambre.

Le brave serviteur voulut l'aider à se coucher, mais il le chassa d'un geste impatient.

— Je suis encore capable de me mettre au lit tout seul. Je ne veux plus te voir jusqu'à demain matin.

— Mais, cap'tain…

— Disparais, traître !

Wickham esquissa un sourire devant l'air offusqué de Barnet.

— Je plaisantais, se reprit-il. Nous en avons assez vu toi et moi pour que je ne doute pas de ta loyauté. Tu peux te faire le champion de *Mlle Gabby* tant que tu voudras, et avec ma bénédiction.

Barnet argumenta encore quelques minutes avant de se laisser persuader d'aller se reposer.

Une fois seul, Wickham regarda le lit avec hostilité, fit encore plusieurs fois le tour de la pièce, puis s'installa devant la cheminée avec un livre qu'il trouva sur le manteau. *Marmion*. C'était absurde, mais l'expédition jusqu'à la bibliothèque afin de trouver une lecture plus à son goût lui paraissait insurmontable. Comment ce roman était-il arrivé jusque-là ? Ce n'était pas le genre de livre qu'il appréciait. Il préférait les ouvrages d'histoire, en particulier les récits militaires, ou les biographies.

Celui-ci appartenait à Gabriella. Il découvrit son nom écrit à la main sur la page de garde. Il aurait dû s'en douter ! C'était bien le genre de fadaises qui plaisaient aux femmes. Du moins à la plupart d'entre elles. Il n'aurait pas cru Gabriella si romantique, pourtant, il fallait bien se rendre à l'évidence.

Il le feuilletait avec plus d'intérêt que prévu, s'attardant sur quelques passages qui l'amusèrent par leur style fleuri et leur débauche de sentiments, quand il l'entendit rentrer chez elle. Sans doute la représentation à l'opéra était-elle terminée. Elle bavardait avec sa cameriste, et il écouta distraitement sa voix musicale... Douce, sauf quand elle était en colère. Il sourit. Bien souvent, quand elle s'adressait à lui, sa voix claquait comme un coup de fouet.

C'était sa faute, il devait bien le reconnaître. Il avait une fâcheuse tendance à l'asticoter.

Et elle mordait délicieusement à l'hameçon.

Les voix se turent, et il en conclut qu'elle devait être seule, lovée sous les couvertures. Son livre lui manquait-il ?

Il sourit de nouveau. Il était fortement tenté d'aller le lui rendre en personne. Puis il se réprimanda. S'engager davantage avec sa « sœur » serait pure folie. Cependant, la tentation fut la plus forte.

Il se leva, le livre à la main, et se dirigea vers la porte de communication. Il en était à quelques pas lorsqu'il entendit la clé tourner dans la serrure ; il s'arrêta net.

À la fois surpris et ravi, il vit le bouton bouger, le battant s'ouvrit. Elle se tenait sur le seuil, vêtue, autant qu'il pût en juger, d'une chemise de nuit à col montant et manches longues, d'un déshabillé rose, une couverture bleu vif sur les épaules. Ses cheveux étaient, comme toujours, coiffés en un chignon sévère, et elle avait l'air grave. Lorsqu'elle le vit, elle ouvrit d'abord de grands yeux.

Il attendit ses explications avec un intérêt qui l'étonna lui-même.

Elle ne pensait pas le trouver si proche. Un instant déconcertée, elle cligna des paupières, puis elle se prépara mentalement à la bataille. La résolution qui s'était formée en elle durant la représentation n'allait tout de même pas s'évanouir sous prétexte qu'il se tenait à un mètre au lieu de se trouver sagement dans son lit, séparé d'elle par la moitié de la pièce. Il fallait qu'elle mît les choses au point.

— Bonsoir, Gabriella.

Les cheveux en désordre, le visage mal rasé, toujours vêtu de son peignoir brun, exaspérant de charme viril, il était beaucoup plus grand qu'elle malgré les babouches qu'il portait. Elle se sentit physiquement désavantagée, et cela l'irrita, car elle s'était habituée à le voir alité, malade.

Il l'accueillit d'un salut courtois, la main sur le cœur, mais une lumière dansait dans ses yeux. Il semblait s'amuser énormément, et elle fut certaine que c'était à ses dépens. Parler la première était sans doute une erreur, mais il était trop tard, il n'en avait que trop fait à sa tête au cours de leur brève association. Ce soir, il fallait absolument que tout soit tiré au clair.

— Si cette comédie doit durer encore un certain temps, attaqua-t-elle sans circonlocutions inutiles, il faut que la situation soit claire entre nous.

— Vraiment ?

Ce n'était qu'un murmure, mais Gabby eut l'impression une fois de plus qu'il se moquait d'elle.

— Et de quoi s'agit-il précisément ? reprit-il.

— D'abord, je vous préviens : je dénoncerai votre imposture si vous ne vous tenez pas résolument à l'écart de mes sœurs, et particulièrement de Claire.

— Ah, Claire... Une rare beauté. Un diamant de l'eau la plus pure !

Gabby se rembrunit.

— Ce n'est pas une menace en l'air.

— Quoi ? Vous annonceriez au monde entier que je ne suis pas votre frère ? Cela paraîtrait un peu bizarre, alors que vous m'avez accepté comme tel depuis plusieurs jours...

— Je me moque de ce qui est bizarre quand il s'agit de ma sœur.

— Vous vous en moquez...

Il la dévisageait en souriant.

— Mais puisque vous désirez parler, pourquoi ne pas nous asseoir ? Grâce à votre habileté au tir, j'ai tendance à me fatiguer plus vite que je ne le souhaiterais.

Gabby hésita un instant, puis elle acquiesça.

— Au fait, vous avez oublié votre livre ici, dit-il en lui tendant le volume avant d'aller s'installer dans l'un des deux fauteuils proches de la cheminée.

— *Marmion* ?

Elle le suivait, un peu empêtrée par la couverture qui traînait derrière elle. Elle avait jugé plus correct de s'en draper avant de venir le voir, car elle n'aimait pas l'idée de se retrouver en tenue de nuit devant lui, après ce qui... Non, elle ne devait pas y penser. Ce souvenir l'emplissait de honte, or, la honte la mettait en position de faiblesse, ce qu'elle ne voulait en aucun cas. Elle s'assit, le livre sur les genoux.

— Merci. Je me demandais où je l'avais laissé. Alors, nous sommes bien d'accord ? Si vous voulez continuer votre petite supercherie sans que je vous mette de bâtons dans les roues, laissez Claire et Beth tranquilles.

La tête appuyée au dossier du fauteuil, il l'observait avec une expression qu'elle n'aimait pas du tout.

— Vous n'avez pas dû envisager qu'il vous serait bien difficile de prouver que je ne suis pas le comte de Wickham, maintenant que tout le monde me prend pour lui. D'autre part, je manquerais à tous mes devoirs si je ne vous faisais pas remarquer que, au cas où vous parviendriez à le prouver, vous seriez considérée comme ma complice, puisque vous vous êtes tue pendant presque une semaine.

Gabby bouillait d'indignation.

— Moi, votre complice ? Et quoi encore !

— N'est-ce pas le cas ? Comprenez-moi bien, je ne vous blâme pas. D'après ce que j'ai appris de Claire et de Beth – surtout de Beth qui est délicieusement portée sur les confidences –, ainsi qu'à travers quelques propos glanés par Barnet auprès des domestiques, vous vous trouvez dans une situation délicate depuis la mort de votre père. Tout ce qu'il a laissé revient à votre frère, et il n'a pas prévu la moindre rente pour vous ni pour vos sœurs. En un mot, sans la générosité de votre frère, vous êtes à la rue. Et l'homme qui doit hériter à la mort de celui-ci est un lointain cousin qui ne vous porte pas dans son cœur. C'est bien cela ?

— Et alors ?

Elle était toute raide, hostile.

— Alors, cela explique que vous soyez entrée dans mon petit jeu. En fait, ma chère, vous avez encore plus besoin de moi que moi de vous.

Le charmant sourire dont il la gratifia donna à Gabby l'envie de lui lancer le livre à la figure.

— À votre place, je n'en serais pas si sûre.

— Moi, j'en suis certain, aussi ne me menacez plus de révéler la vérité, ça ne marchera pas. Toutefois, si cela peut vous consoler, sachez que j'éprouve des sentiments tout fraternels pour Claire et pour Beth. En tout cas, pour Beth, ajouta-t-il, les yeux brillants.

Gabby se leva d'un bond, et la couverture glissa. Elle la retint d'une main, tandis que de l'autre elle serrait son livre contre elle.

— Qui êtes-vous ? cria-t-elle. Vous avez tout de même un nom à vous ! J'exige de le connaître. Et de savoir aussi pourquoi vous vous faites passer pour mon frère… À part mener une vie luxueuse à laquelle vous n'avez pas droit, bien entendu.

Un instant, ils se fixèrent en silence, puis il dit enfin, d'un ton mesuré :

— Je ne vois aucune raison valable de vous répondre.

— Vous êtes un gredin, monsieur ! explosa-t-elle.

— Je le reconnais bien volontiers.

— Je veux que vous laissiez Claire tranquille !

Il secoua la tête en riant.

— Quel tempérament, Gabriella ! Vous ne pourrez pas m'éloigner de votre sœur par l'intimidation, vous savez. Mais vous pourriez essayer – juste essayer – de me… soudoyer.

Gabby plissa les yeux.

— Vous soudoyer ?

Il hocha la tête. Ses yeux pétillaient de malice, mais le ton était plutôt solennel quand il répondit :

— Le prix que je demande pour rester éloigné de votre sœur est… un baiser.

23

— Pardon ?

— Vous avez fort bien entendu.

— Non !

Pour autant qu'elle pût en juger, son visage, sous l'effet de la colère et de l'embarras, était sans doute aussi rouge que les cheveux de Beth.

Il haussa les épaules, feignant l'indifférence.

— C'est peut-être aussi bien. J'avais très envie d'approfondir mes relations avec Claire. Ma position de « frère » m'en donne de multiples occasions, vous savez. Cette charmante innocente ne voit aucun mal à se trouver seule avec moi dans ma chambre, ou…

— Espèce de… libertin ! s'étrangla Gabby.

— Allons, allons ! Les insultes sont bien puériles !

— Je la mettrai en garde…

— Contre son frère ? Je doute que vous arriviez à la convaincre. Claire me semble le genre de personne qui ne voit de mal nulle part… contrairement à sa sœur aînée.

— Je lui dirai la vérité !

— En espérant que cela reste secret ? Voyons, Gabriella, c'est impossible, vous le savez aussi bien que moi. Un jour ou l'autre, elle fera une gaffe, et nous nous retrouverons tous dans le même bateau.

— Alors, donnez-moi votre parole de rester distant avec elle.

— Entendu... Pour un baiser. Sur les lèvres, bien sûr. Pas un de ces petits baisers insipides sur la joue.

Toujours agrippée à sa couverture, Gabby sentait le piège se refermer sur elle. Wickham, les pupilles dilatées, semblait s'amuser énormément.

— Serait-ce à ce point insupportable ? insista-t-il. Songez à tout ce que vous avez déjà fait dans l'intérêt de vos sœurs. Ce serait bien peu, en comparaison.

— Non.

— C'est à vous de décider, naturellement.

Gabby était à court d'arguments.

Vous avez une bouche qui appelle les baisers.

Les mots importuns revenaient danser dans sa tête, et elle se détourna en se mordillant la lèvre. Un baiser. Un baiser pour la sauvegarde de Claire. Un tout petit baiser sur la bouche, et on n'en parlerait plus. Comme il l'avait fait remarquer, ce n'était pas le bout du monde, après tout. Ce qui la chagrinait le plus, en réalité, c'était qu'elle avait eu envie de l'embrasser, qu'elle s'était demandé ce qu'elle ressentirait en effleurant ses lèvres des siennes, depuis qu'il avait prononcé cette phrase.

Il ne lui restait plus qu'à signer un nouveau pacte avec le diable, et elle saurait.

La tentation était presque irrésistible. Gabby se sentait comme Ève, à la fois effrayée et fascinée par le serpent.

Elle croisa enfin son regard.

— Un baiser, et vous me donnez votre parole de ne plus vous approcher de Claire ?

— Je vous jure de traiter Claire comme si elle était ma véritable sœur, rectifia-t-il. Je ne peux pas vous promettre de me tenir éloigné d'elle, car dans un avenir immédiat, nous vivrons sous le même toit.

Gabby réfléchit. Cela semblait acceptable, à condition que…

— Comment puis-je être sûre que vous tiendrez votre promesse ? Les criminels ne sont généralement pas réputés pour leur honnêteté.

Il eut un lent sourire qui lui fit battre le cœur.

— En tant que partenaire dans le crime, vous n'avez pas le choix.

— Je ne suis pas votre…

Elle s'interrompit. Dans les circonstances actuelles, il était bien futile de protester. Le hasard avait voulu que leurs destins se mêlent et, en effet, elle était sa partenaire dans le crime.

Quelle honte !

— Alors ? insista-t-il. Vous avez pris votre décision ? Je n'ai pas l'intention de rester là à discuter avec vous toute la nuit. Je connais des moyens nettement plus agréables d'occuper mon temps. Par exemple, monter une stratégie pour séduire notre ravissante Claire.

Gabby se raidit.

— Vous êtes l'être humain le plus vil que la nature ait créé.

Il eut un petit rire.

— Possible, mais la question est : allez-vous m'embrasser pour sauver votre sœur ?

Gabby lui lança un regard noir. Il était bien inutile de faire appel à son sens de l'honneur ou à ses bons sentiments. Aussi s'approcha-t-elle, les dents serrées, et l'embrassa-t-elle.

Un tout petit baiser sur la bouche, et c'était fini. À la vérité, rien n'aurait pu être plus facile… ni plus décevant.

Le contact avec ses lèvres ne parvint pas jusqu'à ses sens. Pas de cataclysme émotionnel, pas de battements de cœur, de respiration coupée. Finalement, comme tant d'autres choses dans la vie, un baiser, c'était beaucoup de bruit pour rien.

Satisfaite d'avoir eu le courage d'affronter le démon, soulagée d'en avoir terminé, elle le gratifia d'un petit sourire suffisant.

— Voilà. C'est fait.

Il éclata de rire et lui saisit le poignet, lui faisant lâcher la couverture qui glissa sans bruit à terre.

Malgré sa chemise de nuit et son peignoir, elle se sentait nue. Elle ne pouvait oublier qu'il savait ce qui se cachait sous les vêtements et, tentant de se dégager, elle plaqua son autre bras sur sa poitrine.

Il nota son geste et une lueur canaille s'alluma dans ses yeux.

— Lâchez-moi !

— Oh, non ! dit-il en secouant la tête. Pas encore. Pas avant que vous n'ayez tout payé. Ce que vous venez de faire là n'était pas plus un baiser qu'une miette n'est un repas !

— Vous m'avez donné votre parole...

Elle se tenait devant lui, immobile à présent, convaincue qu'elle n'arriverait jamais à se libérer s'il ne le voulait pas.

— J'aurais dû savoir que vous ne la tiendriez pas.

— Vous m'aviez donné la vôtre, lui rappela-t-il. Il faut respecter la règle du jeu.

Sans prévenir, il l'attira à lui et elle tomba dans ses bras qui se refermèrent sur elle tel un piège. Horrifiée, elle se retrouva sur ses genoux.

— Lâchez-moi ! répéta-t-elle, au bord de la panique.

Son livre était coincé entre ses cuisses et le ventre de Wickham, et elle le récupéra afin de le frapper.

Il para l'attaque du coude.

— Ah, vous voulez me blesser de nouveau ? Vous êtes vraiment une créature assoiffée de sang !

Il s'appropria le livre sans le moindre mal et le laissa tomber par terre. Privée de son arme, elle tambourina sur sa poitrine, mais il la coinça dans ses grands bras, prisonnière impuissante et furibonde. Décidant de préserver le peu de dignité qu'il lui restait, elle cessa de lutter et se tint toute raide, bouillonnant de rage.

— Je regrette de ne pas avoir mieux visé quand j'ai tiré sur vous !

— Oui, hélas, nous devons tous vivre avec nos erreurs !

— Salaud !

Ce mot choquant, que jamais elle n'avait prononcé de toute sa vie, exprimait exactement ses sentiments.

Pour le regarder, elle devait renverser la tête en arrière, et sa nuque entra en contact avec son bras musclé. Qu'elle l'eût remarqué ne fit que l'agacer davantage.

— Je me doutais qu'il ne fallait pas vous faire confiance, se récria-t-elle, amère.

— Mais c'est vous qui n'avez pas respecté votre part du marché ! rétorqua-t-il avec un sourire presque tendre.

Elle en eut un bref instant le souffle coupé.

C'était vraiment le plus diaboliquement séduisant des hommes ! Et c'était précisément au diable qu'elle aurait aimé l'envoyer.

— Je vous ai embrassé ! protesta-t-elle. Vous le savez très bien.

Leurs visages étaient si proches qu'elle distinguait tous les détails du sien, les petites rides au coin des yeux, la texture de sa peau, la forme de ses oreilles, l'étincelle amusée qui dansait tout au fond des prunelles bleues.

Ce fut cette étincelle qui lui fit comprendre qu'il la taquinait, et tout à coup, la peur instinctive qui l'avait saisie lorsqu'il l'avait attirée à lui disparut.

Mais pas sa colère. Elle était furieuse de se trouver dans cette position, outrée d'être sur ses genoux, prisonnière de ses bras. Et puis elle n'aimait guère être manipulée.

— C'était le genre de baiser que l'on donne à une vieille tante sur son lit de mort. Ça ne compte pas.

— C'est le genre de baiser que je donnerais à n'importe qui. Et il compte.

— Que savez-vous des baisers ? rétorqua-t-il. Je parierais tout ce que je possède que vous n'avez jamais embrassé un homme.

Plonger dans le regard amusé eut sur elle le plus étrange effet. Elle sentait sa colère se dissiper et elle dut se ressaisir pour lancer, agressive :

— C'est un pari sans risque, puisqu'il me semble que vous ne possédez rien en propre. Tout appartient au comte de Wickham, pas à vous.

Il préféra revenir au sujet qui l'intéressait.

— Dites-moi la vérité, Gabriella. Vous n'avez jamais embrassé un homme, n'est-ce pas ?

Gabby se hérissa et releva la tête.

— Qu'est-ce qui vous fait croire ça ?

— Ce baiser n'était pas celui qu'une femme donne à un homme, déclara-t-il fermement.

— Je ne me rappelle pas que nous ayons mis des conditions particulières à notre marché !

Elle était appuyée contre sa poitrine, à présent, et il avait les bras noués autour de sa taille. Elle aurait sûrement pu se dégager un peu, mais elle découvrait qu'elle n'en avait pas envie. Elle se sentait presque… à sa place, contre lui, et elle s'aperçut avec un choc que cette joute oratoire lui plaisait plutôt.

— Vous aviez promis que, si je vous embrassais une fois sur les lèvres – ce dont je me suis acquittée –, vous traiteriez Claire comme votre véritable sœur. J'ai respecté ma part du marché, à vous d'en faire autant.

— Gabriella…

Il avait de nouveau cette expression presque tendre, et la chaleur de son regard la rendit merveilleusement languide.

— Mmmm ?

— Si vous voulez que je respecte ma parole, il faut que vous m'embrassiez comme j'ai envie d'être embrassé. Sinon, notre accord ne tient plus.

Le cœur de Gabby s'affolait, elle se sentait toute faible, elle tremblait de l'intérieur. Elle était à la fois détendue et en pleine confusion.

Cet homme était dangereux, il était engagé dans une entreprise criminelle, il l'avait menacée, il l'avait traitée d'une manière qui remplirait de honte n'importe quelle jeune fille bien élevée.

Et cependant… La simple odeur qui se dégageait de lui la grisait, le contact de son bras musclé la privait de ses forces.

C'était mal de se tenir sur les genoux d'un homme. C'était réservé aux courtisanes, pas aux dames de sa qualité ! Jamais dans ses rêves les plus fous elle n'aurait imaginé que cela pût lui arriver. Néanmoins, c'était fort agréable. Plus qu'agréable. Elle serait volontiers restée là des heures !

À quoi ressemblerait un baiser comme il en souhaitait ?

Si, en vingt-cinq ans d'existence, elle n'avait jamais embrassé un homme, alors il était probable que cela ne lui arriverait jamais. Elle savait parfaitement qu'elle resterait vieille fille. La romance, ce n'était pas pour elle, aucun chevalier en armure ne viendrait l'enlever sur son fringant destrier.

Si elle voulait apprendre à embrasser un homme, elle tenait là sa chance.

Peut-être la seule.

Et elle s'aperçut, avec juste une pointe de contrariété, qu'elle en avait terriblement envie.

— Très bien, dit-elle d'un ton froid destiné à masquer son émotion. Comment dois-je m'y prendre ?

24

— Pour commencer, mettez les bras autour de mon cou.

Gabby avala sa salive et noua plutôt maladroitement les mains sur sa nuque. La soie du peignoir était douce sous ses doigts, ses cheveux les caressaient.

— C'est bien.

La voix de Wickham était un peu voilée, mais elle le remarqua à peine.

— Et maintenant ?

Elle avait du mal à respirer.

— Penchez-vous, posez vos lèvres sur les miennes et écartez-les.

Elle fronça les sourcils.

— Pourquoi ?

— Pourquoi quoi ?

— Pourquoi dois-je ouvrir la bouche ?

— Pour que je puisse y insinuer la langue.

— *Quoi ?*

Gabby se détachait de lui, et il rattrapa ses bras afin de les maintenir en place.

— Pas question de vous défiler !

— Vous… vous avez l'intention de mettre votre langue dans ma bouche ?

— Oui. Et vous ferez la même chose.

— Ô, mon Dieu ! gémit Gabby qui cherchait dans ses yeux une lueur indiquant qu'il la taquinait de nouveau.

Mais il semblait mortellement sérieux.

— Je ne pourrai pas, souffla-t-elle.

— Mais si. Allons, Gabriella, nous n'allons pas y passer la nuit ! Vous avez accepté le marché, à présent, vous m'obéissez.

Elle leva les yeux vers le beau visage si proche du sien, vers le regard qui avait viré au bleu foncé, la bouche qui esquissait à peine un sourire.

Son cœur battait la chamade, elle avait les paumes moites. Il allait... L'idée était si choquante qu'elle osait à peine la formuler silencieusement.

Rassemblant tout son courage, elle s'agrippa au col du peignoir et s'inclina. Ses seins effleurèrent la poitrine de Wickham, et les pointes se durcirent instantanément. Il avait posé les mains légèrement sur sa taille, et il attendait. C'était à elle d'agir.

Elle se serra davantage contre lui, approcha ses lèvres des siennes.

Leur contact fut, comme le précédent, rapide, fugitif, hésitant. Gabby caressa rapidement la bouche ferme et tiède, puis recula.

Wickham demeurait impassible.

— Ce n'est pas suffisant. Essayez encore, et cette fois, fermez les yeux, Gabby. Ouvrez la bouche.

Elle sentit le souffle des mots murmurés contre ses lèvres, et une onde de chaleur la parcourut.

— Je... je ne peux pas.

Mais ses doigts se crispaient toujours sur le peignoir, elle était vidée de toute énergie, un nœud se formait dans son ventre.

Il avait baisé ses seins, caressé ses jambes, remonté sa jupe...

À ce souvenir, elle crut qu'elle allait s'évanouir. Avec une sorte de désespoir honteux, elle se rendit compte qu'elle avait envie de recommencer.

— Mais si, vous pouvez. Allons, faites ce que je vous ai dit.

Elle prit une profonde inspiration, un peu tremblante. Elle n'y échapperait pas… et elle ne souhaitait pas y échapper.

Elle posa les lèvres sur les siennes, ferma les yeux. Sa langue vint heurter les lèvres closes de Wickham qui s'écartèrent aussitôt. Enhardie, elle explorait sa bouche tiède et humide quand il inversa les rôles et l'envahit à son tour avec une passion à couper le souffle.

Jamais elle n'aurait imaginé qu'un baiser pût être aussi merveilleux, aussi choquant, aussi bouleversant. Il avait posé la main derrière sa tête et elle reposait à présent au creux de son épaule. Elle se sentait toute petite, impuissante face à sa force, et elle adorait cette impression !

Il ne cessait de l'embrasser, et Gabby goûtait chaque sensation comme un fin gourmet déguste un festin exceptionnel. Elle bougea timidement la langue, en fut récompensée par un frémissement de sa part.

Heureusement qu'elle n'était pas la seule à être troublée par leur baiser !

Puis elle sentit la main de Wickham sur son sein qui répondit aussitôt malgré les épaisseurs de tissu. Le petit bouton bourgeonna, comme s'il réclamait son attention, comme s'il se souvenait d'autres caresses et en demandait encore. Elle percevait une sourde pulsation au creux de son ventre, une brûlure à la fois délicieuse et presque douloureuse.

Lorsqu'il se mit à agacer la pointe de son sein avec son pouce, elle s'embrasa tout entière. Elle n'était plus que sensualité, elle se pressait contre lui, s'abandonnait sans retenue, ne pensait plus à rien qu'à cette main qui la faisait fondre de plaisir.

Sous ses cuisses, elle sentait la virilité de Wickham, dure de désir et, instinctivement, elle remua contre lui.

C'était ça qu'elle voulait en elle... À cette idée, elle émit un petit gémissement qu'il étouffa de ses lèvres.

Sa bouche descendait le long de son cou, et elle songea vaguement que sa part du marché avait cette fois bel et bien été remplie, mais elle s'en moquait. Lui aussi, apparemment...

Lorsqu'il dénuda un de ses seins, elle ouvrit les yeux, le temps d'être choquée, et encore plus ardente. Personne ne l'avait jamais vue nue, pourtant elle avait un désir violent que cet homme la contemple, la caresse. Il releva la tête, prit son sein dans sa main en coupe comme s'il voulait en tester la densité.

Gabby retint son souffle. Sa main était si grande, si brune contre sa peau laiteuse...

Il s'inclina sur elle et, horrifiée, elle comprit qu'il allait aussi embrasser son sein. Sa bouche était douce, et elle eut l'impression d'exploser quand ses lèvres saisirent le petit bout rose.

C'était d'un érotisme torride, et elle ne put retenir un cri lorsqu'il la caressa de la langue. C'était indécent, c'était pervers, mais rien au monde ne pouvait être plus merveilleux.

Jamais elle n'aurait imaginé que cela pût lui arriver.

Avec un homme dont elle ne connaissait même pas le nom !

Cette pensée se fraya un chemin du fin fond de son cerveau, d'une partie qui était encore capable de fonctionner, et elle retomba brutalement sur terre.

C'était un séducteur qui jouait ainsi avec son corps, et elle, en l'y autorisant, se comportait comme une fille de joie, une courtisane qui ne valait pas mieux que les belles amies de son père.

— Non ! réussit-elle à articuler d'une voix qui lui parut bien faible.

Elle commença à se débattre, à lutter pour le repousser, mais ce ne fut pas à elle qu'elle dut son salut. Tandis qu'elle tentait de se dégager, il releva la tête, les yeux brillants, le teint animé. Elle eut soudain peur.

— Non, répéta-t-elle plus fermement.

Il crispa les mâchoires, plissa les yeux… et la lâcha.

Elle se leva aussitôt, ramena en tremblant sa chemise sur sa poitrine.

Il demeura assis, les mains sur les accoudoirs du fauteuil, la tête appuyée au dossier. Il la contemplait avec une expression indéchiffrable et, en croisant son regard, elle prit conscience de l'énormité de ce qu'elle venait de faire. Elle avait laissé cet homme, cet étranger, la prendre sur ses genoux, l'embrasser, caresser ses seins. Et elle ne pouvait même pas prétendre qu'il l'avait forcée, cette fois, parce que c'était faux. Si elle n'en avait eu, tout au fond d'elle, terriblement *envie*, jamais elle n'aurait accepté ce baiser. Pas même pour sauver Claire.

Ses vêtements étaient en désordre, ses cheveux avaient échappé aux épingles qui les retenaient et retombaient sur ses épaules… Quc pensait-il d'elle ? Elle rougit, à l'agonie, en songeant qu'elle devait avoir l'air d'une traînée, d'une catin…

Ce qui était vrai, dans une certaine mesure.

Mais elle chassa cette idée. L'humiliation ultime serait de lui laisser deviner l'étendue de sa honte.

Alors elle respira un bon coup et releva le menton.

— Je pense que vous serez d'accord : j'ai rempli ma part du marché, dit-elle, fière de son ton glacial.

Puis elle pivota et se dirigea aussi dignement que possible vers la porte de communication qu'elle referma à clé derrière elle avant d'aller se jeter sur son lit.

25

Comme lady Salcombe l'avait prédit, les visiteurs se bousculèrent à leur porte dès le lendemain. Certains les avaient vues à l'opéra, d'autres avaient simplement entendu parler de leur présence en ville. Il y avait parmi eux des cousins de Gabby, des parents éloignés de Claire, et enfin l'épouse de Thomas, lady Maud Banning, accompagnée de ses deux filles, Desdémone et Thisby. Celle-ci avait fait ses débuts l'année précédente, et était à présent l'Honorable Mme Charles Fawley.

Lorsque Stivers les annonça, Gabby et Claire, qui bavardaient au salon avec d'autres invités, se levèrent pour les accueillir.

En dépit de la froideur qui présidait à leurs relations depuis des années, elles s'embrassèrent, puis Gabby proposa de les présenter aux autres visiteurs. En fait, tout le monde se connaissait déjà.

Après quelques minutes de conversation générale, certains invités prirent congé tandis que les autres se séparaient en deux groupes : Gabby et Maud dans des fauteuils près des fenêtres donnant sur la place, Claire, Desdémone et Thisby sur un sofa près de la cheminée.

En contemplant les trois jeunes filles, Gabby ne put réprimer un sentiment de fierté. Lady Maud, une blonde aux cheveux mousseux, avait été naguère considérée comme une belle femme. Ses filles, blondes également, possédaient la mince silhouette de leur mère, malheureusement elles avaient aussi certains traits de leur père : des yeux bleus globuleux et le menton fuyant. Desdémone avait les cheveux filasse, et un visage rond piqueté de taches de rousseur, tandis que celui de Thisby était si long qu'il lui donnait un aspect chevalin.

En n'importe quelle compagnie, Claire sortait du lot, mais là, sa beauté brune scintillait tel un grand feu dans la nuit.

— Ma foi, je dois avouer que jamais je ne me serais attendue à vous trouver en si bonne forme, dit lady Maud, acerbe, en contemplant Gabby qui était vêtue d'une simple mais fort élégante robe de crêpe bleu.

La coiffeuse envoyée par tante Augusta était venue le matin, elle avait coupé et rassemblé en un chignon haut la chevelure indisciplinée de Gabby, ne laissant que de petites mèches boucler autour de son visage. Sa cousine ne pouvait rien trouver à y redire.

— Merci, répondit Gabby, bien que l'intonation de lady Maud suggérât tout sauf un compliment.

Elle cherchait un sujet de conversation anodin.

— Cousin Thomas m'a dit que vous aviez rendu visite aux tout nouveaux beaux-parents de Thisby ?

— Oh, oui ! Des gens charmants ! Charles, mon gendre, a huit mille livres de rente, voyez-vous, aussi l'union était-elle acceptable bien qu'il ne fût pas noble. Je viserai cependant un peu plus haut pour ma chère Desdémone.

Elle posa un regard attendri sur sa cadette, puis s'assombrit en regardant Claire.

— Toutes mes félicitations pour Thisby, déclara Gabby. Et je suis certaine que Desdémone ne tardera pas à suivre les traces de sa sœur.

— Certainement. Claire est assez jolie. Si elle n'était pas brune – ce qui malheureusement n'est plus du tout à la mode en ce moment – et si sa famille maternelle était de meilleure lignée, je suis sûre qu'elle aurait son petit succès en ville.

— Je nourris encore l'espoir que cela se produise, répliqua Gabby qui ne voulait pas s'abaisser en entrant dans le jeu de la jalousie. Au fait, je trouve Desdémone particulièrement en beauté, aujourd'hui.

Ce n'était pas tout à fait faux. La jeune fille était moins ingrate que la dernière fois qu'elle l'avait vue. Peut-être, se dit Gabby avec une toute petite pointe de méchanceté, sa mère lui avait-elle mis du fond de teint afin de dissimuler ses taches de rousseur...

Lady Maud se rengorgea.

— Je le trouve également. J'aime bien que mes filles soient vêtues des couleurs pastel et des robes sages qui conviennent à leur âge.

C'était dit avec un sourire, pourtant, c'était une nouvelle pierre dans le jardin de Claire qui resplendissait dans sa robe de mousseline jaune vif. Les petites manches ballon et le décolleté révélaient la peau fine de la jeune fille, mais pas plus qu'il n'était convenable, et pas plus que ses cousines, sur lesquelles c'était beaucoup moins gracieux.

La conversation roula un instant sur des sujets neutres, puis lady Maud prit un ton de conspirateur.

— Je suppose que je devrais vous féliciter pour l'heureux changement qui s'est produit dans votre situation depuis la dernière fois que nous nous sommes vues. Quelle chance que Wickham vous ait autorisées à venir à Londres pour la saison ! Je suppose qu'il n'est pas encore complètement remis de son accident. Nous avons été tellement choqués – oui, *choqués !* – d'apprendre qu'il s'était tiré dessus ! En tant que personne concernée – après tout, Thomas est son héritier –, je lui conseillerais de se montrer moins maladroit à l'avenir !

Elle éclata de rire à ce qu'elle considérait de toute évidence comme un trait d'esprit.

— Il reprend des forces, j'espère ? ajouta-t-elle.

— Absolument.

Gabby n'avait aucune envie de penser au rétablissement de Wickham. À vrai dire, elle refusait tout net de penser à lui.

— Vous devez vous féliciter qu'il ne ressemble pas à votre père, qui était un vrai grippe-sou. Naturellement, je ne dirais cela à personne d'autre que vous, ma chère. Wickham est tout le contraire, si j'en crois ce que l'on raconte ! Il paraît qu'il va donner un bal en l'honneur de Claire, sous l'égide d'Augusta Salcombe ?

— En effet, confirma Gabby en souriant devant l'incrédulité de lady Maud, qui était aussi grippe-sou, comme elle disait, que le défunt comte.

Elle comprit que le but réel de la visite de sa cousine était de s'assurer qu'elle et ses filles seraient bien invitées au bal.

— Ce sera une somptueuse soirée, si tante Augusta arrive à ses fins, ce qui semble assuré. D'ailleurs, vous recevrez un carton.

— Je n'en ai jamais douté, renifla lady Maud. Nous sommes de la même famille, non ? Il paraîtrait fort curieux que nous ne soyons pas conviés au bal de notre cousine !

Elle eut un petit rire cristallin, puis se tourna vers les jeunes filles et haussa le ton :

— Nous avons d'autres visites à rendre. Thisby, Desdémone, embrassez vos cousines, et prenons congé.

Dès qu'elles furent parties, Claire leva les yeux au ciel.

— « Embrassez vos cousines », répéta-t-elle, singeant si bien le ton mielleux de lady Maud que Gabby éclata de rire. Ils nous traitaient comme des lépreuses quand nous vivions à Hawthorne Hall, si je me souviens bien. Comment peut-elle imaginer que nous l'ayons oublié ?

Gabby secoua la tête.

— Elle fait des efforts pour se montrer amicale. Et il ne servirait à rien de manifester notre hostilité aux yeux du monde. Même s'ils ont été naguère désagréables, ils restent nos cousins. Il n'est pas bien difficile d'être polies et souriantes.

— Alors, je tournerai ma langue sept fois dans ma bouche avant de parler chaque fois que je les verrai, dit Claire avec une grimace avant de grimper rejoindre Beth et quelques amies de son âge qui s'étaient réunies dans l'ancienne nursery.

Gabby songea que Claire aurait certainement préféré rire et papoter avec elles plutôt que de se joindre aux adultes. Malgré ses dix-huit ans, elle était encore, par bien des côtés, une enfant.

À présent, il fallait que Gabby choisisse dans sa garde-robe la tenue qu'elle porterait pour le divertissement du jour, une soirée musicale, donnée par des amis de tante Augusta, à laquelle Claire et elle avaient été invitées le matin même.

Elle n'était pas habituée à changer de toilette plusieurs fois par jour, et l'idée de passer des heures à bavarder avec les vieilles amies de sa tante l'épuisait à l'avance.

D'autant que, évidemment, elle n'avait pratiquement pas dormi la nuit précédente. Chaque fois qu'elle fermait les yeux, elle voyait le visage de Wickham et, malgré ses efforts pour se reposer, son corps refusait de s'apaiser; il en réclamait davantage!

Mais une telle chose ne devait plus se reproduire. Plus jamais! Et afin d'en être sûre, désormais, elle éviterait de croiser le chemin de Wickham.

Elle demeura un instant au rez-de-chaussée après le départ de Claire, à passer en revue les cartes qui leur étaient parvenues ces derniers jours.

Aussi se trouvait-elle encore au salon, sans possibilité de se dérober, lorsque le visiteur arriva sur les talons de Stivers.

— Le duc de Trent pour vous, mademoiselle Gabby, annonça le majordome d'une voix sépulcrale.

À l'énoncé de ce nom qu'elle avait espéré ne plus jamais entendre, Gabby sentit son cœur se serrer. Elle leva les yeux, affolée, pour demander à Stivers de répondre qu'elle n'était pas là, mais Trent était juste derrière lui.

La pièce se mit à tourner et, un instant, en regardant le visage décharné et grisâtre qui avait hanté ses cauchemars durant tant d'années, elle crut qu'elle allait s'évanouir.

26

— Gabby.

Trent inclina la tête tout en s'avançant vers elle.

— Ou faut-il que je vous appelle lady Gabriella, à présent ?

Il fit signe à Stivers de se retirer avant que Gabriella ait pu le prier de rester, au contraire. Bien sûr, le majordome n'aurait jamais obtempéré, s'il avait deviné… Mais il savait seulement que Trent avait été un ami de son père, de ceux qu'il n'appréciait guère, pour ne pas dire pas du tout.

Seule au salon avec l'homme qu'elle avait haï et redouté plus que quiconque durant la majeure partie de sa vie, Gabby luttait pour garder son sang-froid.

— Je préfère que vous ne m'appeliez pas du tout, Votre Grâce, répliqua-t-elle, glaciale, en se drapant dans sa dignité.

Si l'enfant qu'elle avait été avait envie de courir se cacher, la femme qu'elle était devenue le méprisait tant qu'elle n'aurait pas trahi son émoi par un simple battement de cils.

— Pardonnez-moi, reprit-elle, mais je suis surprise que vous ayez l'audace de vous présenter dans cette demeure.

Il s'approcha davantage en émettant un petit ricanement. Elle s'aperçut, avec le détachement de quelqu'un contre qui il ne pouvait plus rien, qu'il était à peine plus grand qu'elle et plutôt fluet. Sa chevelure grise, autrefois d'un blond brillant, se raréfiait, et sa peau parcheminée n'avait pas dû voir souvent les rayons du soleil. Il avait un nez en bec d'aigle, des yeux encore vifs sous les paupières lourdes, et il tenait à la main la même canne – elle en était certaine – à pommeau d'argent.

Était-ce délibéré de sa part ?

— Vous me faites de la peine, Gabby. Beaucoup de peine. Ne sommes-nous pas de vieux amis ? Quand je vous ai vues à l'opéra hier soir, Claire et vous, j'ai eu envie de renouer avec ce qui fait partie de mes plus délicieuses relations.

Bien qu'elle ne le montrât pas, Gabby avait les genoux tremblants, et elle reporta son poids sur sa jambe valide, de peur de trahir ce qu'elle voulait à tout prix cacher. Elle respirait avec difficulté, ses mains étaient glacées. Mais les circonstances avaient changé, se rappela-t-elle fermement. Son père était mort, Trent n'avait plus aucune prise sur elle.

— Je ne tiens pas à renouer nos relations. Je vous prie de vous en aller et de ne plus revenir.

Il sourit. Elle se souvenait clairement de ce sourire froid qui donnait plus que jamais à son visage l'apparence d'un masque mortuaire. Il la regarda de la tête aux pieds tel un prédateur jaugeant sa proie.

— Mes compliments. Vous êtes devenue une petite personne tout à fait séduisante, même si votre beauté n'est pas classique. Et Claire… C'est un joyau exceptionnel que n'importe quel amateur souhaiterait posséder dans sa collection privée !

Les souvenirs affluaient malgré elle, et Gabby eut des sueurs froides. Elle recula légèrement.

Elle était tellement concentrée sur son adversaire qu'elle entendit à peine les pas dans le hall, mais elle ne put ignorer la haute silhouette qui se profila sans avertissement sur le seuil.

— Wickham ! s'exclama-t-elle, et un flot de reconnaissance la submergea tandis qu'elle tendait la main vers lui.

Wickham jeta un bref coup d'œil au visiteur qui s'était retourné, avant de rejoindre Gabby d'un pas vif.

— Présentez-moi, dit-il en glissant la main de la jeune femme au creux de son bras.

Elle le remercia intérieurement pour sa présence, la chaleur de ses doigts sur les siens, le réconfort qu'il lui apportait. Les yeux bleu marine la scrutaient, interrogateurs, et elle fut instantanément soulagée. Wickham lui redonnait de la force, il la protégerait – il les protégerait toutes – contre Trent, elle en était intimement persuadée.

Elle redressa les épaules.

— C'est inutile, la devança Trent en tendant la main à Wickham.

Disparus le sourire carnassier, ainsi que le regard de prédateur. Il n'y avait plus qu'un charmant vieux monsieur, élégamment vêtu, visiblement riche et titré, en rien dangereux. Comparé à Wickham, il semblait même faible, presque ratatiné.

— Je suis Trent, un très vieil ami de votre père, poursuivit-il.

Wickham lui serra la main, sans toutefois lâcher Gabby, et lui décocha un regard glacial.

— Je n'ai guère connu mon père.

— Je sais. Vous n'ignorez pas, cependant, que lui et moi étions très proches.

La main de Gabby se crispa involontairement sur le bras de Wickham qui baissa les yeux vers elle.

— Sa Grâce allait prendre congé, dit-elle d'une voix haute et forte qui lui parut étrangère.

Son regard ne vacilla pas quand elle croisa celui du duc. Il ne pouvait plus lui faire de mal, maintenant, et elle voulait qu'il le sût.

— En effet, répondit le vieil homme en souriant. Au revoir, Gabby. Votre serviteur, Wickham.

Sur un élégant salut, il disparut.

Comme le bruit de ses pas s'éloignait dans le hall, Gabby lâcha Wickham et alla s'effondrer sur un sofa. Ses jambes ne la portaient plus.

Elle avait beau s'y employer de toutes ses forces, elle ne pouvait se libérer de ces années de peur atroce.

Wickham vint se planter devant elle, les bras croisés, l'air pensif. Malgré son trouble, Gabby ne put s'empêcher de remarquer qu'il était vêtu de bottes rutilantes, d'une culotte fauve qui moulait ses cuisses musclées et d'une veste à la coupe parfaite.

— Que faites-vous debout ? s'enquit-elle, heureuse de constater que sa voix était redevenue normale.

— Voulez-vous me dire pourquoi cet homme vous terrorise ? attaqua-t-il, ignorant sa question.

Gabby prit une profonde inspiration. Elle se sentait déjà mieux, grâce à sa présence, et elle avait honte de s'être laissé troubler si profondément. Après tout, maintenant que son père était mort, elle pouvait ordonner à Trent de la laisser tranquille.

— Pourquoi pensez-vous qu'il me terrorise ?

— D'abord, lorsque je suis entré dans cette pièce, pour la première fois depuis que nous nous connaissons, vous avez semblé contente de me voir.

Gabby soutint son regard.

— Pour la première fois, j'ai été contente de vous voir, en effet, avoua-t-elle.

Il haussa les sourcils, ironique.

— Si vous continuez à me flatter de la sorte, ma tête va enfler.

Gabby rit, presque revigorée. Trent appartenait à un horrible passé, qu'il y reste ! Il ne risquerait de la perturber que si elle le lui permettait, et il était absurde de réagir comme une enfant impuissante.

— Qu'est-ce qui vous a amené au salon juste au bon moment ? demanda-t-elle.

— Stivers m'a envoyé à votre secours. Il était au beau milieu du hall, à se tordre les mains, quand je suis descendu. Lorsqu'il m'a vu, il m'a pratiquement supplié de venir vous rejoindre. Ce que j'ai fait.

Elle eut un sourire de sincère gratitude.

— Merci.

— Maintenant, allez-vous enfin me dire pourquoi ce vieil ami de votre père vous effraie à ce point ?

Avant que Gabby eût le temps de trouver une réponse adéquate, Stivers apparaissait sur le seuil en toussotant discrètement.

— Votre cabriolet est avancé, monseigneur.

— Merci, Stivers. Apportez aussi ce dont Mlle Gabriella a besoin pour sortir.

— Bien, monseigneur.

Gabby leva sur Wickham un regard interrogateur.

— À vous voir, vous avez encore plus que moi besoin de prendre l'air, ma chère, décréta-t-il sans lui laisser le temps de protester. Je vous emmène à Hyde Park où vous pourrez parader et saluer vos connaissances, tandis que je montrerai aux yeux du monde que je suis bien vivant.

Elle sourit, accepta sa main pour se lever, puis elle secoua la tête.

— Attendez un instant ! Vous n'êtes pas censé marcher, et encore moins conduire un attelage. Rappelez-vous, vous êtes convalescent.

— C'est pourquoi je prends la voiture au lieu de monter à cheval. Croyez-moi, il faut absolument que je sorte de cette maison, sinon je vais devenir fou.

Stivers apportait ses affaires, et elle mit sa capote, son manteau, ses gants, pour se retrouver quelques minutes plus tard sous le grand soleil de l'après-midi. L'air était frais, vif, parfumé de l'odeur des plantes en bourgeon. Elle prit une profonde inspiration, heureuse de se trouver dehors.

Un cabriolet noir était arrêté au bas des marches, mené par deux magnifiques chevaux gris auxquels Jem parlait à l'oreille. Il plissa les yeux en voyant les deux jeunes gens approcher.

— Bonjour, Jem, dit Gabby qui se sentait stupidement coupable sous son regard réprobateur.

Il répondit d'un froncement de sourcils.

— Mademoiselle Gabby.

Il eut l'air plus sombre encore lorsque Wickham aida Gabby à s'installer avant de prendre les rênes.

— Ne restez pas devant, poussez-vous ! ordonna Wickham.

Jem recula, et les deux chevaux s'élancèrent en avant, mais Jem tenta de grimper à l'arrière.

— Nous n'avons pas besoin de vous ! cria Wickham qui fouetta les chevaux.

Le malheureux Jem se retrouva abandonné, les bras croisés, à les regarder s'éloigner.

— Votre domestique ne m'apprécie guère, remarqua Wickham en souriant.

Il conduisait bien, se dit Gabby tandis qu'il manœuvrait habilement entre les autres véhicules. Les chevaux étaient fougueux et avaient besoin d'une main ferme pour les mener.

— Cela vous étonne ? demanda Gabby en riant. Mais dites-moi, comment se fait-il qu'il câline vos chevaux alors qu'il me fusille du regard comme si je pactisais avec l'ennemi alors que je pars simplement en promenade avec vous ?

— Que voulez-vous que je vous réponde ? Il aime sans doute plus les chevaux qu'il ne me déteste. Barnet m'a confié qu'il veillait sur eux comme une mère poule depuis qu'ils étaient arrivés de chez Tattersall.

— Évidemment, vous venez de les acquérir, comme le cabriolet, murmura Gabby qui se rappelait tout à coup qu'il s'agissait d'un escroc. Vous ne vous gênez pas avec l'argent des autres.

Il ne se formalisa pas.

— Comme vous, ma chère. Oh, oui, je suis parfaitement au courant de l'étendue de vos dépenses, croyez-moi ! Challow me tient rigoureusement informé, or cet argent ne vous appartient pas plus qu'à moi.

C'était tellement vrai que Gabby ne trouva rien à répondre. Ainsi, Challow lui rapportait tout ? Mais oui, bien sûr, puisqu'il croyait, comme tout le monde, avoir affaire au véritable comte de Wickham. Si cela avait été le cas, elle-même d'ailleurs aurait jugé de son devoir de lui rendre des comptes.

Les grilles de Hyde Park étaient en vue quand la plume qui ornait la capote de Gabby, poussée par la brise, vint lui chatouiller la joue. Elle la repoussa d'une main gantée.

— Mais le résultat vaut bien l'argent dépensé, reprit Wickham en la regardant avec un demi-sourire. Cette coiffure vous va à ravir.

Elle eut l'air à la fois surpris et un peu intimidé. Elle ne s'attendait pas à des compliments de sa part.

— Vous cherchez à m'amadouer. Dans quel sombre but ?

Il se rembrunit.

— Je vais faire un marché avec vous, commença-t-il.

Mais Gabby tourna vers lui un visage si désemparé qu'il s'arrêta net.

— Oh, non, plus jamais ! s'écria-t-elle sans réfléchir.

Puis, se rendant compte qu'elle avait trahi son trouble, elle tenta de sourire, les yeux baissés sur ses mains croisées.

Mais, avec la meilleure volonté du monde, elle ne put s'empêcher de rougir jusqu'à la racine des cheveux tandis que les souvenirs de la nuit précédente lui revenaient en force. Non qu'elle les eût complètement oubliés. À la vérité, avant l'intrusion de Trent, elle croyait que rien ne pourrait en détourner ses pensées. Mais cela s'était produit et, depuis, elle considérait Wickham avant tout comme son sauveteur, son protecteur. Et voilà que, tout à coup, il lui rappelait qu'elle s'était assise sur ses genoux, qu'il l'avait embrassée. Qu'elle avait appris à connaître sa bouche, qu'il était parvenu à la rendre hardie et impudique comme une fille de joie…

— Si vous rougissez davantage, vos cheveux vont prendre feu.

Elle leva les yeux vers lui.

— Je… Vous…

Cette fois, elle ne put reprendre contenance, et ne parvint pas à trouver une réponse appropriée. Elle était si mortifiée qu'elle se crispa jusqu'aux orteils.

27

— Ne soyez pas sotte, Gabriella, dit-il fraîchement. Or vous l'êtes si vous rougissez de honte. Ce que nous avons fait n'avait rien d'inconvenant ; ce n'était qu'un baiser.

Mais rien n'y faisait. Malgré tous ses efforts, elle ne cessait de revoir la tête brune penchée sur son sein. Elle pressa ses mains gantées sur ses joues et ferma les yeux.

— Pourrions-nous parler d'autre chose ? le pria-t-elle d'une toute petite voix.

Il rit doucement, et elle rouvrit les yeux pour lui lancer un regard noir.

— Je ne voudrais surtout pas vous embarrasser. Mais un baiser est parfaitement normal. Et c'est aussi très distrayant.

— Distrayant !

Il lui jeta un coup d'œil coquin.

— Si vous n'êtes pas de cet avis, cela signifie que je dois améliorer ma technique. Allons, Gabriella, avouez que cela vous a plu. Vous avez bien aimé que j'embrasse votre…

— Encore un mot, et je saute de cette voiture, je vous le jure !

Gabby s'agrippait au rebord de la portière.

— Promis, je n'en parlerai plus ! dit-il obligeamment.

Gabby s'en étonna, mais ils franchissaient les grilles, et sans doute voulait-il qu'elle retrouvât sa dignité pour le cas où ils rencontreraient des gens de connaissance. Le regard braqué devant elle, elle priait pour que la brise suffît à lui rendre son teint habituel.

— Vous êtes seulement d'un rose délicat, à présent, l'encouragea-t-il.

— Ne vous moquez pas de moi !

Les allées regorgeaient de phaétons et de cabriolets, ainsi que de cavaliers. De temps à autre, Wickham touchait son chapeau pour saluer des relations, et Gabby agitait gracieusement la main, mais ils ne s'arrêtaient pas. Enfin, après avoir franchi les allées les plus encombrées, Wickham se tourna vers sa passagère.

— Vous ne m'avez toujours pas dit pourquoi Trent vous effraie.

Gabby avait cru le sujet oublié, mais elle se trompait. D'ailleurs, cet homme n'oubliait sûrement jamais rien. Devait-elle tout lui raconter ? Mais l'histoire était tellement sordide, tellement bouleversante qu'elle ne s'y résolvait pas.

— C'est un individu fort désagréable, répondit-elle enfin. Il rendait fréquemment visite à mon père, quand nous étions petites, puis un peu moins souvent mais toujours régulièrement jusqu'à sa mort. La dernière fois que je l'ai vu, c'était aux funérailles. Ensuite, je lui ai interdit de mettre les pieds à la maison. Avec l'aide des serviteurs, cela a été possible. Jusqu'à aujourd'hui

— Ce qui n'explique pas votre effroi, insista Wickham qui poussait les chevaux pour doubler une calèche.

— C'est l'un des rares êtres humains dont je sois prête à dire qu'il est le mal incarné.

Déjà elle sentait monter en elle le frisson qui la parcourait chaque fois qu'elle pensait à cet homme. Elle secoua la tête et tenta de changer de sujet.

— Puisque nous nous racontons nos vies, c'est votre tour. Vous pourriez commencer par me dire votre véritable nom.

— Si je le faisais, vous risqueriez de le laisser échapper par mégarde, rétorqua-t-il dans un sourire. Pour l'instant, vous devrez vous contenter de Wickham. Quant à moi, je dois avouer que je m'y habitue fort bien. Il est très agréable de vivre dans la peau d'un puissant seigneur.

— Surtout pour un escroc âpre au gain, marmonna Gabby.

— C'est l'hôpital qui se moque de la charité ! Oh, ne le prenez pas mal ! Je ne connais pas beaucoup de femmes qui auraient comme vous le courage de faire un pied de nez au destin. Et c'est une qualité que j'admire particulièrement, chez vous.

Gabby allait répondre lorsqu'elle aperçut une redoutable dame dans un attelage démodé qui leur adressait des signes frénétiques.

— Oh, non ! gémit-elle. Tante Augusta. Nous allons devoir la saluer.

Wickham arrêta le cabriolet près de la voiture de la vieille dame, et déploya tout son charme tandis que Gabby le présentait à lady Salcombe et à son amie, Mme Dalrymple. Après avoir été gratifié d'une sévère admonestation pour ne pas s'être manifesté plus tôt, sa tante, un peu radoucie, reconnut qu'il ne s'en « sortait pas mal », puis on parla du bal jusqu'à ce que Wickham, sous prétexte de ne pas créer d'embouteillage, reprit les rênes.

Ils durent ensuite s'arrêter à plusieurs reprises.

Lady Jersey et sa compagne, Mme Brooke, les hélèrent et demandèrent à entendre de la bouche de

Wickham le récit de son accident. Il le narra avec beaucoup d'humour, puis on lui raconta que la même chose était arrivée à l'oncle de la mère d'une de ces dames. Ils se quittèrent enfin avec la promesse de billets d'entrée chez *Almack*.

— Ce sont de charmants jeunes gens, disait lady Jersey tandis qu'ils s'éloignaient. Et la petite sœur... Une pure merveille ! En outre, ce sont le neveu et les nièces d'Augusta Salcombe, donc, rien à redire.

Gabby avait entendu la conversation et elle s'appuya en souriant contre le dossier de son siège.

— Claire va être ravie !

— Et vous ? Est-ce que vous avez hâte de participer à la « foire au mariage » ?

Elle rit. Il avait raison, cette promenade était tonifiante. Elle avait relégué la visite de Trent dans la partie de son cerveau réservée aux mauvais souvenirs. Quant à Wickham, bien qu'elle n'oubliât pas qui il était, il lui semblait plutôt ami et allié qu'adversaire.

— Tante Augusta pense que tout ce que je peux espérer, c'est épouser un veuf père de famille, dit-elle avec une grimace qui le fit rire. Et à mon avis, elle pense à un veuf très âgé doté d'une kyrielle de petits-enfants ! Avec cette perspective, vous imaginez combien l'idée de me trouver chez *Almack* m'enchante ! Je sais que j'ai passé l'âge, j'y vais seulement pour chaperonner Claire.

— Vous êtes si âgée ! plaisanta-t-il. Mais j'ai quand même huit ans de plus que vous, vous savez.

— Vous avez trente-trois ans ? Voilà un renseignement de plus à ranger dans mon dossier vous concernant. Un capitaine de trente-trois ans qui a connu mon frère. Encore une ou deux informations de ce genre, et je pourrai deviner votre nom.

Il n'eut pas le temps de répondre, car deux cavaliers les aperçurent et leur firent signe. La cavalière, élégamment vêtue d'une tenue d'amazone verte, était lady Ware. Contrariée, Gabby échangea quelques banalités avec son compagnon, lord Henderson, tout en épiant du coin de l'œil Wickham qui portait la main de la belle à ses lèvres un peu plus longtemps qu'il ne convenait avant d'engager avec elle une conversation à mi-voix. Elle n'avait pas besoin d'entendre ce qu'ils se disaient pour comprendre qu'ils étaient intimes. Ils auraient aussi bien pu s'embrasser sur la bouche au milieu du parc ! songea Gabby, dégoûtée.

Elle se rappela qu'il trouvait les baisers « distrayants », et cela la rendit malade.

Finalement, cet intermède lui rappela à point nommé que cet individu était un séducteur chevronné. Si elle avait failli succomber à son charme, c'était bien fini. Elle ne le laisserait plus la prendre dans ses filets.

— Vous êtes bien calme, dit-il tandis qu'ils franchissaient les grilles du parc pour se lancer dans le trafic citadin.

— J'ai un début de migraine, répondit-elle avec un sourire machinal.

— C'est venu bien vite, fit-il remarquer.

Elle haussa les épaules.

— Il en est souvent ainsi, avec les maux de tête.

— Si j'étais prétentieux, je dirais que celui-ci s'est déclaré juste après que nous avons quitté lady Ware et son ami.

Agacée, Gabby émit un petit rire hautain.

— Vous êtes en effet prétentieux, rien qu'en formulant une telle idée…

Il sourit.

— Avouez-le, Gabriella, vous êtes jalouse.

— C'est absurde !

— Belinda est seulement une amie.

Gabby renifla, méprisante, devant ce mensonge éhonté.

— Dites plutôt une gourgandine.

— Allons, allons, Gabriella, ne prononcez pas de tels mots devant moi, vous me choquez ! se moqua-t-il.

— Vous auriez au moins pu avoir la correction de ne pas chuchoter avec votre maîtresse devant moi. Je me doute que vous ignorez bien des points de bonne éducation, mais un gentilhomme ne fait jamais les yeux doux à sa maîtresse en présence de sa sœur, ce que je suis supposée être.

— Je ne faisais pas les yeux doux à Belinda, protesta-t-il sans trop de conviction.

Gabby eut un petit rire de dérision.

Ils arrivaient à Grosvenor Square, et Wickham mit les chevaux au pas.

— Appelez ça comme vous voudrez, mais je vous prie de ne plus recommencer en public. Je tiens à ce que le nom de notre famille ne soit pas entaché de scandale jusqu'au mariage de Claire.

— Savez-vous, Gabriella, que vous êtes une ravissante mégère ?

En se rendant compte qu'il s'amusait de son attitude pourtant parfaitement justifiée, elle perdit son calme. Elle le fusillait du regard lorsqu'il arrêta le cabriolet devant la maison.

— Et vous, monsieur, vous n'êtes qu'un insolent, un vulgaire satyre dont je me débarrasserais d'un claquement de doigts si j'en avais le pouvoir !

Elle mourait d'envie de sauter de la voiture et de s'éloigner sans se retourner, mais sa jambe faible l'en empêchait. Exaspérée, elle dut attendre qu'il vînt l'aider à descendre.

Et là, au lieu de lui tendre la main comme il convenait – même le plus ignare des hommes le savait –, au vu et au su des domestiques ou des passants, il la prit à la taille pour la déposer à terre.

Elle en tremblait de rage.

— Non, vous ne le feriez pas, murmura-t-il, parce que vous tenez trop à moi.

Sur ce, il la lâcha. Elle serra les dents afin de s'empêcher de lui dire son fait. Il y avait trop de monde autour d'eux.

Royale, elle se contenta de lui tourner le dos et gravit les marches avec toute la majesté possible.

Pour couronner le tout, Jem l'attendait à l'intérieur. Dès que Francis eut fermé la porte derrière elle, il se matérialisa, l'air anxieux, des paroles de reproche au bord des lèvres.

Gabriella lui lança un coup d'œil furibond.

— Pas un mot ! grinça-t-elle avec férocité.

Jem eut la sagesse de se taire et, ôtant ses gants avec des gestes nerveux, Gabriella monta se préparer pour la soirée.

Plus tard dans la nuit, quand elle entendit frapper à la porte de communication, elle ne fut pas surprise outre mesure. Elle venait de se mettre au lit et supposa qu'il l'avait entendue permettre à la caméristе de se retirer. Elle eut un mauvais regard en direction de la porte et croisa les bras en se jurant bien que pour rien au monde elle ne lui ouvrirait.

Mais elle n'eut pas à le faire. Les yeux écarquillés, elle entendit le son d'une clé tournant dans la serrure, puis le grincement du battant et des pas discrets.

Sans plus de cérémonie, Wickham entra dans sa chambre et marcha vers le lit où elle était étendue, drap et couvertures remontés sous les bras, Dieu merci !

28

— Comment osez-vous pénétrer dans ma chambre sans autorisation ? s'indigna Gabby qui se redressa en prenant grand soin de rester couverte.

Ses cheveux, qui d'après la coiffeuse souffraient de passer la nuit retenus par des épingles, étaient tressés en une lourde natte, sa chemise de fine batiste avait des manches longues et de la dentelle au col montant.

Wickham souriait. Éclairé seulement par le feu, vêtu du peignoir brun qui laissait ses mollets et ses pieds nus, il était grand, fort, exaspérant de beauté virile.

Quelques jours plus tôt, songea-t-elle, elle se serait sentie menacée par sa présence, mais ce n'était plus le cas. Elle était seulement nerveuse comme une chatte, furieuse, prête à le bourrer de coups de poing.

— J'ai pensé que votre livre risquait de vous manquer, dit-il en lui montrant *Marmion*.

Gabby rougit en se rappelant dans quelles circonstances elle l'avait oublié chez lui.

— Rendez-le-moi, rendez-moi aussi la clé et ne rentrez plus jamais, au grand jamais, chez moi sans y avoir été autorisé.

— Vous me blessez, Gabriella. Je pensais que vous seriez heureuse de récupérer votre livre.

L'animal ! Il se moquait d'elle !

Il était à sa portée et elle lui arracha le volume d'un geste fort peu gracieux.

— Voilà. Vous avez accompli ce pour quoi vous étiez venu, maintenant donnez-moi la clé et sortez.

— Ainsi coiffée, vous paraissez le même âge que Beth...

— Allez-vous-en !

— Sinon vous criez ?

L'horripilant personnage ! Il savait fort bien qu'elle ne le ferait pas.

— Sinon, je demanderai dorénavant à Mary de dormir dans ma chambre ! répondit-elle dignement.

— Je n'ai même pas droit à un remerciement ?

— Non !

— Alors il va falloir que je me serve moi-même.

Avant qu'elle eût le temps de comprendre, il l'avait saisie à la nuque et l'embrassait sur les lèvres.

Elle fut un instant fascinée, mais le souvenir de lady Ware était trop présent. Il ne se servirait pas d'elle ainsi ! Elle se dégagea d'un geste brusque tout en lui lançant un coup de poing à la mâchoire.

Il bondit en arrière en poussant une exclamation, la main sur la joue, pourtant, il ne semblait pas outre mesure contrarié. Il souriait même !

— Quelle violente créature vous faites, Gabriella, lui reprocha-t-il.

— Sortez de ma chambre !

Les couvertures oubliées, elle se mit à genoux en essayant de nouveau de le frapper, alors il recula en riant.

— Du calme, du calme !

Elle lui lança le livre à la figure avec un cri de rage, et il se baissa juste à temps. Le volume s'écrasa contre le mur derrière lui.

— Dire que je croyais les dames bien nées douces, gentilles et courtoises !

Elle avisa sur la table de chevet un taille-bougie qui suivit le même chemin que le livre, puis une brosse à cheveux. Il se protégeait de ce bombardement d'un bras levé en riant toujours.

Elle bondit hors du lit, s'empara d'une pendule de cristal, mais déjà il se réfugiait dans l'antichambre.

— Bonne nuit, ma cruelle petite punaise des lits ! lança-t-il.

Elle se préparait à attaquer de nouveau quand elle entendit la porte de communication se refermer, puis la clé tourna dans la serrure.

Il s'était enfermé, le lâche !

Elle retourna enfin se coucher, non sans avoir coincé le dossier d'une chaise sous le bouton de porte.

Les deux semaines suivantes connurent une activité fébrile. La saison battait son plein, et ils furent tous emportés dans un tourbillon de soirées, bals, soupers, petits déjeuners, pièces de théâtre et promenades au parc, visites reçues et rendues…

Claire et Beth s'étaient rapidement fait un cercle d'amies de leur âge et qui partageaient leurs goûts. Gabby aussi rencontra nombre de personnes agréables, mais elle se rendait compte qu'elle était toujours un peu déplacée. Elle était trop âgée pour faire partie des jeunes filles à marier, mais lorsqu'elle se trouvait avec des dames de son âge, celles-ci ne cessaient de parler maris et enfants, conversations dont elle se sentait forcément exclue.

Non qu'elle pleurât sur son sort. Elle avait elle-même un soupirant, un veuf avec enfants, comme par hasard, qui semblait fort épris.

Plus important, Claire connaissait un succès sans précédent. Chaque après-midi leur salon s'emplissait de jeunes gens qui se seraient battus pour être assis à côté d'elle. Claire recevait tant de bouquets et autres menus cadeaux que Gabby, non sans un sentiment de fierté légitime, prit la décision d'en éliminer quelques-uns.

La date de leur bal, prévu pour le quinze mai, se rapprochait rapidement. En outre, elles avaient reçu les billets pour *Almack* et Claire se préparait à y faire sa première apparition.

Mais il y avait une grosse lacune dans son éducation : bien qu'elle connût les danses provinciales grâce à Twindle, jamais on ne lui avait enseigné la valse. Leur gouvernante ayant abandonné Londres pour suivre la mère de Claire à Hawthorne Hall, elle n'en connaissait pas les figures et avait donc été incapable de l'enseigner à ses élèves.

— Bien entendu, vous ne pourrez danser la valse qu'après en avoir obtenu l'autorisation de la part des dames patronnesses, avertit tante Augusta lorsqu'elle fut mise au courant. Mais quand l'une d'elles, lady Jersey, par exemple, ou Mme Drummond-Burell, vous présentera un jeune homme comme cavalier, si vous êtes obligée de refuser parce que vous ne connaissez pas cette danse, vous allez paraître affreusement campagnarde, ce qui est pire que tout, je vous assure. Bien ! Il nous faut un maître de danse, sur-le-champ.

La veille du souper tant attendu à l'illustre club *Almack,* Gabby, Claire, Beth, Twindle et M. Griffin, le jeune maître de danse impécunieux qui, après quelques visites, manifestait déjà un fâcheux penchant pour Claire, étaient réunis dans la salle de bal pour une ultime leçon.

Twindle, au piano, égrenait les notes d'une valse en suivant une partition apportée par M. Griffin. Claire, sous le regard acéré du maître, dansait avec Beth qui, pour son plus grand déplaisir, s'était vu assigner le rôle de l'homme. Gabby, près de la porte, applaudissait ses sœurs qui tourbillonnaient gracieusement autour de la pièce, sauf quand Claire oubliait que c'était Beth qui conduisait, ou quand Beth écrasait le pied délicatement chaussé de Claire.

M. Griffin, avec tact, ignorait les disputes qui en résultaient, et suivait les jeunes filles en prodiguant les critiques ou encouragements qu'il jugeait nécessaires.

La musique était charmante, envoûtante, et Gabby ne put s'empêcher, sans presque s'en rendre compte, de se balancer légèrement en rythme. Elle en devint parfaitement consciente lorsque la voix de Wickham s'éleva derrière elle.

— En panne de cavalier, Gabriella ?

Elle pivota. Elle n'avait pas remarqué qu'il était entré sans bruit et se tenait derrière elle. À vrai dire, elle n'avait fait que le croiser fugitivement depuis qu'elle l'avait jeté hors de sa chambre. Elle passait fort peu de temps à la maison, et lui de même, apparemment. Au moins rentrait-elle dormir ! Tandis que lui, elle n'aurait su le dire, car elle n'entendait aucun bruit en provenance de sa chambre. Pourtant, à sa grande honte, ce n'était pas faute de tendre l'oreille !

Elle avait même renoncé à la chaise devant la porte ; de toute évidence, il n'avait plus aucune intention d'entrer chez elle. Peut-être passait-il ses nuits avec lady Ware…

Il lui sourit, et l'espièglerie qu'il y mit l'irrita plus encore que la pensée de lady Ware.

Le fourbe !

Il était passé chez le coiffeur, et sa chevelure brune était rejetée en arrière comme l'exigeait la mode. Il était rasé de près, et portait une veste vert bouteille qui mettait sa carrure en valeur, ses bottes brillaient sur ses culottes fauves. S'il n'était pas un authentique comte, il en avait en tout cas l'allure, davantage, à la vérité, que bien des nobles de l'entourage de Gabby.

Elle avait remarqué tout cela d'un coup d'œil, et elle le regrettait. Elle lui tourna le dos, la tête bien droite, en feignant de l'ignorer. Car il était impossible de l'ignorer pour de bon, dut-elle reconnaître, mortifiée.

— Je serais fort heureux de me dévouer pour une cause qui en vaille la peine.

— Merci, répondit-elle froidement, mais je ne danse pas.

29

— Sottise ! rétorqua-t-il en l'attirant dans ses bras.

Elle perdit l'équilibre et se retrouva un instant, bon gré mal gré, contre sa poitrine. Elle lui lança un coup d'œil furibond auquel il répondit par un sourire.

— Je boite, siffla-t-elle, furieuse et vexée qu'il l'obligeât à admettre à haute voix son infirmité.

Elle essaya de le repousser, sans succès. Il la maintenait trop fermement.

— Je ne vous lâcherai pas, promit-il.

Il passa un bras autoritaire autour de sa taille, prit sa main dans la sienne et se mit à évoluer au rythme de la musique, tout en comptant à voix basse les temps afin de les lui faire comprendre.

Si elle ne voulait pas causer de scandale – or elle n'y tenait certainement pas en présence de ses sœurs et des autres –, il ne lui restait plus qu'à le suivre. Ce qu'elle fit, la tête haute, deux taches rouges sur les pommettes. Elle avait le regard brûlant de colère, et elle serrait les dents dans son effort pour dissimuler sa claudication.

— On dirait que vous avez envie de m'arracher les yeux, murmura-t-il. Nous avons des spectateurs, souriez...

Elle jeta un rapide coup d'œil autour d'elle, et s'aperçut que les autres, sans cesser leurs activités, regardaient dans leur direction. Elle était censée danser avec son frère bien-aimé ! Aussi plaqua-t-elle un sourire sur ses lèvres, tout en le fusillant du regard.

— C'est mieux.

Il la fit tourner, et elle dut s'accrocher à son épaule, s'appuyer au bras qui la maintenait à la taille. Elle sentait sa robe tournoyer avec elle tandis qu'elle se laissait guider. Tant qu'elle restait sur la pointe du pied de sa jambe faible, ça allait à peu près. Elle n'aurait jamais la grâce de Claire, mais au moins elle ne tomberait pas.

— Vous êtes toujours aussi autoritaire ? demanda-t-elle entre ses dents sans cesser de sourire.

— Seulement lorsque cela m'est indispensable pour arriver à mes fins.

— Brute !

— Mégère !

— Je suis surprise que personne ne vous ait tué jusqu'à présent ! Je serais assez tentée d'essayer de nouveau.

— Attention, vous oubliez de sourire…

Il la fit tourbillonner de nouveau, et Gabby eut un aperçu du couple qu'ils formaient dans les vastes miroirs qui ornaient les murs. Elle cligna des yeux, surprise par leur élégance.

C'était une canaille, un grossier personnage, mais il était grand, athlétique. Évidemment, elle n'était qu'une petite bougie vacillante face à sa glorieuse beauté, mais elle se trouva joliment pâle, délicate, fine entre ses bras. Avec sa robe de mousseline verte et ses cheveux relevés, elle était presque belle.

Pour la première fois de sa vie ! se dit-elle, émerveillée.

Et elle dansait... Au prix d'un gros effort, certes, mais elle dansait, alors qu'elle n'aurait jamais cru cela possible. Ses pas étaient quelque peu hésitants, elle s'en rendait compte, néanmoins, rassurée par la poigne ferme de son cavalier, elle se laissait aller, de plus en plus confiante.

— Eh bien, vous voyez, ce n'était pas difficile, dit-il lorsque la musique cessa. Vous avez dansé, et à merveille !

Claire et Beth approchaient en riant et en applaudissant, tandis que Twindle, à son piano, rayonnait. Le malheureux Griffin ne pouvait se douter qu'il vivait un moment exceptionnel d'amour familial, pourtant, il souriait aussi. Twindle et les jeunes filles ne s'étaient jamais demandé si Gabby était capable de danser, ni même si elle le désirait. Elle ne dansait pas, point final. Mais à présent qu'elles l'avaient vue virevolter dans les bras de Wickham, le rose aux joues, elles étaient heureuses pour elle, et fières de cette réussite.

— Je vous remercie, c'était très agréable, dit-elle pour la galerie alors qu'il la lâchait.

— C'est à cela que servent les frères, répondit-il le plus sérieusement du monde.

Ses yeux brillaient, et elle lui infligea un regard sévère.

— Puisque vous êtes là, vous pourriez servir de cavalier à Claire ! s'écria Beth avec enthousiasme. J'en ai assez de me faire marcher sur les pieds.

— C'est toi qui m'écrases les pieds ! s'insurgea Claire, scandalisée par tant d'injustice.

Elle posa la main sur le bras de Wickham et lui adressa son plus envoûtant sourire. Gabby en eut le cœur serré. Elle était si belle ! Quel homme ne tomberait pas amoureux d'elle sur-le-champ ? Elle formait avec Wickham un couple époustouflant.

C'était la première fois de sa vie qu'elle enviait Claire, nota-t-elle, contrariée.

— J'aimerais tant que vous me fassiez danser, suppliait Claire en déployant tout son charme. M. Griffin ne peut me servir de cavalier parce qu'il est obligé de regarder sans cesse mes pieds, quant à Beth, elle malmène mes orteils ! Et puis, ce n'est pas drôle de danser avec sa sœur !

— Danser avec son frère ne serait guère plus amusant, assura Wickham qui ne semblait pas le moins du monde ému. De toute façon, vous allez devoir m'excuser, mais j'ai un rendez-vous important.

Gabby ne se rendit compte qu'elle avait retenu son souffle en attendant la réponse de Wickham que lorsqu'il fut sorti.

Ce soir-là, il y avait une réception dansante chez lord et lady Ashley. Gabby, en dépit de son expérience avec Wickham, resta assise auprès des chaperons ou se promena au bras du toujours empressé M. Jamison. Claire ne se reposait que pendant les valses et, même là, une cour d'admirateurs se pressaient autour d'elle pour lui offrir des rafraîchissements, sous le regard jaloux des jeunes filles moins gâtées qu'elle – et de leurs mères.

Lorsque le cocher de tante Augusta les déposa chez elles, à 2 heures du matin, Claire bâillait derrière sa main, et elle monta directement se coucher. Gabby, qui n'avait pas revu Wickham depuis leur valse, s'aperçut qu'il n'était pas encore rentré, car il restait un chandelier allumé sur le guéridon du hall. Elle suivit sa sœur lentement et se mit au lit avec l'aide de Mary. Pourtant, malgré l'heure tardive, elle fut incapable de fermer l'œil.

Elle se rendit compte qu'en réalité, elle guettait le retour de Wickham. Mais il ne vint pas, ou alors elle n'en fut pas consciente, car le sommeil eut enfin raison d'elle.

Elle se réveilla le lendemain matin les yeux rougis de fatigue, maudissant le satané personnage qui avait hanté ses rêves.

Elle le revit en chair et en os à la fin de l'après-midi.

Elle avait passé avec Twindle et ses sœurs un bon moment en ville, où elles avaient acheté toutes sortes d'objets inutiles, et elle rentrait quand Stivers lui annonça que « monseigneur » souhaitait s'entretenir avec elle dans son bureau dès que possible.

Elle était seule, Beth et Twindle étaient déjà reparties pour le parc, maintenant que la cheville de la gouvernante était guérie, afin de faire le tour du lac. Elle remit ses paquets ainsi que ses gants et son chapeau à Stivers en fronçant les sourcils. C'était la première fois que Wickham la convoquait de cette façon, aussi se sentait-elle à la fois curieuse et un peu inquiète.

Elle frappa à sa porte puis entra, et le trouva assis au vaste bureau en train de fumer un cigare. Il avait visiblement travaillé, car plusieurs feuilles étaient étalées devant lui. Lorsqu'il la vit, il se leva, mais il avait un air sombre qui ne présageait rien de bon.

— Que se passe-t-il ? demanda-t-elle sèchement.

Il lui fit signe de fermer la porte, et elle obéit, le cœur battant.

— Asseyez-vous.

Il était en gilet et manches de chemise, toujours aussi séduisant, mais Gabby était trop préoccupée pour s'y attarder.

— Vous avez été démasqué ! s'écria-t-elle, donnant libre cours à ses pires angoisses.

Il fit la grimace.

— Vous voulez dire : *nous* avons été démasqués, c'est ça ? Non, pas que je sache. Voulez-vous vous asseoir, s'il vous plaît ? Autrement, je suis obligé de rester debout aussi.

— Alors, de quoi s'agit-il ?

Un danger éliminé, elle se jetait sur d'autres sources d'ennuis. Elle s'assit, mais Wickham arpenta un moment la pièce avant de se percher sur un coin du bureau en tirant sur son cigare tandis qu'il la contemplait, songeur.

— La fumée ne vous dérange pas, j'espère ?

— Non, à condition que... Oh, dites-moi ce qui se passe !

La fumée s'élevait en volutes autour de lui et, machinalement, Gabby plissa le nez.

— On m'a demandé votre main.

— Comment ?

— M. Jamison s'est déclaré aujourd'hui même. C'est un homme convenable, qui s'est exprimé comme il fallait et qui a promis de prendre grand soin de vous.

— Vous plaisantez !

— Pas du tout. Lui et moi avons effectué un rapide survol de sa fortune, et elle me semble tout à fait acceptable. Bravo ! Vous n'avez pas perdu de temps.

— Mais je ne veux pas l'épouser ! Il a cinquante ans et sept enfants ! Vous n'avez pas accepté, j'espère ?

Il l'observa un instant en silence.

— Non.

— Dieu merci !

Brusquement, Gabby se dit qu'elle aurait dû être enchantée de cette demande en mariage. M. Jamison était aimable, et mieux valait lui que pas de mari du tout, même s'il avait deux fois son âge et une ribambelle de rejetons. Tante Augusta jugerait certainement cette union parfaite.

Avant leur venue à Londres, Gabby aurait dit oui de grand cœur, juste pour avoir une vie normale, des enfants à elle. Qu'est-ce qui avait changé ?

Wickham tira de nouveau sur son cigare, et Gabby le fixa, fascinée.

Comment pouvait-elle envisager de vivre avec un veuf trapu et à moitié chauve, alors qu'elle ne voyait que *lui* ?

Le diable incarné.

— Pourquoi me regardez-vous ainsi ? demanda-t-il, un peu irrité.

— Je devrais... Je devrais accepter l'offre de M. Jamison, cela résoudrait tous nos problèmes. Les miens, ceux de Claire, ceux de Beth. Au lieu de dépendre du mariage de Claire, je ferais mieux de me lancer dans celui-ci tant que j'en ai la possibilité. Nous serions à l'abri, quoi qu'il arrive.

Ils restèrent un moment silencieux, à se regarder.

— Je n'ai pas refusé catégoriquement. J'ai dit que c'était à vous de prendre la décision, déclara-t-il d'un ton sec.

Le cœur de Gabby pesait trois tonnes. Son univers était bâti sur du sable, elle le savait. Tôt ou tard, on découvrirait que le véritable comte de Wickham était mort, et toute sa vie s'effondrerait. L'homme sombre qui lui faisait face retournerait d'où il venait, et ses sœurs et elle se retrouveraient sans un sou.

Elle devait faire ce qu'il fallait pour que cela n'arrive jamais.

— Il faut que j'accepte, dit-elle, la gorge sèche.

Elle regardait celui dont elle dépendait malgré elle et s'aperçut que leur relation n'était pas plus solide que ce tas de sable. Il n'était pas réel.

— Vous pourriez viser plus haut.

— Non, répondit-elle sincèrement. Et même si je pensais qu'il y avait une possibilité pour que cela se produise, je n'oserais pas en prendre le risque.

— Vous pourriez vous fier à moi pour que vos sœurs et vous ne manquiez jamais de rien.

Gabby eut un rire haut perché qui frisait l'hystérie.

— Vous ? Je ne sais même pas qui vous êtes. Vous n'êtes pas Wickham, en tout cas, et un jour on découvrira la supercherie, on vous jettera en prison, ou bien on vous pendra, ou encore… vous disparaîtrez dans un nuage de fumée. Et nous nous retrouverons toutes seules.

— Les papiers qui sont sur mon bureau sont destinés à rectifier l'injustice du testament de votre père et à vous assurer une part de l'héritage lorsque vous vous marierez, ou à vous procurer une rente si vous restez célibataires. C'est Challow qui les a rédigés, je n'ai plus qu'à les signer.

Gabby sentit l'espoir palpiter en elle. Une rente à vie, qu'elles fussent mariées ou non… C'était la fin de tous ses soucis. Et elle n'aurait pas à épouser M. Jamison.

Puis elle revint brutalement à la réalité.

— Ce n'est pas plus réel que le reste. Oubliez-vous que vous n'êtes pas Wickham ? Votre signature serait un faux et, quand on s'en apercevrait, nous serions déshéritées. Nous ne serions pas en meilleure posture qu'après la mort de Marcus !

— Ne parlez pas si fort.

Des pas résonnaient dans le hall, vite suivis par des coups impératifs frappés à la porte. Gabby sursauta et regarda derrière elle avec l'effroi du faon traqué par un chasseur. Wickham, les sourcils froncés, passa derrière son bureau avant de répondre.

Beth se précipita dans la pièce, tout excitée, et vint prendre Gabby par la main.

— Gabby, écoute ! Alors que nous arrivions à la maison, nous avons vu des clarinettistes dans la rue, et un homme avec un adorable petit singe qui danse. Viens voir ! Vous aussi, Marcus !

Gabby se leva en soupirant. Il n'y avait rien à ajouter, de toute façon. Beth était si jeune, si enjouée qu'elle en eut le cœur serré. L'avenir de l'adolescente, comme celui de Claire, reposaient sur elle. Elles seraient en sécurité si elle épousait M. Jamison, et tout le reste n'était que pure folie.

— Gabriella !

La voix de Wickham l'arrêta tandis qu'elle se dirigeait vers la porte, et elle se retourna. Il ôta le cigare de sa bouche, leurs regards se croisèrent. Il était si grand, si puissant, qu'il était difficile de croire qu'il n'était guère plus qu'une ombre.

— Ayez confiance en moi.

Il avait déjà dit cela. Gabby chercha dans sa mémoire et se souvint que c'était le soir où elle avait, pour la seconde fois, vendu son âme au diable en acceptant de marchander un baiser avec lui.

Son pouls s'accéléra, ses lèvres se mirent à trembler. Il avait finalement tenu parole, il s'était montré distant avec Claire...

Mais cette fois, l'enjeu était trop important pour elle, et pour ses sœurs.

— Je ne peux pas, murmura-t-elle avant de suivre Beth à l'extérieur.

30

Almack était parfaitement ennuyeux. Tel fut le verdict sans appel de Gabby tandis qu'elle sirotait un verre de citronnade auprès de tante Augusta, laquelle bavardait avec une dame enturbannée de rouge nommée Mme Calmondley.

Les pièces, de taille raisonnable mais qui paraissaient plus petites à cause de la foule, étaient étonnamment défraîchies. On ne pouvait y boire que du thé, du sirop de citron ou d'orgeat servis avec des gâteaux rassis ou des tartines de pain beurré.

La distraction principale était la danse, à égalité toutefois avec les ragots. Il y avait aussi plusieurs salles de jeu où les douairières s'adonnaient au whist, ainsi que quelques messieurs qui se contentaient de mises mesquines.

Les rires et la musique emplissaient l'atmosphère, si bien qu'il n'était possible de discuter qu'avec son voisin immédiat. Il régnait une chaleur étouffante, car les fenêtres étaient hermétiquement closes, et l'air était lourd de trop de parfums différents.

La seule chose qui réconfortât Gabby était le plaisir évident de Claire. Dans sa robe de mousseline blanche ceinturée de rubans argent, semblables à ceux qui ornaient son chignon, elle rayonnait de bonheur, et c'était sans aucun doute la plus jolie jeune fille de l'assistance. Les mères des autres débutantes la regardaient d'un œil noir passer d'un cavalier à l'autre. Parmi elles, lady Maud accompagnée de sa cadette, Desdémone. Celle-ci était vêtue de blanc, comme Claire et la plupart des jeunes filles, mais sur elle ce n'était pas une réussite, car cela accentuait sa mine de papier mâché. Sa mère se débrouillait à peu près pour lui trouver des chevaliers servants, mais quand ce n'était pas le cas et que la jeune fille s'asseyait près d'elle, l'air maussade, elle lui donnait un coup de coude pour lui rappeler de sourire.

Comme elle ne faisait pas partie des débutantes, Gabby avait été dispensée du blanc et portait une toilette de crêpe lilas qui flattait son teint et convenait parfaitement à son statut de jeune femme.

Claire avait déjà conquis les dames patronnesses. Lady Jersey, qui s'était précipitée pour accueillir ses deux invitées et semblait les considérer comme ses protégées, lui souriait avec une bienveillance qui aurait étonné les victimes de sa langue de vipère. Plus impressionnante encore, lady Sefton avait déclaré que Claire était une charmante jeune personne et lui avait présenté le marquis de Tyndale, un aimable jeune homme qui avait réclamé l'honneur de la première valse.

— Il m'a pratiquement suppliée, confia-t-elle à Augusta tandis que Claire tournoyait au bras de son cavalier. Ce serait un bon parti, pour elle. Un marquis, avec vingt mille livres de rente !

— Puis-je aller vous chercher une assiette de pain beurré, lady Gabriella ?

M. Jamison était arrivé derrière elle, et sa question noya la réponse de tante Augusta. Gabriella s'efforça de lui sourire. Si elle devait l'épouser, le moins qu'elle pût faire était de se montrer polie.

Elle refusa son offre mais tapota le siège voisin du sien. Lorsqu'il s'assit, elle perçut un grincement suspect. Tentait-il, comme le Régent, de cacher sa tendance à l'embonpoint en portant un corset ?

Elle décida de le mettre à l'aise, et bientôt ils conversaient agréablement. Il parla de sa propriété dans le Devonshire – « une très belle propriété, je vous assure » –, de ses méthodes pour obtenir le meilleur rendement de ses terres. Ce fut seulement lorsqu'il aborda le sujet de sa progéniture qu'il fit allusion au mariage.

— Ce sont tous de très gentils enfants ! déclara-t-il avec enthousiasme après s'être longuement étendu sur leur description et le récit de quelques anecdotes glorifiant leur comportement exemplaire. Les pauvres chéris... Il ne manque qu'une mère à leur bonheur. Les trois plus jeunes sont des filles, voyez-vous, et un père ne sait pas toujours s'y prendre avec elles.

Ignorant l'angoisse qui s'emparait d'elle, Gabby répondit qu'ils semblaient adorables.

— J'espère que cette opinion se confirmera, fit-il avec un regard chaleureux. Votre frère vous a certainement dit que j'étais passé le voir, cet après-midi.

L'instant de vérité venu, Gabby était terrorisée. Prise de panique, elle regarda ailleurs et eut la chance d'apercevoir Claire parmi les danseurs. La voir aussi gracieuse et souriante lui redonna un peu de courage.

Il fallait qu'elle le fît. Pour Claire, pour Beth, finalement pour elle aussi, et le soleil brillerait de nouveau.

— Il me l'a dit, en effet, avoua-t-elle dans un sourire.

Peut-être prendrait-il son hésitation pour de la modestie, de la timidité, plutôt que pour un manque d'empressement.

— J'espère de tout cœur que vous accepterez de devenir ma femme, dit-il à voix basse en lui prenant la main avec empressement.

Gabby baissa les yeux sur les doigts grassouillets tavelés par le soleil, et elle eut toutes les peines du monde à ne pas se dégager. Elle releva le menton et croisa résolument son regard.

— Vous vous demandez sûrement, poursuivit-il, comment je suis arrivé à prendre une telle décision alors que nous nous connaissons à peine, mais je n'aime pas tergiverser. Vous êtes exactement la femme que je choisirais pour finir d'élever mes enfants. Assez jeune pour être proche d'eux, assez adulte pour ne pas songer qu'aux réceptions et aux bals. Vous êtes aimable, et vous me semblez posséder un grand bon sens. En outre, pour ma part, je ne vous trouve pas dépourvue d'attraits.

On avait l'impression qu'il venait de formuler le plus extravagant des compliments, et Gabby sentit sa bouche frémir d'un véritable sourire. Un sourire amusé.

Qui s'envola aussi vite qu'il était venu lorsqu'elle s'imagina dans son lit le soir de leurs noces.

Mais ce n'était pas le moment de penser à ça !

— Je vous remercie, murmura-t-elle en plaquant de nouveau le sourire de commande sur ses lèvres.

— Oh, regardez ! s'écria brusquement Augusta. Voici Wickham. J'ai personnellement insisté pour qu'il vienne ce soir mais, à plus de 11 heures, j'avais presque perdu espoir. Dieu, quelle allure !

Gabby leva les yeux.

Wickham se tenait à l'entrée de la salle de bal, superbe en tenue de soirée noire. Il balayait la pièce du regard tout en bavardant distraitement avec un autre homme.

— C'est le plus beau de la famille Banning, à mon avis, fit remarquer lady Sefton. Avec Claire, naturellement. Quel spectaculaire couple de frère et sœur !

Elle baissa la voix et ajouta, croyant n'être entendue que de lady Augusta :

— Il paraît que la plus jeune n'est pas non plus une beauté ?

Gabby perçut ce commentaire désobligeant pour Beth et pour elle, mais elle n'en fut aucunement offusquée. Wickham était le pendant masculin de Claire, en effet. Bien des femmes s'étaient tournées vers lui dès qu'il était entré, et elles murmuraient derrière leurs mains, leurs regards s'attardant un peu trop longtemps sur son beau visage viril. D'ailleurs, c'était aussi le cas de Gabby, qui se ressaisit et redonna son attention à M. Jamison.

— Votre frère vient dans notre direction, dit-il en lui lâchant la main.

Il semblait fort impressionné par cet homme qui était plus important que lui, et dont le physique… eh bien, il n'y avait pas de comparaison possible.

— Je viendrai m'enquérir de votre réponse demain, ajouta-t-il en hâte. Si vous le permettez. Nous serons plus tranquilles. Jamais je n'aurais dû vous en dire autant dans un endroit public, mais cela signifie seulement que je me suis laissé aller à mon enthousiasme.

Sur des charbons ardents mais s'efforçant de le cacher, Gabby parvint à lui sourire et à lui adresser un signe de tête. Intérieurement, elle se réjouissait du répit qu'il lui offrait.

Elle se refusait à tourner les yeux vers Wickham, mais elle sentit sa présence avant de le voir, aussi nettement qu'elle aurait senti la chaleur d'un poêle en s'en approchant. Puis il parla, et elle ne put se dérober davantage. Il salua tante Augusta et lady Sefton d'un sourire, serra la main de Jamison qui s'était levé, avant de venir à elle.

— Vous vous amusez, Gabriella ?

— Énormément ! répondit-elle fraîchement.

Il rit et entama une conversation anodine avec Jamison, tandis que Gabby répondait plus que distraitement à une question d'Augusta qu'elle avait à peine écoutée.

Elle tentait de conserver une expression aimable, mais elle était certaine que Wickham n'était venu que pour la tourmenter. Et il y parvenait au-delà de toute espérance ! Elle était atrocement consciente de sa présence bien qu'elle prît soin de ne pas le regarder.

Soudain, il fut tout près d'elle, alors elle fut bien obligée de lever les yeux. Il affichait un sourire malicieux, et elle aurait dû se méfier, mais rien ne l'avait préparée à ce qui allait suivre.

— C'est ma danse, Gabriella.

Elle le fixait, stupéfaite, quand elle s'aperçut que l'orchestre attaquait une valse.

— Lady Gabriella ne danse pas ! intervint M. Jamison à mi-voix, comme pour rappeler à Wickham l'infirmité de sa « sœur ».

— Mais si, avec un bon cavalier, répondit-il négligemment. Or nos pas s'accordent parfaitement.

— Si vous pouvez danser, ma chère, murmura Augusta à Gabby, allez-y. J'avais cru… Mais puisque vous en êtes capable, c'est différent !

Lady Sefton, de son côté, l'encouragea :

— Dépêchez-vous, lady Gabriella, sinon vous allez laisser passer votre chance. Bien des femmes tueraient pour être invitées par Wickham ! Évidemment, danser avec son frère n'est pas très affriolant, mais tout de même…

— Au cas où vous ne l'auriez pas remarqué, j'attends, Gabriella, insista Wickham en lui tendant la main avec un sourire.

Gabby ne tenait pas à invoquer son infirmité en public, aussi sourit-elle en retour avant de se lever gracieusement. Sous le regard bienveillant des deux vieilles dames et celui, moins indulgent, de Jamison, elle se laissa entraîner vers la piste.

— Je ne voulais pas danser, espèce de brute ! siffla-t-elle. Comment avez-vous osé me forcer ainsi ?

— Vous méritez de danser, Gabriella. Croyez-moi, vous ne devez pas épouser un homme qui ne vous apprécie pas à votre juste valeur.

Il la prenait dans ses bras.

— Qu'en savez-vous ? Vous ne seriez pas marié, par hasard ? ajouta-t-elle, horrifiée.

Il s'esclaffa.

— Voilà de nouveau votre jalousie qui refait surface. Non, je ne suis pas marié. Allons, Gabriella, cessez de me regarder de cette façon. Les gens vont croire que nous nous querellons.

— C'est exactement ce que nous sommes en train de faire, répliqua-t-elle entre ses dents.

Toutefois, quand il l'entraîna dans la danse, elle sourit, elle valsa, et elle y prit grand plaisir.

Le bras autour de sa taille était ferme, la main qui tenait la sienne chaude et douce, et elle se sentait en sécurité avec lui. Il ne la lâcherait pas, aussi était-elle capable de le suivre en toute confiance. Finalement, elle était même un peu grisée par la musique et la danse.

— Vous êtes née pour danser, Gabriella, dit-il en la faisant tournoyer. Vous aimez cela, n'est-ce pas ? Vos yeux brillent, vos joues sont toutes roses, et vous me souriez pour de bon.

— Vous êtes un être méprisable, riposta-t-elle.

Mais son regard démentait ses paroles.

— Et vous êtes belle. Allons, ne vous troublez pas. Vous rougissez beaucoup trop facilement.

En effet, elle était rouge de confusion – le point faible des teints clairs – et elle regarda autour d'elle. Heureusement, personne ne leur prêtait la moindre attention. À la vérité, être dans ses bras la bouleversait, elle remarquait certaines choses qu'elle aurait préféré ignorer. L'épaule sous sa main était musclée, solide, le tissu de la veste était de soie, son cou était une colonne brune, sur sa mâchoire elle découvrait la barbe naissante. Sa bouche si hardiment modelée souriait…

— Inutile de me flatter, dit-elle dignement tandis qu'ils continuaient à tourner autour de la salle avec les autres couples.

Sur la pointe des pieds, en effet, elle parvenait à danser. Et, à moins d'y regarder très attentivement, nul n'aurait pu deviner qu'elle boitait. Elle s'étonnait, soudain, de ne jamais avoir imaginé qu'elle pourrait danser. Mais à vrai dire, elle n'en avait jamais eu envie.

Elle leva les yeux sur lui et il lui décocha un sourire si charmeur qu'elle en eut le souffle coupé.

— Vous croyez que je ne le pensais pas ? murmura-t-il. Mais si, je vous le promets. Dois-je entrer dans les détails ? Ma très belle Gabriella, vos yeux ont la couleur de petits galets au fond d'un bassin limpide. Vos cheveux me font penser aux feuilles d'automne. Votre bouche… Mais voilà que vous rougissez de nouveau. Il vaut mieux que j'arrête, sinon tout le monde va se demander de quoi nous parlons !

Elle lui jeta un coup d'œil sévère.

— Je ne rougirais pas si vous ne me taquiniez pas.

— Qu'est-ce qui vous fait croire que je vous taquine ?

Il ne souriait plus. Leurs regards s'aimantèrent, et Gabby eut l'impression qu'elle prenait feu. Il dut le deviner, car ses yeux s'assombrirent comme l'océan par une nuit d'orage.

31

L'orchestre se tut après une grande envolée, Wickham fit tournoyer Gabby une dernière fois, et ils s'immobilisèrent. Puis, alors qu'elle se sentait tout étourdie – à cause de la valse ou de son cavalier ? –, il lui baisa la main.

— Pour moi, vous êtes la plus jolie femme de l'assistance, dit-il doucement.

Elle le regarda, interloquée, les lèvres entrouvertes sur une longue inspiration tremblante.

— Vous méritez mieux que Jamison, Gabriella, poursuivit-il d'une voix plus caressante encore.

Les couples quittaient la piste. Une jupe frôla Gabby qui, ramenée à la réalité, jeta un coup d'œil autour d'elle en rougissant. Ils se donnaient en spectacle ! Elle retira sa main, un peu trop tard, quand elle se rendit compte que de nombreux regards étonnés étaient braqués sur eux.

— Vous devriez me raccompagner auprès de ma tante, dit-elle d'une voix étonnamment ferme et froide.

Il dut se rendre compte, comme elle, qu'ils attiraient l'attention sur leur couple, car il obtempéra sans discuter. Ils demeurèrent silencieux en s'éloignant dans la foule, et Gabby s'aperçut qu'il avait même l'air particulièrement sombre.

M. Jamison, bon chien fidèle, l'attendait en bavardant avec Augusta. Comment ne pas comparer les deux hommes, au détriment du plus âgé ? Elle alla cependant se tenir à ses côtés. Il y avait le charme, se dit-elle, et la solidité. M. Jamison était la solidité.

Wickham, après quelques mots polis, salua et s'éloigna. Lady Maud vint à cet instant occuper le siège que lady Sefton avait laissé vacant.

Gabby se rassit et s'éventa distraitement en essayant de ne pas laisser son regard errer du côté de Wickham qui dansait avec Claire, puis avec une de ses jeunes amies, toute rouge de plaisir. Ce qu'il faisait ne la regardait pas ! se rappela-t-elle sévèrement alors qu'elle se préparait à entendre M. Jamison chanter les louanges de ses enfants pour le reste de la soirée. Mais il se montrait étrangement muet, et Gabby le surprit plusieurs fois en train de la dévisager d'un œil soupçonneux. Ses craintes prirent forme lorsque lady Maud, avec une lueur méchante dans le regard, déclara d'une voix pincée :

— Je vous félicite d'avoir trouvé un frère aussi… affectueux, Gabby.

Gabby se montra brave, et elle en fut fière. Bien que la remarque fût déstabilisante, elle ne changea pas de couleur. Elle parvint même à émettre un petit rire léger.

— En effet, Beth, Claire et moi avons beaucoup de chance. Wickham est un être positivement délicieux. Comme il a été élevé à Ceylan, il ne sait pas combien les Anglais sont en général froids et rébarbatifs. Il se montre merveilleusement attentionné avec nous trois.

Lady Maud sembla désappointée, et fort heureusement n'insista pas. Même M. Jamison, qui considérait sans doute qu'il avait reçu une réponse satisfaisante à la question qu'il n'osait poser, parut se détendre. Gabby aperçut Wickham en compagnie de lady Ware, et elle serra les dents. La soirée menaçait d'être éprouvante !

M. Jamison finit par s'excuser et se rendit dans une des salles de jeu, tandis que lady Maud était sollicitée par l'une de ses amies. À peine furent-elles seules que tante Augusta se pencha pour morigéner Gabby.

— À quoi pensait donc Wickham, lorsqu'il vous a si longuement baisé la main ! C'était tout à fait déplacé, de la part d'un frère, croyez-moi ! Je lui frotterais volontiers les oreilles pour le punir de ce comportement, qu'il ait été élevé à l'étranger ou non ! Tout le monde vous regardait. Pas étonnant, d'ailleurs, parce que moi aussi, je vous regardais !

Gabby réagit aussi vite que possible.

— Il voulait s'excuser, dit-elle d'un ton indifférent. Nous nous étions disputés. Il pense que je ne devrais pas épouser M. Jamison.

Tante Augusta s'anima soudain.

— Ne me dites pas que M. Jamison a demandé votre main !

Gabby hocha la tête, un peu honteuse. Elle avait moins que jamais envie d'accepter, mais maintenant que tante Augusta était au courant, le sort en était jeté.

— Il a rendu visite à Wickham dans l'après-midi.

— Oh, ma chère, c'est exactement ce que j'espérais lorsque je vous ai présentés l'un à l'autre. Wickham n'approuve pas ? Et pourquoi, je vous prie ? se hérissa-t-elle.

— À mon avis, il trouve M. Jamison trop vieux pour moi. Mais quoi qu'il en pense, j'ai l'intention d'accepter.

Soudain, tante Augusta ne fut plus que sourire, elle tapota affectueusement la main de sa nièce.

— C'est bien, mon enfant. Wickham n'y connaît rien, et je lui dirai ma façon de penser. De toute évidence, il a besoin qu'on lui apprenne nos usages. Enfin ! Ce n'est pas officiel, et je n'en parlerai pas avant que cela le devienne. Je vous félicite, Gabriella, vous avez fort bien réussi ; je suis très contente de vous.

Gabby savait que sa tante avait raison. En s'attachant M. Jamison, elle avait réussi mieux qu'elle n'aurait pu l'espérer. Mais la perspective d'épouser cet homme la rendait malheureuse, et cela n'avait rien à voir avec son âge, ni avec ses sept enfants.

Non, la cause de son malheur, c'était un individu d'un mètre quatre-vingts qui fumait d'odorants cigares et possédait des yeux d'un bleu invraisemblable. Son contact l'embrasait, ses baisers l'enivraient... Et elle avait compris, en tournoyant dans ses bras, que c'était là qu'elle désirait être et nulle part ailleurs.

Pourtant, la réalité, ce n'était pas cela, et elle devait l'affronter. C'était M. Jamison, son avenir. Wickham, dont elle ne connaissait même pas le vrai nom, n'était qu'un rêve fou de vieille fille enamourée.

Un rêve qui menaçait ce qu'elle avait eu tant de mal à mettre en œuvre, se rappela-t-elle. Il fallait supprimer les danses, les baisers. Ce soir, on s'était interrogé à leur sujet, et les ragots allaient vite, ils étaient dangereux. Il ne fallait plus jamais leur donner de prise, sous peine de mettre en péril son avenir, celui de Claire et de Beth. Dès le lendemain, elle accepterait la proposition de M. Jamison et elle l'épouserait le plus vite possible, assurant ainsi leur futur.

Puis elle romprait tout contact avec Wickham.

Lorsque l'inévitable se produirait, elle serait en sécurité, ses sœurs également.

Wickham avait certainement eu vent de l'embryon de scandale, car il ne s'approcha plus d'elle. Il dansa encore deux valses, une avec Desdémone, et une autre avec une jeune fille que Gabby ne connaissait pas.

Ensuite, elle eut beau scruter la foule, elle ne le vit plus. Il avait dû partir.

M. Jamison revint à ses côtés, et lui demanda presque timidement si elle aimerait danser avec lui. Elle déclina l'invitation, et il accepta ce refus avec un soulagement visible. Puis il bavarda encore jusqu'à ce qu'il fût temps – enfin ! – de rentrer.

En compagnie de Claire et de tante Augusta, elle attendait la voiture lorsqu'elle eut un nouveau choc. Près d'un palmier en pot quelque peu poussiéreux, à l'écart des autres, elle songeait tristement qu'elle serait fiancée le lendemain, quand une main gantée lui effleura le bras.

Elle se retourna, l'air interrogateur, mais son sourire se figea lorsqu'elle croisa le regard d'obsidienne du duc de Trent. Il se tenait dans l'ombre, en tenue de soirée, une cape jetée sur ses épaules, appuyé sur son inséparable canne à pommeau d'argent. Il s'apprêtait de toute évidence à prendre congé. Avait-il passé la soirée chez *Almack* ? Dans ce cas, elle ne l'avait pas vu. Sans doute était-il à la salle de jeu, ou tapi dans un coin tranquille à observer les danseurs… Elle frissonna.

— Mauvaise rencontre au clair de lune, n'est-ce pas, Gabby ? dit-il à voix basse. Ou plutôt, de mon point de vue, bonne rencontre ?

Personne ne les voyait. Claire riait avec l'une de ses amies, lui tournant le dos, tandis que tante Augusta s'était éloignée de quelques pas afin de converser avec Mme Dalrymple.

— En panne de chevaliers servants ? fit-il dans un sourire. Ils ne vous mèneront nulle part, vous savez. Pas même votre frère si attentionné.

— Je n'ai rien à vous dire ! déclara Gabby d'une voix glaciale.

Elle était étonnée et fière d'être capable de parler. Son instinct la poussait à fuir, mais elle s'aperçut avec horreur que la peur la clouait sur place.

— Vous n'avez pas oublié le petit mot, n'est-ce pas, Gabby ? Non, bien sûr que non. Je l'ai toujours, et je m'arrangerai pour qu'il soit honoré, soyez-en sûre. Et très bientôt.

— Vous n'avez aucune prise sur moi, dit-elle, le cœur battant follement, le souffle court.

Il s'avança vers elle…

À cet instant, l'attelage de tante Augusta s'arrêta devant le porche.

— Bientôt, Gabby, répéta-t-il.

L'effrayant murmure bourdonnait encore à ses oreilles lorsque sa tante lui fit signe.

Trent passa devant elle, il descendit les marches, sa cape flottant derrière lui, pour se perdre dans la nuit tel le vampire dont il avait l'apparence.

Malgré tous ses efforts, Gabby ne put le chasser de son esprit. Trent représentait une affreuse menace, et elle était terrifiée.

Elle ne parla pas de la funeste rencontre à sa sœur ni à sa tante. Elle était trop bouleversée, et elle ne voulait pas troubler Claire qui n'avait visiblement pas aperçu le duc.

Celle-ci ne cessa de babiller joyeusement durant le trajet de retour qui sembla interminable à Gabby. Sur les questions insistantes de leur tante, Claire avoua que oui, elle trouvait le marquis charmant, qu'il avait annoncé sa visite pour le lendemain et qu'ils avaient dansé deux fois ensemble.

Gabby fut heureuse que le bavardage de sa sœur masquât son propre silence, et elle ne dit pas grand-chose non plus tandis que Mary l'aidait à se déshabiller.

Mais plus tard, une fois couchée, seule dans la pénombre – réellement seule, car la chambre de Wickham était, comme d'habitude, déserte, ce qui faisait d'elle l'unique occupante de cette aile de la demeure –, elle fut la proie d'émotions mêlées. Morosité en songeant à ses prochaines fiançailles, douloureux et coupable désir à l'endroit de Wickham, horreur au souvenir de ce qui l'avait hantée durant des années.

À sa grande honte, elle pleura jusqu'à ce que le sommeil s'emparât d'elle.

32

Il était un peu gris, dut-il reconnaître en se débarrassant de sa cape après avoir posé le chandelier sur la table de nuit. Pas ivre à proprement parler, mais il ressentait les effets du vin bon marché qu'il avait absorbé en quantité durant la soirée. Bien qu'il fût indispensable qu'il se montrât là où il pouvait voir et être vu, il se trouvait beaucoup trop vieux pour ce genre de distractions.

Lorsqu'il était arrivé à Londres, cet aspect de la capitale avait au moins l'avantage de la nouveauté. Pour l'heure après avoir pratiquement exploré toutes les salles de jeu, les maisons closes et les bouges de la ville, il n'avait rien obtenu de plus, hormis une liasse de billets qu'il venait de gagner et une solide gueule de bois, or il n'avait besoin ni de l'une ni de l'autre.

En outre, le jeu devenait dangereux. Plus il le prolongeait, plus il risquait de tomber sur quelqu'un qui découvrirait la supercherie.

Si l'homme qu'il cherchait se trouvait dans les parages, il se montrait diablement prudent. Mais qu'attendait-il, bon sang ?

Barnet, qui était allé fouiner près des docks, n'était pas encore rentré, bien qu'il fût plus de 4 heures du matin. Lui aussi s'était décarcassé pour obtenir des renseignements de la part des individus louches qui rôdaient dans la nuit, le genre de gredins capables de disparaître dans l'ombre à la moindre alerte. Mais il n'avait pas eu plus de chance que Wickham.

Ils ne pourraient continuer la comédie indéfiniment, songea Wickham en s'asseyant au bord du lit pour ôter ses bottes.

La situation se détériorait rapidement, elle devenait de plus en plus épineuse. Gabriella et ses sœurs ajoutaient un élément de danger qu'il n'avait pas prévu.

Or il ne voulait pas qu'elles en souffrent, ni physiquement, ni sentimentalement, ni financièrement. Malgré lui, il s'était pris d'affection pour elles, et il se sentait responsable de leur avenir.

En chaussettes, il se dirigea vers le guéridon où l'attendaient une carafe de brandy et un coffret de cigares. Au point où il en était, autant se saouler pour de bon et s'assurer ainsi une longue nuit de sommeil. Il se servit donc un verre, admira la couleur ambrée de l'alcool à la lumière des flammes, avant d'allumer un cigare et de s'installer dans un confortable fauteuil devant la cheminée.

Le brandy était fameux. Être le comte de Wickham avait des côtés agréables !

Il était épuisé, pourtant son esprit restait en éveil, et il ne cessait de tourner dans sa tête le sujet qui le tracassait depuis quelques jours. Il ne pouvait, de toute évidence, poursuivre la comédie, car il finirait tôt ou tard par rencontrer quelqu'un qui le connaissait, ou qui avait connu Marcus. Ou encore son ennemi entrerait en action, alors la situation évoluerait à toute allure. Auparavant, il avait certains problèmes à régler.

Trois problèmes. Ses « sœurs ».

Beth était une enfant adorable, qui l'avait accepté comme frère sans se poser la moindre question, et lui-même, progressivement, sans s'en rendre vraiment compte, avait si bien joué son rôle qu'il éprouvait pour elle une affection toute fraternelle. Il ne supporterait pas qu'on lui fît du mal.

Claire, la belle Claire, était une jeune femme éblouissante, susceptible de mettre à genoux les hommes les plus blasés. En la voyant, ils pensaient aussitôt lumières tamisées et draps de soie. Elle était douce, un peu timide, définitivement loyale envers ses sœurs et aussi jeune et naïve que n'importe quelle demoiselle de dix-huit ans. Il avait découvert, à son grand étonnement, qu'il n'était pas attiré par les tendrons innocents, si ravissants fussent-ils. Il admirait la beauté de Claire, mais de façon purement objective. En fait, bien qu'il se fût servi de la jalousie de Gabriella pour l'attirer dans ses bras, il n'avait jamais eu l'intention de courtiser sérieusement Claire. Il l'aimait bien, il voulait qu'elle fût heureuse. Bref, il nourrissait envers elle les mêmes sentiments qu'envers Beth.

Enfin, il y avait Gabriella. Gabriella, c'était la surprise, la carte inattendue, le clou de la plaisanterie, une plaisanterie qui, il le craignait, était en train de se retourner contre lui. Une vieille fille hautaine, à la langue acérée, qui n'avait jamais été une beauté, même dans la fleur de la jeunesse, et qui pourtant l'avait dès le début intrigué. Mais qui aurait pu imaginer qu'il en arriverait au point où sa simple vue faisait monter le désir au creux de ses reins ?

C'était ridicule, il le savait, il se moquait de lui-même. Pourtant, la vérité, c'était que lui, qui avait eu sa part de superbes conquêtes, aurait volontiers marché sur des braises ardentes si cela avait pu le mener jusqu'à son lit. Il serrait les dents en l'imaginant endormie derrière la porte de communication, il avait toutes les peines du monde à s'empêcher d'aller la retrouver. Et, comble de l'ironie, elle aussi avait envie de lui, il en était certain. Lorsqu'il la touchait, elle répondait avec une ardeur qui ne trompait pas, et parfois, quand elle le regardait... Il avait suffisamment d'expérience pour décrypter une expression.

Il pourrait lui faire l'amour s'il le voulait.

Mais c'était une dame, et elle était vierge. Même s'il n'était pas Wickham, il se sentait assez gentilhomme pour la respecter. Il ne pouvait la séduire puis s'en aller.

Mais il ne pouvait pas non plus rester.

C'était bien là le dilemme. Il la désirait follement, au point de s'enivrer pour réussir à dormir alors qu'il la savait au lit dans la pièce voisine dont il possédait la clé. Mais il n'avait rien d'autre à lui offrir que quelques instants d'extase.

Et elle méritait mieux, bien mieux !

Jamison. L'image du bonhomme rondouillard lui vint à l'esprit, et il se rembrunit. Il était étonné lui-même de la profonde antipathie que cet individu suscitait en lui. Puis il en comprit la raison...

Lui, autour de qui les femmes tournaient depuis son adolescence, était jaloux d'un quinquagénaire affligé de sept enfants !

C'était absurde ! Grotesque ! Pourtant l'idée de Gabriella couchée près de cet homme le rendait fou.

Comme il le lui avait affirmé, elle valait mieux que ça. Mais alors se posait la question : qui méritait-elle ?

Un homme qui ne pouvait dire son nom, qui n'avait pas d'identité, qui la quitterait une fois sa mission accomplie ?

Il était bien obligé d'admettre que cela ne tenait pas face à la sécurité que lui procurerait Jamison.

Il se resservit du brandy, étendit ses longues jambes devant lui, continua à boire et à fumer dans l'espoir de tout oublier. Mais il ne cessait de penser à Gabriella. De façon irrationnelle – il était encore assez lucide pour le reconnaître –, il la rendait responsable de la situation dans laquelle il se trouvait. Elle l'avait tracassé dès qu'il avait posé les yeux sur elle, et elle le tracassait encore.

Il avait joué avec le feu, ce soir, en lui disant qu'elle était la plus belle de l'assemblée, or, en jouant avec le feu, on risquait fort de se brûler. Néanmoins sa silhouette menue, son teint de lis, ses yeux argent l'attiraient davantage que les charmes des femmes voluptueuses dont il avait fait jusqu'à présent ses maîtresses. Belinda en était la preuve vivante, puisqu'il n'était pas entré dans sa chambre depuis des semaines. Et il ne le ferait plus, bien qu'elle le souhaitât vivement. Il n'avait pas pris d'autre maîtresse non plus, pourtant il ne se souvenait pas d'être resté aussi longtemps sans activité sexuelle.

Mais la seule femme qu'il désirait était aussi la seule qu'il ne pouvait raisonnablement avoir.

Qu'avait-elle de si exceptionnel ? se demanda-t-il sombrement en terminant son verre d'un trait. Était-ce sa façon de le regarder, parfois, comme s'il était un vaurien et elle une reine ? Ou bien la vivacité de ses reparties, ou encore la façon charmante dont elle rougissait par moments, l'étincelle dans ses yeux lorsqu'elle riait ?

Ou alors son courage. Elle en avait plus que beaucoup d'hommes. Le sort lui avait joué un sale tour, mais elle l'avait défié. Elle avait défié Wickham également, depuis le début, alors qu'il essayait en vain de la terroriser. Elle était venue à Londres, là où d'autres se seraient contentées de pleurer leur frère bien-aimé en attendant que des étrangers décident pour elles de leur avenir. Elle avait le cran d'épouser un homme avec lequel elle savait qu'elle ne serait pas heureuse, dans le seul but d'assurer sa sécurité et celle de ses sœurs. Elle se tenait droite, et elle dansait afin d'être plus forte que son infirmité.

Il avait vu, dans l'armée de Wellington, des héros qui ne montraient pas autant de bravoure.

Lorsqu'il avait compris qu'il n'était pas attiré par de jeunes beautés comme Claire, il avait aussi compris qu'il était séduit par l'intelligence, le courage et la passion que possédait Gabriella.

Il la désirait à chaque minute de sa vie, et en même temps, il voulait la protéger. Au cours de la soirée, quand il s'était rendu compte qu'il avait déclenché un début de scandale en lui baisant la main, il avait invité d'autres femmes à danser uniquement pour faire taire les ragots.

Quoi qu'il arrivât, il ne voulait pas qu'elle souffrît. Ni par lui ni par d'autres.

Et il ne la laisserait sûrement pas épouser Jamison. Il ne pouvait demeurer auprès d'elle, mais il la sauverait au moins de cela. Il veillerait à ce qu'elle et ses sœurs fussent à l'abri du besoin avant qu'il ne s'en allât.

Son cigare n'était plus qu'un mégot, et la bouteille de brandy était presque vide. Il se leva en titubant un peu, tira une dernière bouffée, but une dernière gorgée, et entreprit de déboutonner son gilet.

Il allait se coucher. S'il ne parvenait pas à trouver le sommeil, quand il était tellement ivre que le lit lui paraissait onduler sous ses yeux, alors il ne dormirait jamais !

Il s'attaquait maladroitement aux boutons de sa chemise lorsqu'il entendit du bruit derrière la porte de communication.

Il s'immobilisa, les sourcils froncés, l'oreille tendue.

Gabriella poussa un cri déchirant.

33

Trent était là, avec elle, dans le noir, et il la frappait de sa canne, il avait l'intention de…

Elle hurla, hurla encore, de toute la force de ses poumons. À se faire éclater le cœur.

— Gabriella ! Gabriella, réveillez-vous, pour l'amour du Ciel !

De fortes mains lui avaient empoigné les bras, la secouaient, la tiraient de son atroce cauchemar. Elle ouvrit les yeux sans cesser de se débattre contre la forme sombre qui se penchait sur elle. Son cœur battait à tout rompre, une terreur sans nom l'étreignait. L'haleine de l'homme dont elle ne distinguait pas les traits sentait l'alcool.

Puis, d'un coup, elle le reconnut. Elle l'aurait reconnu au plus profond de l'enfer. Son diable à elle, celui qui était venu voler son âme.

— C'est… vous, balbutia-t-elle, infiniment soulagée, en se détendant.

Le mauvais rêve évanoui, elle se mit à trembler de tous ses membres.

— Oui, c'est moi. N'ayez pas peur, Gabriella. Tout va bien.

Sa voix était chaude, apaisante. Sa présence, l'odeur de brandy, qu'elle aimait bien, et celle du cigare, qu'elle aimait moins, la rassurèrent. Elle prit plusieurs profondes inspirations en tentant de maîtriser ses tremblements. Mais ils devaient venir de très loin dans son subconscient, car avec la meilleure volonté du monde elle n'y parvenait pas.

— Vous frissonnez.

— Je sais, je n'y peux rien.

Elle inspira de nouveau, allongée sur le dos, la tête sur l'oreiller, les poings serrés, tremblant si fort que ses dents s'entrechoquaient.

— Vous avez froid ?

Elle secoua la tête. L'image de Trent s'attardait dans son esprit.

— Un cauchemar ?

Elle frémit encore.

— Serrez-moi dans vos bras, demanda-t-elle d'une toute petite voix.

— Gabriella…

Il rabattit le drap et la couverture et se glissa dans le lit près d'elle, l'attira contre lui. Elle posa aussitôt la tête sur son épaule, il l'enlaça et elle leva les yeux vers lui. Elle distinguait ses traits, à présent. Il avait les sourcils froncés, l'air grave.

— Vous avez crié, dit-il.

— Vraiment ?

— De toutes vos forces.

Elle frissonna de nouveau et il la serra un peu plus.

— Je suis heureuse que vous m'ayez entendue…

Toutes ses barrières avaient cédé. Elle avait été si bouleversée par son rêve qu'elle s'accrochait à Wickham comme à une bouée de sauvetage dans une mer déchaînée. Elle se sentait glacée, terriblement vulnérable, elle était redevenue une petite fille sans personne pour la protéger…

Elle s'aperçut qu'elle avait crispé la main, et elle lissa le tissu froissé de la chemise, pour constater qu'elle était ouverte jusqu'à la taille. Elle effleura le torse tiède, s'y attarda.

Il ne bougeait pas, ne disait rien, et elle ouvrit les yeux, vit sa petite main si blanche sur la poitrine hâlée... Elle le sentait contre elle à travers le mince tissu de sa chemise et sut qu'il était encore vêtu de sa culotte, de ses bas. Elle laissa errer ses pieds nus contre la soie si douce, avide de tout contact avec ce corps chaud et viril.

— Peut-être devrais-je vous avertir que je suis un peu ivre...

Il saisit la main qui jouait sur son torse pour l'immobiliser.

— Mmm... fit-elle, vous sentez l'alcool.

— Et vous, la vanille.

Ses yeux mi-clos brillaient à la lueur du feu, un léger sourire incurvait ses lèvres. Il gardait la main sur la sienne, posée contre sa poitrine.

— C'est mon savon. J'ai pris un bain avant de me coucher.

Elle sentait sous sa paume le battement régulier de son cœur. Si proche de lui, elle respirait, au-delà de l'alcool et du tabac, le léger parfum de cuir et de musc qui lui était propre. Ses tremblements s'apaisaient peu à peu, elle se lova davantage contre lui, ses seins contre son flanc, ses pieds cherchant la chaleur entre ses mollets et le matelas.

— Racontez-moi votre cauchemar.

Sa voix était sourde, légèrement rauque, et cependant autoritaire.

Elle respira un bon coup, et instinctivement ses doigts se crispèrent. Comme il tressaillait, elle se détendit, se rendit compte qu'elle lui avait fait mal et le caressa afin de se faire pardonner.

— Gabriella...

Elle secoua la tête. Elle ne voulait plus penser à son rêve, elle ne voulait pas lui donner vie en le mettant en mots.

— Aurait-il un rapport avec Trent ?

Elle ouvrit de grands yeux.

— Qu'est-ce que... qu'est-ce qui vous fait penser cela ?

— Les domestiques sont une précieuse source d'information. Quand j'ai vu que Trent vous terrifiait, j'ai chargé Barnet de faire une petite enquête. Trent est responsable de votre blessure à la jambe, n'est-ce pas ?

Les doigts de Gabby se crispèrent de nouveau, mais cette fois il ne parut pas s'en soucier. Il posa la main au creux de ses reins et la serra davantage contre lui.

— Dites-moi.

C'était un ordre.

Gabby hésita un instant. Jamais elle n'avait pu parler de ce qui s'était passé. Pas même à ses sœurs, ni à Twindle ou à Jem. Durant toutes ces années, elle avait gardé le secret sur les événements de cette fameuse nuit... Ces événements qui lui revenaient sous forme de cauchemars. Au fil du temps, toutefois, ils avaient presque disparu. C'était même la première fois qu'ils se manifestaient depuis la mort de son père. Sans doute à cause de sa rencontre détestable avec Trent.

Puis elle comprit que cet homme était le seul auquel elle pût tout dire, le seul qui ne serait pas effrayé, qui ne tirerait pas de mauvaises conclusions. Ce n'était ni un serviteur ni une femme, en outre, il n'était que de passage dans cette société sur laquelle richesse et noblesse régnaient sans partage.

Elle pouvait se libérer de son fardeau sans plus de conséquence que si elle se parlait à elle-même.

— Je... Il... Mon père... J'avais douze ans, commença-t-elle d'une voix entrecoupée sans oser le regarder. Mon père donnait des… soirées privées. Il était cloué à son fauteuil, les dernières années, et il quittait rarement Hawthorne Hall, alors ses amis venaient lui rendre visite. C'étaient des viveurs, principalement des nobles, accompagnés de leurs maîtresses. Ils buvaient, ils jouaient, ils… je n'ai pas besoin de vous raconter le reste.

— Je devine.

— Bref, un soir, mon père a été à court de fonds. Il jouait systématiquement chaque livre que rapportait la propriété et, si elle n'avait été hypothéquée, je suis certaine que nous l'aurions perdue aussi. Il était plus de 4 heures du matin quand il a envoyé une servante me tirer du lit. Je n'ai même pas eu le temps de m'habiller, et je me suis précipitée chez lui en chemise de nuit et peignoir, craignant de le trouver gravement malade, peut-être mourant. Il était dans ses appartements, à l'étage – il ne descendait plus guère, à cette époque –, et là il jouait tout simplement aux cartes avec Trent. Il m'a fallu quelques minutes pour comprendre que j'étais l'enjeu de la partie.

Wickham eut un grognement d'indignation et son étreinte se resserra.

— Mon père avait subi de grosses pertes, apparemment, et la pile d'argent devant Trent était impressionnante. Après quelques minutes, au cours desquelles ils m'ignorèrent totalement, mon père m'a fait signe d'approcher, et il m'a tournée vers Trent. « Elle fera l'affaire ? » a-t-il demandé. J'étais trop jeune pour comprendre vraiment ce qui se passait, mais j'étais embarrassée par le regard que Trent posait sur moi. J'avais un peu peur de lui, et plus encore de mon père. Alors je suis restée plantée là pendant que Trent hochait la tête. Mon père a écrit quelques mots sur une feuille de papier, il a dit : « Vingt mille livres contre une fillette vierge », sur un ton de jubilation malveillante, et il a poussé la feuille vers Trent. Ils ont joué, mon père a perdu. Puis il s'est retiré dans le grincement de son fauteuil roulant.

Gabby ferma les yeux pour poursuivre :

— J'entends encore le cliquetis de la clé dans la serrure quand il a verrouillé la porte de l'extérieur. J'étais prisonnière avec Trent.

Gabby s'interrompit, incapable d'aller plus loin. Le cœur de Wickham tambourinait contre son oreille, et elle pouvait à peine respirer.

34

— Ce salaud a essayé de vous violer.

Ce n'était pas une question, et Gabby sentit Wickham serrer les poings dans son dos, froissant à son tour sa chemise de nuit.

— Il m'a ordonné d'enlever mes vêtements, reprit Gabby d'une voix hachée. Il semblait penser que j'allais obéir mais, comme je ne bougeais pas, il m'a attrapée et, alors que j'essayais de lui échapper, il m'a frappée avec sa canne – la même que celle qu'il utilise actuellement. Je suis tombée et il a continué à me rouer de coups. J'ai réussi à me relever et quand il s'est de nouveau jeté sur moi... j'ai sauté par la fenêtre. Je me souviens que c'était une belle nuit étoilée, et que j'avais l'impression de voler. Mais j'ai atterri sur la terrasse de pierre, un étage en dessous. J'ai perdu conscience. Quand je suis revenue à moi, je souffrais horriblement de la jambe, j'étais terrorisée. Presque trop sur le moment pour appeler à l'aide, mais j'y suis enfin parvenue. Personne ne m'a cependant trouvée avant l'aube, où Claire m'a aperçue par la fenêtre de la chambre des enfants. Elle est arrivée en courant.

Gabby tremblait de nouveau convulsivement.

— Quel genre de père aviez-vous donc ?

— Un monstre. Il nous haïssait, il haïssait tout le monde. Il… il m'en a voulu, après, parce qu'il n'avait pas payé sa dette, il devait toujours de l'argent à Trent. J'ai cru qu'il allait de nouveau m'offrir à lui quand j'ai été remise, mais Trent n'y tenait plus, parce que j'étais… infirme.

Wickham débita une série de jurons entre ses dents, puis il se mit à la bercer, lui caresser le dos, les cheveux. Il baisait son front, ses tempes, sa joue…

Avant de se laisser aller au réconfort qu'il lui procurait, Gabby avait encore quelque chose à dire.

Elle prit une profonde inspiration.

— Pour je ne sais quelle raison, depuis que nous sommes à Londres, il… semble de nouveau s'intéresser à moi. Il était chez *Almack*, ce soir. Il a dit qu'il avait toujours le mot de mon père en sa possession. Il a dit… qu'il exigerait bientôt son dû. Bientôt, répéta-t-elle d'une voix brisée.

Wickham se raidit, il respirait lentement, comme un homme qui tente de maîtriser sa colère, et Gabby se rappela la première impression qu'elle avait eue en le voyant : il était dangereux.

— Trent vous a menacée, ce soir ? dit-il d'une voix étonnamment dépourvue d'émotion.

Gabby acquiesça d'un signe de tête. Elle avait la gorge trop sèche pour émettre le moindre son.

— Ne vous inquiétez pas. Je le tuerai.

C'était dit d'un ton aussi naturel que s'il avait parlé de la pluie et du beau temps.

Elle écarquilla les yeux. Il ne pouvait être sérieux ! Et pourtant… Elle fut soudain glacée. Elle imaginait soudain que c'était lui qui se faisait tuer.

— Non, je vous en prie, non ! Trent est très puissant, immensément riche. En outre, il a des relations… peu recommandables. Je ne veux pas qu'il vous fasse du mal. Je vous en supplie.

Il y eut un bref silence.

— Gabriella.

Il parut se détendre très légèrement.

— Oui ?

— Savez-vous que vous ne m'avez jamais rien dit de plus gentil ?

En dépit de son affolement, elle distingua cependant la note d'amusement qui perçait dans sa voix. Ses yeux brillaient, il souriait, pourtant elle savait qu'il n'avait pas abandonné son projet de supprimer le duc. Simplement, il ne se rendait pas compte du danger qu'il courait. Lors d'un affrontement direct, il aurait sans doute gagné, mais Trent n'était pas ce genre d'homme. Il était sournois, mauvais, et grâce à sa fortune, il lui suffisait d'exprimer son désir de voir Wickham éliminé pour que cela s'accomplît.

— Aïe, vous me faites mal ! dit-il gentiment tandis qu'elle griffait sa poitrine sans s'en rendre compte.

Il posa la main sur la sienne.

— Je n'aurais jamais dû vous en parler ! gémit-elle en relevant la tête pour le regarder dans les yeux. Il faut que vous vous teniez à l'écart de cet homme ! Il vous fera assassiner. Il ordonnera...

— Gabriella, coupa-t-il, ne craignez rien. Je suis parfaitement capable de veiller sur moi, merci beaucoup. Trent ne me fera rien et je saurai m'assurer – si je ne le tue pas – qu'il ne s'approchera plus jamais de vous. Laissez-moi m'occuper de ce problème.

Vous ne comprenez pas ! Il ne se salira pas les mains. Il paiera quelqu'un pour faire le travail à sa place. Je vous en supplie, promettez-moi de ne rien tenter contre lui.

— Faites-moi confiance, rétorqua-t-il avec un calme exaspérant tout en jouant avec ses doigts.

— Mais vous ne vous rendez pas compte ! s'écria-t-elle, irritée. Vous n'êtes pas invincible. Regardez comment j'ai réussi à vous tirer dessus !

Il sourit franchement.

— Certes, mais pour ma défense, je ne m'attendais pas à ce qu'une jeune femme d'apparence si convenable dissimule de si violents instincts.

Gabby grinçait des dents.

— Rien ne pourra arrêter Trent, insista-t-elle, agacée qu'il ne prît pas ses avertissements au sérieux. Ordonner à un sbire de vous tuer lui est aussi facile qu'écraser une mouche.

— Si j'étais prétentieux, fit-il, je pourrais interpréter votre souci de ma sécurité comme une preuve de l'attachement que vous me portez.

Elle battit des paupières, muette de stupéfaction. Un attachement pour lui ?

Cette suggestion l'ébranla profondément. Car elle s'aperçut que c'était l'horrible vérité. Elle était attachée à lui, et bien plus que cela encore ! Au fil des jours, insidieusement, elle en était arrivée à dépendre de lui, à le considérer comme un ami très cher, et davantage.

Dans la froide lumière du jour, elle savait – savait avec certitude – qu'il pouvait disparaître à tout moment, pourtant là, blottie dans ses bras, elle découvrait que les rayons de lune avaient un effet magique irrésistible.

« Je suis tombée amoureuse », songea-t-elle.

— Je ne sais même pas votre nom, murmura-t-elle, les yeux rivés aux siens, tandis que son cerveau luttait farouchement avec son cœur.

— Nick, souffla-t-il en soutenant son regard. Je m'appelle Nick.

Il glissa la main sur sa nuque, approcha doucement son visage du sien et l'embrassa.

35

Ses lèvres étaient chaudes, fermes, douces. Il l'embrassa tendrement, avec des attentions exquises, tandis que le sang de Gabby se mettait à bouillonner dans ses veines.

Elle le laissa capturer sa bouche et son âme sans protester. *Nick...* Il s'appelait Nick. Ce n'était pas grand-chose; et elle n'était même pas certaine que ce fût son véritable nom. Mais peu importait. Elle lui appartenait pour aussi longtemps qu'il voudrait d'elle, elle le savait d'instinct, et elle l'acceptait. Elle ne pensait plus au bien ni au mal, ou à l'avenir qu'elle s'était donné tant de mal à assurer. Il n'y avait plus que lui et ce qu'il éveillait en elle.

Nick...

Elle prononça son nom silencieusement avant de lui rendre son baiser, qui se faisait soudain plus exigeant. Il roula sur elle, appuyé sur ses coudes, la jambe glissée entre les siennes, l'embrassant avec l'avidité d'un homme affamé. Son cœur se mit à battre à grands coups tandis qu'elle lui répondait, timidement d'abord, puis avec une hardiesse qui l'étonna elle-même.

Elle ne se lassait pas de son odeur virile, de sa mâchoire légèrement râpeuse, des grandes mains qui lui caressaient les joues, les tempes, qui la maintenaient à sa merci. Elle se cambrait, pressait sans honte ses seins contre son torse, sentait sa virilité contre sa hanche.

— Gabriella.

Sa voix était mal assurée. Elle ouvrit les yeux. Nick. Son merveilleux Nick.

— Gabriella, je...

— Chut ! murmura-t-elle en l'attirant de nouveau à elle.

Elle ne voulait plus parler, elle ne voulait plus l'écouter, seulement l'embrasser indéfiniment, jusqu'à mourir de plaisir. Elle en était tout étourdie.

— Gabriella, écoutez-moi.

Il résistait, ses yeux brillants parcouraient son visage.

— J'ai trop bu, je vous l'ai dit. Je ne peux pas me contenter de jouer comme nous l'avons déjà fait. Pas cette nuit. J'ai trop envie de vous, et si je ne quitte pas votre lit sur-le-champ, je ne suis pas certain de pouvoir m'arrêter ensuite.

Il dessinait les contours de sa bouche du pouce, et son sexe palpitant était à lui seul la preuve de son désir.

Instinctivement, elle entrouvrit les lèvres. Ses seins frémissaient, ses jambes tremblaient sous les siennes. Elle le désirait follement !

Quelles qu'en fussent les conséquences, elle ne pouvait pas renoncer à ce bonheur, si fugitif fût-il. Plus jamais peut-être elle n'aurait l'occasion de vivre ce qu'elle vivait en cet instant.

— Je ne veux pas que vous partiez, dit-elle d'une voix étonnamment déterminée.

Il plissa les yeux.

— Vous ne savez pas ce que vous dites. Demain...

Elle glissa la main dans son épaisse chevelure.

— Je me moque de demain, chuchota-t-elle en levant la tête à la rencontre de ses lèvres.

— Gabriella… gémit-il avant de céder.

Ses mains étaient partout, sur ses seins, sur son ventre, ses cuisses, effleurant, caressant, pétrissant. Gabriella, le souffle court, au bord du délire, se tortillait pour l'aider à ôter sa chemise de nuit ; elle demeura pantelante sur le lit tandis qu'il se débarrassait de ses vêtements avec des gestes fébriles. Elle était déjà prête à le recevoir lorsque son sexe toucha le sien, pourtant elle tressaillit quand elle sentit qu'il la pénétrait doucement. Il s'interrompit aussitôt, se redressa, respira profondément, se retira.

— Nous allons prendre notre temps, murmura-t-il à son oreille.

Il emprisonna de nouveau ses lèvres, sans remuer davantage.

— Tu es si belle, chuchota-t-il en repoussant quelques mèches folles de son visage d'une main légèrement tremblante.

— Toi aussi, tu es beau.

Il lui sourit, un sourire d'une tendresse à couper le souffle, et déposa un baiser à la pointe de son menton. Puis sa bouche glissa le long de son cou avec une lenteur torturante, pour s'immobiliser sur l'un de ses seins. Il agaça de la langue le petit bouton dressé, jusqu'à ce qu'elle fût ivre de plaisir. Elle haletait, son cœur s'affolait, elle s'offrait à lui sans vergogne. Et lorsque sa main s'insinua entre ses cuisses, lorsqu'il la toucha là où elle brûlait déjà de passion, là où elle avait envie d'être touchée sans en avoir même eu conscience, un brasier s'alluma en elle, et elle ne put retenir un cri de bonheur.

Il approfondit sa caresse et, la respiration coupée, elle enfonça les ongles dans ses épaules. Elle ondulait avec lui, elle avait mal, elle cherchait… quelque chose. Soudain, il se tint parfaitement immobile.

— Dieu du Ciel, murmura-t-il.

Elle ouvrit les yeux, croisa son regard assombri par la passion. Il retira lentement ses doigts, les enfonça de nouveau, sans cesser de la regarder.

— Tu aimes ? demanda-t-il d'une voix rauque.

— Oui ! avoua-t-elle dans un frémissement. Oh, oui !

— Jamais je n'ai désiré quelqu'un comme je te désire, souffla-t-il.

D'instinct, elle ouvrit les jambes davantage pour l'accueillir et de nouveau son sexe la caressa à la place de sa main.

Il entra d'abord doucement en elle, puis s'enhardit, tandis qu'elle frissonnait de plaisir. Elle voulait… Elle voulait…

Il se retira, revint à la charge.

Gabby cria, sa bouche exigea la sienne avec une ardeur renouvelée. Elle s'aperçut qu'il transpirait, tandis que les muscles de son dos se tendaient. Enfin, il se heurta à une barrière.

Sa virginité. Elle lui offrait sa virginité, elle s'en rendit compte dans un ultime éclair de lucidité, mais elle aurait été bien incapable de l'arrêter. Elle en serait morte.

Soudain, il prit une longue inspiration et brisa l'hymen.

La douleur fut aussi violente qu'inattendue.

— Je suis désolé, murmura-t-il contre ses lèvres tout en la pénétrant davantage.

— Ça… fait mal, balbutia-t-elle, bien qu'elle se sentît déjà mieux.

— Je sais. C'est fini. Oh, Dieu, Gabriella !

Il se mit à aller et venir en elle, comme s'il ne pouvait se retenir.

En effet, elle n'avait plus mal, pourtant une part de la magie s'était évanouie.

Toutefois, lorsqu'il inclina la tête sur ses seins, elle se surprit à gémir de nouveau, et ce petit son lui fit perdre toute retenue. Il accéléra le rythme, plongea sauvagement en elle, plus vite, plus fort.

C'était devenu un fauve et, s'il ne s'était agi de lui, elle se serait débattue contre cette invasion de son corps, mais elle ne ressentait que le bonheur de devenir femme par lui.

Un bref instant, elle eut la vision de M. Jamison se servant ainsi de son corps, et elle frissonna d'horreur.

Ce fut ce tremblement qui eut raison de lui. Il murmura son nom, poussant si fort qu'elle eut l'impression d'exploser, puis il s'immobilisa, comme tétanisé, avant de s'effondrer sur elle dans un dernier spasme.

Gabby gisait sous lui, écrasée contre le matelas par le poids de son corps. Il avait chaud, sa peau était moite… Ce n'était certes pas le prince charmant dont rêvent les jeunes filles. Mais elle l'avait voulu, et elle avait eu ce qu'elle cherchait.

À l'avenir, il serait bien qu'elle se montrât plus avisée, songea-t-elle.

Il releva la tête, la regarda, et elle parvint à grimacer un sourire. Alors il roula sur le côté et la prit dans ses bras. S'il ne l'avait solidement tenue contre lui, elle se serait ruée hors du lit, ce qu'il avait, semblait-il, deviné.

Il lui saisit la main, la porta à sa bouche pour en baiser la paume.

— Tu as parfaitement le droit de me donner un coup de poing, dit-il avec un clin d'œil furtif.

Curieusement, cela eut le don de la faire sourire. Un sourire ténu mais sincère, et apaisant après l'orage traumatisant des dernières minutes. Elle se rappelait soudain qu'elle était amoureuse de lui, et pourquoi elle l'était. Son air taquin y était pour quelque chose.

— Je n'en ai pas l'intention, répondit-elle, impertinente. Pas pour l'instant, en tout cas.

— Alors, que penses-tu de ta première expérience sexuelle ?

Elle hésita, gênée. Les gens parlaient-ils vraiment de ces choses ? Oui, sans doute, puisqu'il lui posait la question. Et puis au diable les convenances ! Il était nu, elle l'était aussi, ils étaient au lit ensemble, et il venait de lui faire des choses qu'elle n'aurait jamais imaginées possibles. Il y avait déjà un moment que sa pudeur s'était envolée !

— C'était bien.

Sa réponse était un peu plate, compte tenu de ce qu'elle venait de vivre, mais elle ne trouva pas mieux.

Il rit puis, se levant d'un bond, la souleva dans ses bras et, avant qu'elle comprît ce qu'il avait l'intention de faire, se dirigea vers sa propre chambre.

36

— Que fais-tu ? s'écria-t-elle, scandalisée, tout en nouant machinalement les bras autour de son cou.

Être nue au lit était déjà embarrassant, alors, que dire de l'être debout, au milieu de la pièce ! Il lui suffisait de baisser les yeux pour voir son propre corps, ses petits seins aux pointes roses dressées, le triangle bouclé qu'il venait d'explorer, la courbe pâle de ses cuisses sur le bras musclé, les petites cicatrices qui rappelaient l'horrible nuit d'autrefois. Sans elles, rien n'aurait indiqué qu'elle s'était brisé la jambe.

— J'ai besoin d'un cigare et d'un verre d'alcool pour me remettre les idées en place, puis toi et moi, ma douce, nous allons bavarder un peu.

Il la déposa au bord du lit et lui effleura les lèvres des siennes avant de lui apporter une cuvette, une serviette, et de lui tourner le dos. Tout en procédant à une toilette sommaire, elle l'observait avec grand intérêt. Il était nu comme un ver et ne semblait pas s'en soucier le moins du monde. D'ailleurs, à part son manque de pudeur, il n'avait rien à se reprocher ! Il était plus merveilleusement viril que les statues grecques du musée, et elle lui trouva des fesses superbes.

Sa toilette terminée, elle prit le peignoir qui se trouvait fort à propos au pied du lit et elle l'enfila.

— Nick…

Un verre dans une main, un cigare allumé dans l'autre, il pivota, l'air interrogateur. Elle était appuyée à la tête du lit, les jambes repliées sous elle, et elle se sentait infiniment mieux maintenant qu'elle était propre et raisonnablement couverte.

Mais elle oublia ce qu'elle voulait dire en se trouvant confrontée à la nudité masculine vue de face.

Elle en eut le souffle coupé.

Elle savait qu'il avait de larges épaules, des bras musclés, un torse lisse et hâlé. Elle avait déjà vu son sexe au repos. Elle connaissait sa cicatrice au-dessus de la hanche gauche – après tout, c'était elle qui la lui avait infligée –, ainsi qu'une autre, plus pâle, le long de sa cuisse droite.

Mais elle n'avait pas prévu l'effet que ce spectacle aurait sur elle. Ses yeux s'agrandirent, elle eut soudain la gorge sèche.

— Oui ? demanda-t-il comme elle demeurait silencieuse.

Elle se rendit compte, affreusement gênée, qu'il s'était retourné parce qu'elle lui avait parlé, mais elle ne se rappelait plus ce qu'elle avait dit. Ah, oui ! Son prénom, Nick.

— Je voulais juste voir si tu répondais, dit-elle un peu sèchement. J'imagine qu'il est difficile de savoir qui on est quand on change d'identité dans la journée.

Il posa son verre en riant et s'approcha d'elle.

— Te voilà redevenue mégère ? Tu dois te sentir mieux, sans doute.

Il écrasa son cigare dans un cendrier.

— Nick est mon vrai nom, je te le promets.

— Nick comment ?

Elle l'observait avec quelque angoisse. L'état de son corps avait considérablement changé depuis le début de leur conversation… Il semblait prêt à… désireux de... Les hommes pouvaient-ils faire ça plus d'une fois par nuit ? Apparemment, oui. Mais pas elle. En tout cas, elle ne voulait pas, et elle avait bien l'intention de le lui signifier.

Il eut un sourire charmeur et vint s'asseoir au bord du lit.

— Pourquoi les femmes ne sont-elles jamais satisfaites ? Je te dis que je m'appelle Nick, et tu veux savoir Nick comment. Je te fais l'amour, tu dis que c'était « bien ». Bien n'est pas un mot qu'un homme aime entendre dans ces circonstances, Gabriella. Si nous essayons de nouveau, je suis sûr que nous améliorerons le commentaire.

Il se penchait vers elle dans l'intention de l'embrasser, mais elle le retint d'une main sur la poitrine.

— Attends ! Je...

Il lui saisit le poignet pour la maintenir en place, et elle perçut le solide battement de son cœur sous sa paume.

Leurs regards s'accrochèrent. Il y avait un peu plus de lumière que dans sa chambre, et elle distinguait nettement les plats et méplats de son beau visage.

— La première fois n'est jamais une réussite, pour une femme, expliqua-t-il tranquillement. En plus, j'avais trop bu. J'ai perdu le contrôle à la fin. J'aurais dû me montrer plus doux, mais j'avais tellement envie de toi ! Pardonne-moi.

— Ce n'est pas ta faute, Nick. Tu m'avais prévenue, et je t'ai incité à poursuivre.

— Tu le regrettes ?

Il porta sa main à ses lèvres, et un petit frisson la parcourut.

— Non, répondit-elle sincèrement. Non, je ne le regrette pas.

— Tu es ce que j'ai vu de plus beau de toute ma vie, dit-il d'une voix grave. Et je préférerais me couper la main droite plutôt que de te faire mal à nouveau.

Il frissonna, et reprit d'une voix plus légère :

— Je suis gelé, or, au cas où tu ne l'aurais pas remarqué, tu portes mon peignoir. Si nous bavardions au lit ? Je te promets de ne rien faire qui te déplaise. Et tu pourras me poser toutes les questions que tu voudras.

Gabby était sceptique. Cela semblait trop beau pour être vrai !

Une fois blottie contre lui sous les couvertures, tandis qu'il jouait avec une mèche de ses cheveux, elle répéta :

— Nick comment ?

Il lui lança un coup d'œil mi-amusé, mi-exaspéré.

— Qu'est-ce que cela changera si je te le dis ?

— Tu verras bien.

Il rit et déposa un baiser sur le bout de son nez.

— Rien ne presse.

— Tu as dit que je pourrais te demander ce que je voulais, lui rappela-t-elle.

Elle posa la main sur son torse. Elle avait le drap remonté sous le menton tandis que lui n'était couvert que jusqu'à la taille, ce qui lui convenait fort bien, car elle adorait caresser ses épaules, ses bras, sa poitrine.

— J'ai dit ça ? Mais je n'ai pas promis de répondre.

— Oh ! s'exclama-t-elle, indignée, avant de le pincer en signe de punition.

— Aïe ! Quand je disais que tu étais violente !

— Les seules fois où je me suis montrée violente avec toi, tu le méritais largement ! riposta-t-elle.

Elle aimait tant le contact de sa poitrine tiède et robuste... Il baissa le drap à la limite de la décence tandis qu'elle ne pouvait s'empêcher de le caresser.

— Je croyais que tu avais froid, le réprimanda-t-elle.

— Plus maintenant.

— Oh…

— Oui, *oh*.

— Tu ne peux tout de même pas… Tu n'as tout de même pas envie de recommencer ?

— J'avoue que l'idée m'a traversé l'esprit.

— Eh bien, pas moi ! déclara-t-elle fermement.

Il éclata de rire.

— Tu aimes bien me toucher, Gabriella, n'est-ce pas ?

Sa voix s'était soudain altérée. Elle lui lança un regard de biais.

— Je… Oui, je crois.

— Alors pourquoi ne le fais-tu pas ?

Elle ouvrit de grands yeux.

— Que veux-tu dire ?

— J'aime la façon dont tu me caresses le torse, et je pourrais te montrer encore d'autres choses que j'aime, si tu me le permettais.

Elle dut le regarder avec méfiance, car il sourit.

— On dirait une mouche face à une araignée. Mon cœur, je n'ai pas l'intention de te demander de faire quoi que ce soit qui te déplaise. Si tu me dis que tu n'aimes pas, nous arrêterons tout de suite.

Le « mon cœur » eut raison d'elle. Ainsi que l'étincelle qui s'était allumée dans les yeux bleus.

— Que dois-je faire ?

Tant qu'il n'attendait que des caresses, tout allait bien.

— Ceci.

Il guida sa main sur sa poitrine, son estomac, son ventre plat. Il avait la peau douce, tiède, et c'était un pur plaisir de le toucher. Elle y aurait volontiers passé le reste de la nuit.

Elle s'attarda au niveau de son nombril, à cet épiderme si différent du sien…

— Ne t'arrête pas là, dit-il, une note d'amusement dans la voix.

Elle leva les yeux sur lui. Oui, il voulait qu'elle aille plus loin et, quand il la guida de nouveau, elle ne protesta pas. Il repoussa les couvertures d'un vif coup de pied.

Elle observa son sexe offert avec inquiétude. Pas étonnant qu'elle ait eu mal ! De toute évidence, ils n'étaient pas faits l'un pour l'autre, il lui aurait fallu une femme beaucoup plus large qu'elle.

Elle le lui dit, et il éclata d'un grand rire.

— Cela compense presque pour le « bien » de tout à l'heure, je suppose.

Elle fronça les sourcils.

— Pardon ?

— Rien, Gabriella. Touche-moi, je t'en supplie, j'en meurs d'envie.

Lorsqu'il enroula sa main autour de son sexe, elle eut spontanément envie de la retirer. C'était tellement… étrange sous ses doigts ! Il avait fait la même chose lorsqu'il avait la fièvre, mais le contact avait été si bref qu'elle ne s'en souvenait pas en détail. Tandis qu'à présent… Elle le serra légèrement.

Il prit une brève inspiration, et elle revint à son visage. Fascinée, elle vit qu'il avait les dents serrées, des gouttes de sueur sur le front. Ses yeux n'étaient plus que deux fentes scintillantes.

— Je te fais mal ? s'inquiéta-t-elle, prête à renoncer.

— Non. Au contraire, c'est… bon.

— Vraiment ?

Intriguée, elle recommença, et il laissa échapper un petit gémissement.

— Tu peux aussi…

Sa main enveloppa celle de Gabby, il lui montra comment lui faire plaisir, et elle s'exécuta bien volontiers, jusqu'à ce qu'il immobilise son poignet.

Elle lui lança un regard interrogateur.

— Ça suffit, articula-t-il avec peine.

Durant quelques minutes, il resta allongé sans bouger. Puis il rouvrit les yeux, lui sourit, et se redressa.

— Gabriella…

Ils étaient tout près, elle assise sur ses talons à son côté.

— Oui ?

— Me permets-tu de te montrer autre chose ?

Elle était plus intéressée qu'inquiète, désormais.

— De quoi s'agit-il ?

Il glissa la main sur sa nuque et la caressa un instant sans répondre, puis il l'attira à lui et prit ses lèvres.

37

Lorsqu'elle s'aperçut qu'elle était de nouveau allongée sous lui, nue – il s'était débrouillé pour lui ôter son peignoir –, et qu'il se positionnait entre ses jambes, Gabby était trop submergée par la passion pour réagir. Elle s'accrocha à lui, attendant telle une martyre son bon plaisir et la douleur qui allait s'ensuivre. Il l'avait séduite par des baisers sur son visage, sur son ventre, sur ses cuisses. Puis, à son grand étonnement, il lui avait fait l'amour avec la bouche, jusqu'à ce qu'elle fût pantelante de désir, brûlante et humide, prête à l'accueillir en elle.

Alors seulement il était revenu à l'assaut Et voilà soudain qu'elle se souvenait qu'il lui avait fait mal, qu'il était trop grand pour elle.

Il étouffa sa protestation naissante d'un baiser tandis qu'il se frayait un passage entre les replis secrets de son intimité, poussait… et trouvait sa place en elle, sans qu'elle ressentît la moindre douleur.

C'était même… magique.

— Ça va ? demanda-t-il d'une voix sourde.

— Oui.

Son ton devait manquer de conviction, car il eut un demi-sourire.

— Fais-moi confiance.

Étonnée, elle s'aperçut qu'elle lui faisait confiance, en effet. Il ne bougeait plus, il était seulement en elle, fort, chaud, et c'était... surprenant. Elle remua légèrement les hanches, juste pour voir, il retint son souffle, mais ne bougea pas davantage. Alors, spontanément, elle ondula, et les vrilles du plaisir se déroulèrent en elle, si inattendues qu'elle gémit.

— Noue tes jambes autour de mes reins, lui chuchota-t-il à l'oreille.

Elle obéit, tremblante à l'idée de ce qui allait suivre.

Il se mit enfin en action, et chaque poussée lui arrachait un cri, tandis qu'elle se cambrait vers lui.

Il prononçait des paroles sans suite qu'elle n'entendait pas, emportée par la passion, flottant dans un océan de sensations incroyables. Un feu ardent brûlait en elle, se propageait dans tout son corps au point qu'elle semblait sur le point de se consumer. Sentant qu'elle répondait, il accéléra le rythme, ses coups de rein se firent plus profonds. Cette fois, elle l'accepta sans réserve et, lorsqu'il glissa la main entre eux, la passion l'emporta tout à fait.

— Nick, Nick, Nick ! sanglota-t-elle tandis que l'univers explosait dans une gerbe d'étincelles.

De longs, de merveilleux spasmes la secouèrent tout entière, et elle sentit qu'il l'étreignait avec force tandis que l'extase le terrassait à son tour.

Quand elle revint enfin parmi les vivants, elle était étendue sur le dos, et, appuyé sur un coude, il la contemplait avec un petit sourire vaguement irritant d'autosatisfaction.

— Alors, qu'en penses-tu ? Avons-nous amélioré le « bien » ?

De toute évidence, il connaissait la réponse.

— Je ne répondrai pas. Tu es assez content de toi comme ça.

Il l'embrassa en riant.

— Tu me le diras un de ces jours, fit-il joyeusement.

Puis il bâilla, roula sur le côté en l'attirant dans ses bras et s'endormit sur-le-champ.

Avant d'avoir eu le temps de s'en formaliser, Gabby sombra dans un bienheureux sommeil, lovée contre son flanc.

Elle se réveilla dans son propre lit, tandis que Mary s'affairait à ranimer le feu et à ranger la chambre. La lumière filtrait par les fentes des rideaux et, en s'étirant, elle s'aperçut qu'elle était nue sous le drap. Aussitôt, les événements de la nuit lui revinrent en mémoire. Elle avait dormi avec Wickham. Non, avec Nick. *Son* Nick. Elle avait jeté son bonnet par-dessus les moulins, elle avait offert à cet individu, dont elle n'était même pas sûre de connaître le vrai nom, ce qu'elle avait de plus précieux, échangeant M. Jamison et la sécurité contre une glorieuse nuit d'amour.

Et elle ne le regrettait pas le moins du monde.

Elle s'étira de nouveau, sentit une vague douleur entre ses cuisses, et sourit d'un air rêveur, les yeux fixés au plafond.

Nick. Elle s'était donnée à Nick.

— Désolée, madame. Je ne voulais pas vous réveiller, s'excusa la camériste.

— Tout va bien, Mary, la rassura Gabby gentiment.

Soudain, elle s'inquiéta. Nick avait-il laissé derrière lui quelque trace de sa présence ? Saisie d'angoisse, elle imagina ses vêtements épars sur la descente de lit.

Évidemment, elle ne pouvait se redresser pour vérifier, car Mary se serait alors aperçue qu'elle était nue. Or il était choquant en soi de dormir nue, même sans les vêtements d'un monsieur dans sa chambre. La seule situation plus scandaleuse aurait été de trouver le monsieur dans son lit, ou elle dans le lit du monsieur.

Ce qui avait été le cas…

Elle se rappelait vaguement que Nick l'avait portée dans sa chambre. Heureusement qu'il s'était réveillé ! Il avait dû en profiter pour récupérer ses habits. Il avait sûrement des défauts, mais il était loin d'être sot !

Penser à lui, se découvrir si profondément amoureuse suscitèrent en elle une joie, un bonheur si intenses qu'elle en fut chavirée.

— Vous pouvez préparer mon bain, Mary, et m'apporter mon petit déjeuner.

— Il est bien tôt, madame. Tout juste 7 h 30. Mais vous n'êtes pas la seule à vous lever avec les poules, aujourd'hui. Monseigneur a déjà quitté la maison voilà une heure.

— Vous voulez dire… lord Wickham ?

Gabby allait avoir du mal à jouer sur les deux tableaux, Wickham en public, Nick en privé. Elle avait déjà failli se tromper. Quelle situation compliquée !

— Il est sorti ? insista-t-elle.

— Oui, madame. Avec M. Barnet, qui a sellé les chevaux lui-même. Votre Jem était contrarié quand il est arrivé à la cuisine. Il a dit que M. Barnet n'avait rien à faire aux écuries.

Gabby réfléchissait. Nick et Barnet étaient sortis à cheval. S'il s'était agi d'une simple promenade matinale, Nick n'aurait pas emmené son factotum, n'est-ce pas ?

Une affreuse idée lui vint à l'esprit. Il n'était tout de même pas allé trouver Trent ? Seigneur, elle en avait des sueurs froides !

— Dépêchez-vous d'aller chercher mon déjeuner, Mary, je me lève !

Il ne revint pas de la journée, ni de la nuit. Prétextant une sévère migraine, Gabby ne quitta pas sa chambre. Sur des charbons ardents, elle attendit son retour. En vain.

M. Jamison se présenta et fut éconduit. Lady Gabriella était trop souffrante pour le recevoir. Ce ne fut pas la seule visite, selon Claire qui, comme Beth, passait de temps à autre prendre de ses nouvelles. Une douzaine de jeunes gens étaient venus, et autant de dames. Un éclatant succès social !

— Il faudra que vous descendiez recevoir M. Jamison dès demain, l'admonesta tante Augusta qui était montée lui apporter une tisane de sa composition. On parle encore de l'extravagant comportement de Wickham à votre égard, j'ai le regret de vous le dire, malgré mes efforts pour minimiser l'incident. Maud Banning est une langue de vipère, or elle ne vous aime guère, et Claire moins encore. Je suis persuadée qu'elle est à l'origine des ragots, heureusement, les gens sensés ne l'écoutent guère. Néanmoins, vous auriez intérêt à vous attacher pour de bon M. Jamison. On ne sait jamais ce qui peut se passer, et un parti convenable pour une jeune femme de votre âge ne court pas les rues.

Gabby acquiesça et, si elle manquait d'enthousiasme, tante Augusta le mit sur le compte de la migraine.

Le lendemain matin, elle était folle d'inquiétude. Elle avait à peine fermé l'œil de la nuit, qu'elle avait passée à tendre l'oreille. Elle était même allée voir par deux fois dans la chambre de Nick, dans la crainte de ne pas l'avoir entendu rentrer. Elle l'imaginait déjà blessé, ou tué par Trent !

Sinon, qu'est-ce qui pouvait le retenir ainsi loin de la maison ? Après leur nuit d'amour, il ne pouvait être parti ainsi, sans un mot !

Prise de panique, elle convoqua Jem.

— Vous voulez que j'aille vérifier si cette fripouille de duc est encore en ville ? s'écria le brave homme, incrédule.

Comme Stivers, il connaissait Trent depuis fort longtemps, et il le détestait, même s'il ignorait qu'il était responsable de la chute de Gabby et de sa jambe brisée.

— Sauf votre respect, j'aimerais savoir pourquoi, insista-t-il.

— Parce que… parce qu'il m'a insultée. Je l'ai raconté à Wickham, alors il a décidé de tuer Trent. Il est parti de bonne heure hier matin, et on ne l'a pas revu depuis.

— Il me semble, mademoiselle Gabby, que vous vous confiez beaucoup trop à cet imposteur ! grommela Jem.

— Je vous en prie, Jem, faites seulement ce que je vous demande.

Jem la vit déchirée, et il s'inquiéta.

— Il vous a envoûtée avec de belles paroles, hein ? Gardez vos distances avec lui, mademoiselle Gabby. Il ne vous apportera que des ennuis.

— Jem…

— J'irai, si vous y tenez, mais je vous le dis tout net : je suis sûr qu'il ne lui est rien arrivé de fâcheux. Il a trouvé une autre bonne affaire, et il a disparu.

Lorsque Jem revint pour lui annoncer que Trent était encore en ville et qu'il vaquait tranquillement à ses occupations, qu'il s'était renseigné auprès de ses domestiques sans trouver la moindre trace de Wickham ni de Barnet, Gabby crut s'évanouir.

Il y avait d'innombrables explications possibles à la disparition de Nick, et aucune n'était rassurante.

Prétextant la fatigue due à sa migraine de la veille, Gabby déclina les sorties proposées par ses sœurs et se retira dans sa chambre tout de suite après le déjeuner.

Se reprochant d'être tombée si bas, elle songea qu'en fouillant la chambre de Nick, elle trouverait peut-être un indice expliquant son départ si soudain.

Son départ sans un mot.

C'était là ce qui la tracassait le plus. Après la nuit qu'ils avaient partagée, après ce qui s'était passé entre eux, il ne pouvait la quitter si longtemps sans une parole d'explication.

Elle entra dans la chambre avec des précautions de cambrioleur. À cette heure de la journée, les domestiques étaient occupés, mais elle n'aurait pas aimé qu'on la découvrît en train de fouiller dans les affaires de son « frère ».

Elle fut quelque peu rassurée par l'état de ses appartements. Quelques cheveux brillants restaient accrochés à sa brosse, ses bottes étaient rangées dans un coin, des cravates étaient posées sur le dossier d'une chaise.

Dans les tiroirs qu'elle ouvrit avec un affreux sentiment de culpabilité, elle ne trouva que des boutons de manchette et les colifichets propres aux gentilshommes à la mode. En dehors de cela, il y avait une longue-vue sur le manteau de la cheminée, une boîte de cigares et un carafon de brandy, un livre d'histoire des armées sur la table de chevet.

Aucun indice laissant deviner qui il était ni où il se trouvait.

Sans cesser de se sentir coupable, elle ouvrit l'unique tiroir de la table de nuit.

Elle fut d'abord frappée par le parfum. Un parfum capiteux, sucré. Elle plissa le nez en souriant. Ce n'était pas le genre de parfum que Nick devait apprécier. Cependant il lui semblait vaguement familier... Puis elle aperçut une pile de lettres décachetées, et elle sut.

Le parfum provenait des billets doux de lady Ware.

38

Il était mal de lire du courrier adressé à autrui ! Gabby aurait dû refermer le tiroir et sortir de la pièce, mais elle en était incapable. Elle prit l'un des messages parfumés et commença à lire.

Outre quelques écœurants mots d'amour, lady Ware s'étendait avec force détails sur ce que lui avait fait son « très cher Wickham » et ce qu'elle avait envie qu'il lui fît.

Quand elle eut terminé les six lettres, Gabby avait l'impression d'avoir été blessée à mort. Elle en avait la nausée.

Elle avait expérimenté certaines des choses que lady Ware décrivait si complaisamment…

— Madame !

La voix de Mary dans la pièce voisine la fit sursauter. Elle rangea la lettre dont elle venait de terminer la lecture et retourna dans ses appartements. Elle se moquait bien qu'on la vît sortir de la chambre de Wickham. Elle se moquait de tout ce qui avait un rapport avec lui. Elle entendait encore sur quel ton il avait murmuré le mot « demain », au cours de cette nuit inoubliable. Il l'avait mise en garde, elle ne pouvait le nier.

Et il avait raison, le lendemain était arrivé bien vite.

Son inquiétude à son égard lui semblait tout à coup absurde. Pathétique même, bien digne d'une vieille fille qui s'accroche à une illusion. Évidemment qu'il n'avait même pas pensé à lui laisser un mot lorsqu'il était sorti avec Barnet ! Ce qui avait été pour elle le soleil et les étoiles n'avait à ses yeux masculins pas plus d'importance que n'importe quel plaisant intermède en galante compagnie. Cette certitude lui déchirait le cœur.

— Oh, madame, vous êtes là !

Mary fronça les sourcils en la voyant entrer.

— Votre migraine est revenue, madame ? Vous êtes si pâle !

— Vous me cherchiez, Mary ? s'enquit Gabby, étonnée de s'entendre une voix si calme, alors qu'elle était ravagée à l'intérieur.

L'avantage d'avoir eu un père tel que le sien, c'était qu'elle avait appris à ne jamais laisser paraître sa douleur.

— M. Jamison est là, madame. Et lady Salcombe, qui m'a demandé de vous avertir de sa présence. Dois-je leur dire que vous êtes indisposée ?

Gabby prit une profonde inspiration. Si Jamison était venu, c'était certainement pour faire sa demande officielle.

Il serait stupide de la refuser. Heureusement qu'elle avait repris ses esprits à temps !

— Non, Mary. Je descendrai dès que je me serai rafraîchie et recoiffée.

Gabby se lava les mains. Mais elle avait eu beau les frotter avec l'énergie du désespoir, tandis qu'elle descendait, elle sentait à chaque marche l'odeur de roses fanées. Le parfum de lady Ware était tenace !

Le soir même avait lieu le bal de Claire. Malgré les préparations frénétiques qui s'étaient déroulées sous la direction de tante Augusta, Gabby l'avait complètement oublié. Sans l'insistance de sa sœur et de Mary elle aurait prétexté un malaise pour rester confinée dans sa chambre. D'ailleurs cela n'aurait pas été loin de la vérité. Depuis trois jours, elle était incapable de manger comme de dormir.

Wickham n'avait toujours pas donné signe de vie.

— Je vais tuer ce garçon ! gronda tante Augusta en prenant Gabby par le bras pour la pousser à sa place dans la file d'accueil.

La vieille dame était resplendissante en robe de satin violet, un magnifique collier de diamants au cou et trois plumes d'autruche piquées dans sa chevelure argentée. Vêtue d'une robe de bal vieil or, Gabby savait qu'entre son impressionnante tante et sa ravissante sœur, elle demeurerait dans l'ombre, et elle s'en réjouissait.

— C'est lui qui reçoit ! Que vont penser nos invités ? s'indignait Augusta.

Elle examina Gabby, puis Claire, lumineuse dans une robe blanche avec pour tout bijou un simple rang de perles.

— Vous êtes parfaites, chacune dans votre rôle. Gabriella, pincez-vous les joues, vous êtes beaucoup trop pâle.

Les premiers invités arrivaient.

Le bal connut un succès retentissant. À mesure que la soirée avançait, on sentait l'air vibrer d'effervescence. Tout ce qui comptait à Londres était là. Les dames, en extravagantes robes de soirée, avaient sorti leurs plus somptueux joyaux, quant aux hommes, ils rivalisaient d'élégance. Tante Augusta entendit plusieurs invités parler « d'atroce cohue » et, sachant que c'était le plus beau des compliments, elle savoura son triomphe.

L'absence de Wickham, confia-t-elle discrètement à Gabby, si elle était exaspérante, ne se remarquait pas trop, car elle avait eu la bonne idée de mentionner un décès subit dans la famille de sa mère. Et l'on semblait avoir oublié le comportement choquant qu'il avait eu avec Gabby.

— Tout de même, comment a-t-il osé disparaître ainsi sans un mot d'explication ? s'indigna néanmoins Augusta, alors que M. Jamison était allé lui chercher un verre de punch. Enfin… Il aurait été merveilleux que vous annonciez vos fiançailles à notre bal mais, sans Wickham, c'est impossible. Nous devrons attendre son retour.

« S'il revient », songea Gabby, qui souffrait le martyre depuis qu'elle avait parcouru les lettres de lady Ware. Elle n'ignorait pas que c'était un amateur de femmes, mais elle s'était sottement autorisée à croire que leur relation était unique. Elle avait été assez stupide pour s'enticher de lui, et à présent, elle ne pouvait supprimer les sentiments qu'elle éprouvait pour lui comme elle aurait ôté une écharde de son doigt. Ils étaient bien ancrés, et pour longtemps, elle le craignait. Toutefois, elle savait à présent ce qu'il était : un charmant séducteur, ni plus ni moins.

Et il fallait qu'elle vécût, qu'elle assurât la protection de ses sœurs.

M. Jamison ferait un honnête, un solide mari. Meilleur qu'elle ne le méritait.

Elle avait accepté la veille de devenir sa femme, bien qu'elle lui arrivât souillée. Mais elle s'efforcerait d'être une épouse selon ses vœux.

C'était le moins qu'elle pût faire, puisqu'elle trichait en ne lui révélant pas sa disgrâce.

— Je crois que ce sont les derniers, annonça tante Augusta. Ensuite, nous pourrons aller rejoindre nos invités.

En effet, les arrivants se faisaient rares, et dans le hall, les domestiques en livrée rangeaient les derniers manteaux.

Gabby accepta le bras de M. Jamison pour se rendre dans la salle de bal. Claire, libérée un peu plus tôt de ses obligations, dansait déjà le quadrille avec le marquis de Tyndale qui semblait complètement sous le charme. Quelques malheureuses débutantes que l'on n'avait pas invitées à danser faisaient tapisserie, leurs robes blanches aisément reconnaissables parmi les tenues colorées de leurs chaperons. Desdémone se trouvait dans le lot, au côté de sa mère qui arborait un sourire crispé en bavardant avec une autre dame. Gabby eut pitié de sa cousine et se promit de lui envoyer un jeune homme disponible dès qu'elle en trouverait un.

Il était encore tôt, pourtant la vaste pièce était déjà étouffante, et l'on ouvrit les hautes fenêtres qui donnaient sur le jardin. Les lustres de cristal étaient allumés, il y avait des fleurs et des plantes vertes à profusion dans les angles, les miroirs reflétaient la splendeur de la scène. L'orchestre était parfait, l'atmosphère pétillait de musique et de rires.

Gabby, au bras de M. Jamison, fut présentée à sa sœur et à certains de ses meilleurs amis. Elle bavarda également avec ses propres relations, notant au passage que l'on commençait à mentionner son amitié avec le veuf.

Il y eut un moment pénible, en ce début de soirée relativement supportable, lorsque les musiciens attaquèrent la première valse.

— Puis-je ? demanda galamment M. Jamison en désignant la piste.

Gabby lui sourit. C'était un homme bon, aimable, et ce n'était pas sa faute si elle était tombée follement amoureuse d'une séduisante canaille au lieu d'apprécier sa chance et de s'attacher à un individu aussi raisonnable que lui.

— Je ne danse pas, s'excusa-t-elle doucement.

Il parut soulagé et l'entraîna vers la salle à manger.

39

Après trois jours passés pratiquement sans mettre pied à terre, Nick se sentait épuisé, et Barnet n'était guère plus vaillant. Comme ils approchaient des écuries, à l'arrière de la maison, ils entendirent la musique en même temps et se regardèrent.

— Bon sang, j'avais complètement oublié le bal de Claire !

— Ma foi, vous allez vous faire tirer les oreilles, cap'tain ! déclara Barnet que cette perspective semblait réjouir. Mlle Gabby va vous étrangler, et lady Salcombe... La vieille dame a préparé cette soirée avec plus de soin que Napoléon ses campagnes. Elle va littéralement vous écrabouiller !

— Dans quel camp es-tu, Barnet ? demanda sèchement Nick.

Il ne fut pas rasséréné par le large sourire que l'autre lui décocha en guise de réponse. Et son humeur ne s'améliora pas lorsqu'il vit Jem sortir des écuries et froncer les sourcils en le reconnaissant.

— Ah, vous voilà de retour, on dirait ! déclara-t-il avec impertinence.

Néanmoins il prit les rênes que lui tendait Nick.

— Comment vont ces dames ? s'enquit Nick qui s'était résigné à le supporter dans l'intérêt de Gabriella.

— À merveille, répondit Jem d'un ton sinistre qui démentait ses paroles.

Il se tourna vers Barnet.

— Tu peux t'occuper de ton cheval toi-même. Je ne suis pas ton palefrenier.

Il serra les dents et jeta un regard noir à Nick.

— D'ailleurs, je ne suis pas non plus le vôtre, puisque vous n'êtes pas *lui*.

— Vieille carne ! maugréa Barnet tandis que Jem emmenait le cheval de Nick. Un de ces jours, je lui rentrerai dans le chou, cap'tain.

— Pas question, répliqua Nick. Cela ne plairait pas à Mlle Gabby.

Avec un grognement dégoûté, Barnet se dirigea vers les écuries.

Nick se hâta de traverser le jardin en évitant les flaques de lumière qui tombaient de la salle de bal. Il préférait gagner sa chambre sans être remarqué. Il n'avait pas pris de bain depuis son départ, et il avait l'impression d'empester. Il ne s'était pas non plus rasé, ni changé. Personne ne ressemblait moins que lui à un comte, dans cet état !

Mais il était quasi certain d'avoir trouvé ce qu'il cherchait. Il avait pensé s'absenter environ une demi-journée, puis, les événements s'enchaînant, la réponse à l'énigme qu'il essayait de résoudre lui était tombée dans les bras, et la demi-journée s'était transformée en trois jours.

Maintenant, tout ce qu'il souhaitait, c'était de retrouver Gabriella.

Quel que fût le dénouement de toute cette histoire, une chose était sûre : elle était sienne. En lui prenant sa virginité, il s'était engagé envers elle, bien que dans les circonstances présentes il lui fût difficile de respecter cet engagement. Ils régleraient les détails au fur et à mesure.

Il souriait en montant l'escalier de service quatre à quatre. Lui avait-il manqué ?

Avec un peu de chance, et il en avait toujours eu, la réponse serait « énormément ».

— Marcus ! Marcus !

Il leva les yeux, surpris. Beth, vêtue d'une sage robe blanche, était assise sur le palier, et un instant, il ne comprit pas ce qu'elle faisait là. Puis il vit l'assiette sur ses genoux et devina qu'elle était allée dévaliser le buffet.

Elle se leva d'un bond, rayonnante, et descendit vers lui.

— Mais où étiez-vous passé ?

Il la serra dans ses bras, aussi heureux de la voir que si elle avait vraiment été sa petite sœur.

— Vous êtes en train de rater le bal de Claire ! poursuivait l'adolescente. Tante Augusta en est verte, et Gabby est contrariée aussi. En tout cas, je le pense. Elle, elle déclare qu'elle a été malade.

Elle s'interrompit en fronçant son petit nez.

— D'où vient cette odeur ?

Il ne put s'empêcher de sourire, malgré son inquiétude.

— De moi, je le crains. Peu importe. Vous dites que Gabriella a été souffrante ?

— C'est ce qu'elle prétend. Moi, je crois qu'elle est ennuyée parce qu'elle a accepté d'épouser M. Jamison. Elle ne l'aime guère, vous savez.

— *Quoi ?*

La petite hocha vigoureusement la tête.

— Vous ne saviez pas ? Gabby a dit qu'elle n'avait pas besoin de votre permission, quand je lui ai posé la question. Mais je pensais que vous étiez au courant.

— Je savais que Jamison avait l'intention de se déclarer, dit-il prudemment en s'efforçant de se rappeler qu'il était censé parler de leur sœur.

Il était si las qu'il se perdait un peu dans ses mensonges.

— Mais j'avais cru comprendre qu'elle refuserait.

— Elle a dit oui.

— Vous en êtes certaine ?

Beth acquiesça.

— Quand ?

— Il est venu hier, et elle a accepté. Tante Augusta voulait l'annoncer officiellement ce soir, mais ce n'était pas possible sans vous.

Elle se rembrunit.

— Maintenant, vous êtes rentré. Si vous vous montrez au bal, vous pourrez encore le faire.

— Pas question ! lança-t-il sans réfléchir.

— C'est bien ce que je pense. Gabby n'a pas vraiment envie de l'épouser, je vous assure. Vous arriverez peut-être à l'en dissuader, car elle refuse de m'écouter.

— Je ferai tout mon possible.

Il reprit son ascension après une caresse aux cheveux de Beth.

— Merci de m'avoir averti.

— Je suis contente que vous soyez rentré ! cria-t-elle alors qu'il atteignait le palier et se ruait dans sa chambre.

Lorsque Barnet le rejoignit, un quart d'heure plus tard, il avait déjà pris son bain et, vêtu d'une culotte noire et de bas blancs, il était en train de se raser.

— Tu fais un drôle de valet de chambre, observa-t-il, acide.

— Pas la peine de vous en prendre à moi, cap'tain. C'est pas ma faute si Mlle Gabby a trouvé un autre soupirant pendant qu'on était pas là.

Il dénicha la veste de soirée de son maître et la posa sur le dossier d'une chaise.

— Alors tu en as entendu parler ?

Il n'avait jamais pu avoir de secrets pour Barnet, et y avait renoncé depuis longtemps.

— À l'écurie, et aux cuisines. Ils disent qu'elle veut se marier le plus vite possible.

Le rasoir dérapa et Nick jura en voyant une goutte de sang perler sur sa joue. Barnet émit un son qui pouvait être un rire, ou une toux. Nick lui lança un coup d'œil oblique.

— Ça doit vous faire drôle, hein ? D'habitude, les femmes se battent pour arriver jusqu'à vous.

Nick s'essuya le visage et posa la serviette.

— Occupe-toi de tes affaires, tu veux ? Passe-moi plutôt ma chemise.

Une fois prêt, il descendit l'escalier à la hâte, sans se départir toutefois de la dignité propre à son rang. Il était presque arrivé en bas quand un mouvement attira son attention. Il regarda de côté.

Gabriella était là, dans le petit salon, avec Jamison. Apparemment ils étaient seuls, et cet imbécile ventripotent la serrait contre lui.

L'embrassait.

Il se pétrifia. Colère, possessivité et un sentiment brûlant, qu'il reconnut à contrecœur comme de la jalousie, luttaient en lui. Et finirent par unir leurs forces. Sa mâchoire se crispa, ses yeux prirent une teinte orageuse.

Contenant soigneusement la fureur qui l'envahissait, il se dirigea vers le couple enlacé.

40

— Par le diable, que se passe-t-il ?

Ce fut ainsi que Gabby sut qu'il était rentré. Elle se retourna si vite qu'elle se froissa un muscle du cou. Dans un premier temps, elle se contenta du simple bonheur de le savoir sain et sauf. Elle le dévorait des yeux. Il était superbe, en tenue de soirée, ses cheveux bruns rejetés en arrière, son beau visage sévère, au milieu duquel ses yeux d'un bleu sombre brillaient dangereusement.

Sa première pensée fut que personne, absolument personne, n'était aussi séduisant que lui.

La seconde était : « J'aimerais lui tordre le cou. »

M. Jamison, visiblement impressionné par l'homme qui le toisait d'un air furieux, la lâcha si brusquement qu'elle faillit perdre l'équilibre. Elle se rattrapa au dossier d'une chaise et en voulut injustement à Nick qu'elle gratifia d'un regard aussi noir que le sien.

— Monsieur… euh, monseigneur, ma fiancée…

Jamison, écarlate, se comportait plus en collégien pris en faute qu'en opulent quinquagénaire.

— Vous l'embrassiez, Gabriella ? demanda Nick, ignorant totalement le malheureux.

Elle sourit, releva le menton et répondit d'une voix haute et claire :

— Oui, je l'embrassais.

Ils se dévisagèrent un instant dans un silence pesant.

— Il n'y a rien là de choquant, voyez-vous, balbutia Jamison. Lady Gabriella a accepté que je la courtise. Hum… Elle va m'épouser, alors ne soyez pas contrarié, monseigneur, bien que je respecte tout à fait votre désir de sauvegarder l'honneur de votre sœur.

— Peut-être devrions-nous retourner dans la salle de bal, monsieur Jamison, proposa Gabby, doucereuse.

— Euh… oui, bien sûr, si vous voulez.

Il offrit son bras à Gabby qui l'accepta et, sans un seul coup d'œil à Nick, se prépara à passer devant lui.

— Gabriella !

Il la saisit par le bras et elle regarda cette grande main bronzée sur sa peau claire, puis elle leva les yeux vers lui.

— J'aimerais vous dire quelques mots.

— Non ! répliqua-t-elle avant d'entraîner littéralement Jamison hors du salon.

Elle sentait presque le souffle brûlant de Nick sur sa nuque quand il les suivit.

Jamison semblait extrêmement mal à l'aise.

— Lady Gabriella, risqua-t-il, votre frère… Peut-être devriez-vous… Nous ne tenons pas à avoir de mauvaises relations familiales. Après tout, il est votre tuteur.

— Il n'est pas mon tuteur, grinça Gabby, avant d'ajouter plus calmement : Je suis majeure.

— Néanmoins…

Ils atteignaient la salle de bal, et Gabby plaqua un sourire sur son visage. Dès le seuil, Nick fut pris d'assaut et, tandis qu'elle se fondait dans la foule, Gabby le vit serrer des mains. Tante Augusta, qui l'avait repéré, se précipitait vers lui toutes voiles dehors.

— Ouf ! lâcha Gabby en dirigeant M. Jamison vers l'endroit où Desdémone était toujours assise entre ses chaperons.

— À mon avis, vous vous êtes montrée fort dure envers lord Wickham, fit ce dernier. Je croyais que vous aviez de l'affection pour lui. Vous sembliez…

Il s'interrompit un instant avant de reprendre :

— Mais il a dû se passer quelque chose pour que vous réagissiez ainsi tous les deux. C'est vraiment fâcheux. Pourriez-vous rectifier la situation ? J'espérais qu'il annoncerait dès ce soir nos fiançailles, ainsi nous en aurions fini plus vite avec le mariage.

Cette pitoyable tentative d'humour tomba à plat. Gabby allait s'asseoir lorsque Claire fit son apparition.

— Marcus est revenu ! s'écria-t-elle, tout excitée.

Elle s'était échappée de la piste de danse, suivie par son dernier cavalier, M. Newbury, qui semblait entiché d'elle, comme tous les hommes de son entourage.

— Tu lui as parlé ? reprit-elle. Il t'a dit où il était allé ?

Avant que Gabby pût répondre, elle hélait son « frère ». Celui-ci s'excusa et se dirigea résolument dans leur direction. Pour la première fois de sa vie, Gabby fut agacée par sa sœur.

— Nous sommes tellement heureuses de vous revoir ! s'écria Claire qui se mit sur la pointe des pieds pour l'embrasser.

Il lui prit la main et la fit tournoyer devant lui en admirant sa toilette.

— Toujours aussi ravissante ! la complimenta-t-il en souriant.

— Merci !

Gabby, consciente de son air revêche, s'obligea de nouveau à sourire.

— Nous nous inquiétions pour vous, reprit Claire. Surtout Gabby. Vous ne devriez pas disparaître ainsi sans prévenir.

Il lança un regard de biais à Gabby.
— Visiblement, j'ai eu tort, en effet.
L'orchestre attaquait un nouveau morceau.
— Ciel, où est M. Newbury ? C'est sa danse. Oh ! vous êtes là... Je vous verrai plus tard, Marcus.
Elle retourna d'un pas léger sur la piste.
— Vous dansez, Gabriella ? demanda Nick, autoritaire.
— Non, déclina-t-elle froidement.
Elle devait lever les yeux pour le regarder, et cela la mettait en position désavantageuse.
— Bien sûr que si ! s'impatienta-t-il.
M. Jamison les regardait à tour de rôle, tout à fait décontenancé.
— C'est vrai, elle ne danse pas, intervint-il. Je le lui ai proposé à plusieurs reprises, et sa réponse est toujours la même.
Nick plissa les yeux.
— Vous avez *vraiment* envie de danser ? s'interposa Gabby avant qu'il gratifie Jamison de quelque repartie bien sentie.
— Vraiment.
Elle se tourna vers Desdémone, assise à sa gauche. Il y avait une chaise vide entre elles, et elle dut lui toucher le bras pour attirer son attention.
— Wickham était en train de me dire qu'il avait une folle envie de danser. Moi, je ne peux pas, mais vous, peut-être...
— Avec plaisir, répondit Desdémone qui se leva sans se faire prier.
Nick était piégé. Après un regard meurtrier à Gabby, il sourit et offrit son bras à la jeune fille. Gabby lui adressa un sourire mielleux avant de se lever à son tour.
— Si nous allions nous rafraîchir ? dit-elle en se tournant vers M. Jamison.

Le buffet était dressé dans la salle à manger, et c'était là qu'elle voulait se trouver quand Nick aurait fini de danser.

— Si vous avez envie d'un verre de punch, j'irai volontiers vous le chercher, offrit Jamison, l'air toujours aussi désorienté.

— Je préfère venir avec vous.

Malheureusement, tante Augusta les rattrapa:

— N'est-il pas miraculeux que Marcus soit revenu ? demanda-t-elle en agitant joyeusement les plumes de sa coiffure. Finalement, il n'avait pas l'intention de rater le bal de Claire. Je lui ai dit que j'aimerais l'entendre annoncer vos fiançailles, et il m'a répondu qu'il le ferait volontiers, à condition d'avoir auparavant une conversation avec vous pour s'assurer que c'est bien ce que vous souhaitez. Quelle chance d'avoir un frère aussi *attentionné*, Gabriella ! La plupart sont bien différents.

— Voilà donc la raison pour laquelle il voulait vous parler ! s'exclama M. Jamison, visiblement rasséréné. Il faut que vous acceptiez à la première occasion. Nous envisagions un mariage en juin, lady Salcombe, ajouta-t-il, mais je voulais avoir votre opinion sur…

Tous deux se lancèrent dans une conversation animée sur les bons et les mauvais aspects d'un mariage en été, sujet qui semblait les passionner alors que Gabby s'en désintéressait totalement. Un peu à l'écart, elle sentit soudain sa nuque lui picoter. Elle se retourna pour se trouver face à un Nick qui la fixait d'un air fort peu amène. Résignée, elle leva le menton.

— Cessez de faire cette tête, vous vous donnez en spectacle, murmura-t-elle quand il fut près d'elle.

Il eut un sourire de pure forme.

— Si vous essayez de vous débarrasser de moi encore une fois, je vous offrirai un spectacle comme vous n'en avez jamais vu, je vous le promets !

M. Jamison l'aperçut à cet instant.

— Oh, monseigneur, lady Salcombe et moi nous demandions justement si vous auriez la bonté d'annoncer que votre sœur va m'épouser…

L'orchestre entonnait une valse.

Gabby sut aussitôt ce qui allait se passer.

— C'est ma danse, Gabriella, dit Nick entre ses dents en lui attrapant le poignet.

Pour lui faire lâcher prise, elle aurait dû s'engager dans une lutte pour le moins déplacée… dont elle ne serait certainement pas sortie gagnante. Nick adressa un bref signe de tête à Jamison en passant devant lui.

— Je vous tiendrai au courant de ma décision.

Sur ce, il entraîna fermement Gabby sur la piste de danse.

41

— Si tu t'expliquais, maintenant ? demanda-t-il sèchement.

Sidérée par son audace, elle resta un instant sans voix.

— Je ne te dois aucune explication, rétorqua-t-elle quand elle eut retrouvé ses esprits. Tu sembles oublier que tu n'es pas mon frère.

— Je ne risque pas de l'oublier !

Gabby s'empourpra, irritée de se laisser troubler si aisément.

— Malappris, siffla-t-elle.

— Que faisais-tu, à embrasser Jamison ?

— Quel mal y avait-il à cela ? Nous sommes fiancés.

Son étreinte se resserra, il l'emporta dans un mouvement tournant, et elle dut s'accrocher à son épaule. Elle était jusque-là si furieuse qu'elle s'était à peine rendu compte qu'ils dansaient, or, elle s'apercevait à présent qu'elle valsait gracieusement, sa jambe fragile compensant sa faiblesse sans effort notable.

— Sûrement pas ! riposta-t-il sur un ton presque aimable que démentait l'éclat de ses yeux.

— Tu es jaloux ? fit-elle, incrédule. De M. Jamison !

Elle éclata de rire.

— Et alors ? Il me semble que tu m'as donné toutes les raisons de l'être. Ou alors j'ai seulement rêvé que tu étais nue dans mon lit voici quelques nuits ? Si c'est le cas, je te demande pardon.

Gabby sentait une formidable colère monter en elle.

— Après avoir disparu pendant trois jours sans un mot d'explication, lui rappela-t-elle avec une douceur feinte.

— Alors tu t'es fiancée à Jamison pour me punir, c'est ça ?

— Tu te flattes.

— Étais-tu inquiète, pendant mon absence, Gabriella ? C'est en tout cas ce que prétend Claire.

Elle se raidit. Si elle avait pu, elle l'aurait planté là et se serait enfuie sur-le-champ.

Mais c'était impossible, évidemment. Ils se trouvaient au beau milieu de la salle de bal, entourés de douzaines de danseurs, et la cible de centaines de regards curieux.

— C'est ce que tu penses ? s'enquit-elle, ironique. Cela ne m'étonne pas. Nous savons tous deux que tu as une nette tendance à la fatuité.

— Ce que je pense, mon cœur, c'est que tu me fais cette petite crise parce que tu as découvert que tu étais amoureuse de moi.

Gabby eut l'impression d'être mise à nu. Elle aurait voulu fondre comme neige au soleil afin de lui échapper. Cette vérité crue lui avait fait l'effet d'un coup de poignard. Et il osait l'appeler « mon cœur », avec cette note moqueuse dans la voix, alors qu'il avait pris sa virginité avant de disparaître sans un mot !

Elle se rappela les lettres parfumées de lady Ware. Sans aucun doute, celle-ci était-elle aussi follement entichée de lui.

Et bien d'autres encore, probablement.

C'était révoltant !

— Tu me rends malade ! déclara-t-elle froidement.

Et, sans réfléchir davantage, elle le gifla de toutes ses forces.

Le son éclata dans la salle de bal comme un ballon de baudruche à la flamme d'une bougie. Nick s'arrêta net et porta la main à sa joue. La marque des doigts de Gabby, d'abord blanche, devenait écarlate.

Il y eut un silence général, puis elle s'aperçut qu'ils étaient le point de mire de toute l'assemblée. Les danseurs s'étaient immobilisés, et les gens qui étaient sur le bord de la piste se tordaient le cou afin de voir de quoi il s'agissait. Gabby aperçut Claire qui la regardait, incrédule, et tante Augusta, de l'autre côté de la salle, qui paraissait horrifiée, de même que M. Jamison.

Elle venait de gâcher son avenir, et peut-être celui de Claire...

Sans un coup d'œil à sa victime, Gabby tourna les talons et quitta la pièce aussi dignement qu'elle le put.

— Gabriella !

Nick. Il allait la suivre, bien sûr !

Mais elle ne voulait pas le voir. Plus jamais.

Elle emprunta l'escalier de service et n'aurait su dire comment elle se retrouva dans le jardin.

Elle était comme anesthésiée par le choc et cela l'empêchait momentanément de souffrir.

Elle était ruinée, ruinée.

Elle avait tout perdu, y compris Nick, par sa seule folie. Puis elle se souvint que ce n'était pas uniquement sa faute. Une épée de Damoclès était suspendue au-dessus de sa tête depuis qu'elle était arrivée à Londres avec l'espoir de gagner du temps. Et ce temps était écoulé, à présent.

Tout comme Nick, les soirées, les beaux vêtements, les chevaliers servants n'étaient que rêves et illusions.

La fin était écrite dès le début de l'histoire, et il était même étonnant que la supercherie eût duré si longtemps.

Elle marchait dans l'ombre, évitant les taches de lumière, frottant ses bras nus pour se réchauffer. Une légère brise faisait voler sa jupe, les musiciens jouaient, rires et conversations avaient repris.

Tante Augusta s'était sans doute arrangée pour faire oublier son éclat.

Mais dès le lendemain, tout serait différent.

Elle contemplait la grande demeure quand, tout à coup, une main se referma sur son bras. Elle se retourna d'un bond, s'attendant à se trouver face à Nick.

Mais ce qu'elle découvrit la laissa sans force. Son cœur se mit à tambouriner dans sa poitrine.

Un pistolet était dirigé droit sur son cœur, et celui qui le tenait avait un visage atrocement familier.

— Encore une rencontre au clair de lune, ma chère Gabby.

42

À peine avait-elle reconnu son agresseur qu'elle entendit la voix de Nick.

— Gabriella !

Comme elle ouvrait la bouche pour crier, Trent resserra l'étreinte sur son bras.

— Du calme ! ordonna-t-il.

Il l'attira brutalement contre lui, la fit pivoter et passa le bras sur sa gorge, lui coupant le souffle.

Gabby tenta de se dégager, ses ongles enfoncés dans la laine fine de sa veste. Le canon de l'arme était à présent posé sur sa tempe, et un frisson glacé courut le long de son dos.

— Gabriella !

Nick venait vers eux, attiré par un léger bruit, ou poussé par son instinct, elle n'aurait su le dire. Trent l'avait tirée dans l'ombre d'un buisson, et la lune n'illuminait que le milieu du jardin. Nick marchait dans l'allée, immense silhouette noire. Elle eut soudain peur pour lui.

— Gabriella !

Il la distingua enfin. Ou peut-être aperçut-il simplement un reflet sur sa robe vieil or... Il n'avait pas vu Trent et ignorait qu'il marchait vers le danger. Gabby essaya de crier, mais elle en fut incapable.

— Pour l'amour du Ciel, Gabriella !

— Ah ! dit Trent, satisfait.

Il poussa Gabriella dans la lumière sans desserrer son étreinte, son pistolet toujours pointé sur sa tempe.

Nick se figea.

— Lâchez-la.

Trent ricana.

— Vous plaisantez, mon garçon.

— Vous ne pouvez pas vous en sortir.

— Avec Gabby en otage, je pense que si.

Le canon de l'arme meurtrissait la tempe de la jeune femme, qui gémit. Aussitôt, le bras sur sa gorge se contracta. Trent était cruel, il prenait plaisir à faire mal.

Elle frissonna, s'efforça de chasser la panique qui la paralysait.

— Je vous tuerai, déclara Nick.

— Des menaces, capitaine ? Oh, pardonnez-moi. Vous êtes major, à présent, n'est-ce pas ?

Il se relâcha un peu, permettant à Gabby de prendre une aspiration, puis il la serra de nouveau. C'était une torture délibérée, elle en était sûre.

— À propos, poursuivait le duc, bravo pour votre promotion. Vous savez qu'il n'est pas votre frère, Gabby ? Oui, naturellement. Mais savez-vous qui il est ? Le major Nicholas Devane, qui fait partie du contre-espionnage.

Gabby ouvrit de grands yeux. Il travaillait pour le gouvernement ? Elle s'était trompée sur lui du tout au tout !

— Et vous êtes ma dernière cible, fit Nick d'une voix chargée de menace.

— Vous êtes très consciencieux, bravo ! Je pensais avoir assez bien masqué mes traces. Je vous surveille depuis votre arrivée à Londres. Je dois avouer que vous faire passer pour Wickham était astucieux ! Il m'a fallu plusieurs semaines pour être certain que le vrai Wickham était mort.

— C'est vous qui l'avez fait tuer.

Gabby sentit le duc hausser les épaules derrière elle.

— À contrecœur, puisqu'il était le fils d'un ami, mais cet imbécile de Challow lui avait envoyé une lettre scellée que Matthew lui avait remise pour le nouveau comte de Wickham, ainsi qu'une sacoche d'autres papiers compromettants. Cette lettre me désignait comme espion à la solde des Français. À vrai dire, c'est uniquement parce qu'il était au courant que Matthew est resté en vie si longtemps. Il avait bien des défauts, mais il n'aimait pas trahir son pays. Il fallait qu'il soit dans une situation financière désespérée pour me permettre de faire de Hawthorne Hall notre quartier général. C'était un endroit parfait, éloigné de tout ! Matthew avait perdu sa fortune, et il ne lui restait pas d'autre moyen de me rembourser. Mais il a écrit cette lettre, et il m'en a parlé. Évidemment, une fois qu'elle était entre les mains de son fils, Marcus, il fallait que je la récupère. Je ne crois pas qu'elle était en sa possession depuis plus d'une semaine quand je l'ai... reprise.

— Vous voulez dire que vous avez volé la lettre et que vous avez ensuite tué Marcus, pour le cas où il l'aurait lue ?

Trent sourit.

— En effet. Je ne pouvais en être sûr, mais visiblement il en avait pris connaissance, sinon vous et moi ne serions pas ici en ce moment. Il vous a appelé à la rescousse, n'est-ce pas ? Comment diable avait-il entendu parler de votre existence ? Bien des gens l'ignorent, même chez les militaires. Je me vante d'être l'un des rares à être au courant.

— Marcus était mon cousin, le fils de la sœur de ma mère. Nous avons grandi ensemble à Ceylan. Mon père était dans l'armée, c'était un comte. Nos chemins se sont séparés très tôt, mais nous sommes restés proches. Et vous allez payer pour sa mort, j'en fais le serment !

— Voilà, dit Trent d'un ton satisfait. Le maillon faible de la chaîne. Il y en a toujours un, apparemment. Vous espériez que je vous prendrais pour Wickham et que je penserais avoir raté mon coup quand je vous verrais à Londres. Vous imaginiez que je vous attaquerais sans avoir effectué des vérifications ?

— J'ai tenté la chance.

— Une dernière question : qui vous a poussé à me soupçonner ?

— Vous-même. Vous n'auriez jamais dû menacer Gabriella. C'était l'erreur fatale.

Trent rit en regardant autour de lui.

— Eh bien, je dois dire que je suis heureux d'avoir enfin fait votre connaissance, mais il est temps pour moi de partir. Je ne suis pas venu pour chercher Gabriella, voyez-vous, mais pour vous tuer. Néanmoins, c'est une jolie petite prime. Matthew me l'avait promise voilà des années, et j'ai toujours eu l'intention d'en profiter.

Il commençait à reculer, entraînant avec lui Gabriella qui tentait de le griffer. Elle pouvait à peine respirer, le canon de l'arme lui blessait le crâne, et elle transpirait de terreur non seulement pour elle, mais aussi pour Nick. Le temps n'était plus à la discussion. Trent avait un pistolet et il allait à coup sûr les tuer. Il s'arrangeait simplement pour emmener Nick assez loin de la maison afin de tirer sans être entendu.

Elle se faisait lourde dans l'espoir de retarder le duc, mais celui-ci montrait une vigueur étonnante.

Nick progressait avec eux, s'approchant imperceptiblement. Ses yeux sombres étaient braqués sur Trent.

— Vous ne vous en sortirez pas ainsi, dit-il sur le ton de la conversation courtoise. Le jardin est cerné.

Trent ricana.

— On ne me bluffe pas si facilement !

— Ce n'est pas du bluff. Quelqu'un vous file depuis hier matin. À l'heure qu'il est, une douzaine de mes hommes sont cachés derrière les haies.

— J'en doute, major.

— Lâchez Gabriella, et nous essaierons de nous entendre.

Il y avait de la dureté dans son intonation. Ce n'était pas le charmant et séduisant Nick que connaissait Gabby. Il semblait aussi déterminé et impitoyable que Trent lui-même. Elle sentit une lueur d'espoir vaciller en elle.

Si quelqu'un était capable d'arrêter le duc, c'était bien cet homme-là.

Trent l'avait entraînée presque jusqu'au fond du jardin, là où il y avait un trou dans la haie.

Bientôt, elle serait seule avec lui, à sa merci… Une main de fer lui comprima le cœur, tandis qu'une sueur glaciale inondait son corps.

Non ! Elle devait faire confiance à Nick.

Il n'allait pas tarder à passer à l'action, sinon ils étaient perdus.

— Je peux me tromper, mais je crois avoir tous les atouts en main. Pas de marché, major.

— Maintenant, Barnet ! aboya Nick.

Gabby tressaillit d'espoir, puis elle se souvint que Nick avait utilisé cette ruse avec elle…

43

Nick plongea sur Gabriella au moment où le coup partait. L'explosion, de si près, était assourdissante. La balle siffla à ses oreilles tandis qu'il la jetait au sol en s'arrangeant pour amortir la chute de son corps. Comme il s'y attendait, Trent le visait lui, et non Gabriella. Heureusement, il ne s'était pas trompé. Sinon… Il frémit en songeant à ce qui aurait pu arriver.

Ses hommes jaillirent, entourant Trent, qui fut bientôt ceinturé et ligoté par ces militaires bien entraînés. Quelques invités sortaient de la maison, sans doute alertés par le coup de feu. Nick, encore allongé sur le sol, Gabriella dans les bras, laissa à ses soldats le soin de s'occuper de Trent.

Il le cherchait depuis des mois, depuis qu'il était apparu qu'un espion qui avait accès aux secrets d'État fournissait des renseignements à l'ennemi. Ironie du sort, c'était pour Gabriella qu'il s'était intéressé à Trent, qu'il n'aurait autrement jamais remarqué. Mais en creusant dans son passé, il avait trouvé suffisamment d'indices pour se persuader qu'il s'agissait de son homme.

Mais, à présent, il ne se souciait plus que de Gabriella.

Elle avait noué les bras autour de son cou comme si elle ne voulait plus jamais le lâcher. Ses petits seins étaient pressés contre son torse, sa tête reposait au creux de son épaule, et elle tremblait de tous ses membres.

— Nick... souffla-t-elle.

C'était le son le plus doux qu'il eût jamais entendu, et il se grisa de son léger parfum de vanille.

— Ça va ?

Elle paraissait se calmer doucement, comme lui. Jamais, de sa vie, il n'avait eu aussi peur pour quelqu'un. Qu'est-ce que cela signifiait ?

— Oui. Et toi ?

— J'ai vieilli de dix ans lorsque j'ai cru qu'il allait te tuer avant que je puisse intervenir mais, à part ça, tout va bien.

— Moi, j'ai eu peur qu'il ne te tue, *toi*.

Voilà qui était encourageant ! Il caressa son dos, et le corsage glissa sur ses épaules.

— Gabriella...

— Mmm ?

— Regarde-moi.

De longs frémissements la parcouraient encore, mais elle obéit, les lèvres entrouvertes. Il fallait absolument qu'il les oubliât, ces lèvres, et il se concentra sur les grands yeux gris.

— Tu te rappelles ce que je t'ai dit, dans la salle de bal, avant que tu me gifles ?

Elle fronça les sourcils.

— Bien sûr que je m'en souviens.

Je prétendais alors que tu étais amoureuse de moi.

— Inutile de me le répéter, se cabra-t-elle en reprenant son air hautain.

Il ne put s'empêcher de sourire. Cette fierté était sans doute la première chose qui l'avait frappé en elle.

Il avait découvert, à sa propre surprise, qu'il aimait le courage et l'orgueil chez une femme. Surtout s'ils se cachaient derrière une silhouette délicate, une peau de soie, des yeux couleur de pluie...

— Tu souris ? s'indigna-t-elle.

— Si j'ai dit cela, se hâta-t-il de poursuivre avant qu'elle se mît en colère, c'est parce que j'ai découvert que je suis moi-même follement amoureux de toi.

Elle en eut le souffle coupé et releva un peu plus la tête.

— Nick...

Elle eut un sourire tremblant, et soudain tout son cœur passa dans son regard.

— Je t'aime, Nick.

Heureusement qu'ils tournaient le dos à la foule qui avait envahi la pelouse. La robe dorée s'enroulait autour des jambes de Nick, Gabby avait les épaules dénudées, elle se serrait contre lui, et n'avait aucune envie de bouger. Lui non plus, visiblement. Sans doute était-il néanmoins temps de se lever car, si on les découvrait dans cette position, le scandale serait bien plus grand encore que celui causé dans la salle de bal. Tout ce que verraient les invités, c'était le comte de Wickham en train d'embrasser sa sœur, se dit-il, sincèrement amusé. Sa sœur qui l'avait publiquement giflé une demi-heure auparavant !

Il s'en moquait, et il l'embrassa quand même.

— Cap'tain ! Cap'tain, attention ! cria Barnet, en pleine panique.

Nick se releva d'un bond et vit l'inconnu masqué, tout de noir vêtu, qui fondait sur lui, Barnet à ses trousses.

Tout alla très vite.

Nick s'accroupit face à l'assaillant. Dieu merci, il couvrait Gabriella.

Ce fut sa dernière pensée cohérente. Le coup partit, il eut l'impression que sa poitrine explosait et vit une tache écarlate sur son gilet, en plein milieu de son torse.

Il gémit.

Gabriella poussa un hurlement.

Il regardait, hébété, la tache qui s'élargissait, quand quatre de ses hommes se jetèrent sur son agresseur. Barnet fut sur lui un dixième de seconde plus tard.

— Cap'tain ! Cap'tain !

Nick était encore sous le choc.

— Pas maintenant, dit-il d'une voix qui faiblissait déjà. Je ne suis pas prêt. Gabriella…

— Ah, cap'tain !

Barnet le soutint alors que ses jambes pliaient sous lui. La vision de Nick se troubla, et il eut à peine le temps de voir ses soldats se fondre dans la nuit en emmenant Trent et le tueur.

— Non ! protesta-t-il mollement.

— Nick ! cria de nouveau Gabriella.

— Emmène-la d'ici, souffla-t-il.

Puis, sur un dernier soupir tremblant, il s'évanouit.

Un quart d'heure plus tard, alors que Barnet ceinturait une Gabriella hystérique, le médecin convoqué en toute hâte annonça que Marcus Banning, septième comte de Wickham, avait rendu l'âme.

44

Le mois de juin était frais, cette année-là, pourtant Gabby passait presque tout son temps dehors, à marcher sur la lande. Elle marchait tellement que sa jambe malade lui faisait mal en permanence, et elle marchait encore, jusqu'à tomber d'épuisement, jusqu'à ce que sa claudication augmentât, jusqu'à ce qu'elle fût obligée de se masser longuement, le soir, afin de pouvoir recommencer le lendemain. C'était le seul moyen qu'elle avait trouvé pour réussir à dormir quelques heures par nuit. Des nuits hantées de rêves poignants.

Elle était de retour à Hawthorne Hall. Le cousin Thomas, désormais huitième comte de Wickham, leur avait permis de retourner chez elles afin d'emballer leurs affaires personnelles avant qu'il entre définitivement en possession de la propriété.

Elles devraient avoir quitté les lieux dans trois jours.

Malgré le scandale que Gabby avait déclenché, tante Augusta leur avait proposé de venir s'installer chez elle à Londres. Et le scandale n'était pas mince ! M. Jamison avait retiré son offre, Gabby avait subi des affronts directs de la part de gens qu'elle considérait comme ses amis. Partout où elle allait, on la regardait avec mépris, on chuchotait dans son dos. Et elle ne pouvait en vouloir à personne ! La bonne société l'avait vue tomber amoureuse de son frère, puis avait assisté à l'assassinat de ce dernier dans le jardin de Wickham House.

Gabby n'avait avoué la vérité à personne, pas même à ses sœurs, mais celles-ci, au moins, semblaient disposées à lui accorder le bénéfice du doute.

Barnet était venu la voir le lendemain du crime, en compagnie d'officiels haut placés du ministère de la Guerre. Ils l'avaient priée, dans l'intérêt de la Sécurité nationale, de ne pas révéler la véritable identité de l'homme qui était mort la nuit précédente, et elle avait accepté.

Parfois, elle se demandait fugitivement s'ils l'auraient fait disparaître en cas de refus.

Nick était mort, et personne ne le savait. Tout le monde, ses sœurs, sa tante, les domestiques, tout le monde excepté Jem pensait qu'elle pleurait la mort de son frère Marcus avec lequel elle s'était lancée dans une aventure incestueuse. C'en aurait été presque cocasse si elle n'avait eu tant de chagrin.

Elle ne pouvait partager sa douleur avec les personnes qu'elle aimait le plus, aussi arpentait-elle la lande indéfiniment.

— Il se fait tard, mademoiselle Gabby. Vous devriez rentrer.

Gabby se retourna et sourit à Jem. Il était très inquiet, elle le savait, et désormais il lui parlait doucement, il la regardait avec une sollicitude qu'elle ne lui avait vue qu'en une autre occasion : quand elle s'était brisé la jambe et qu'il avait été clair qu'elle ne se remettrait jamais correctement.

Il avait pris l'habitude de la suivre discrètement, et il surgissait soudain lorsqu'elle frôlait un danger, ou lorsque le soir tombait.

Claire et Beth se tracassaient également, et Gabby s'efforçait de se comporter normalement en leur présence. Elles aussi pleuraient Marcus, mais pas comme elle, qui portait le deuil de son amour.

Elle avait vécu un cauchemar le jour des funérailles. Il y avait presque mille personnes venues présenter leurs condoléances à l'abbaye de Westminster – ou colporter des ragots, elle n'en savait rien. D'ailleurs, elle s'en moquait.

Et le cauchemar continuait, même après l'enterrement. Son univers n'était qu'un tas de cendres peuplé d'ombres. Quelque chose s'était brisé en elle – son cœur, peut-être ?

Et personne n'était au courant.

— Je ne sais pas pour vous, mais moi, je suis gelé.

Gabby parvint à sourire au fidèle serviteur et elle retourna avec lui vers la maison. Le soleil couchant se mirait dans le lac, la demeure se dressait devant elle, aussi sombre que sa vie.

Jem se rendit aux cuisines dès qu'ils furent rentrés, tandis que Beth et Claire venaient à la rencontre de leur sœur. Un bon feu brûlait au salon.

— Tu as l'air gelée ! s'exclama Beth avec un faux entrain.

Gabby accrocha son manteau à une patère, posa ses gants sur la grande table ronde au milieu du hall, puis Beth l'entraîna vers la cheminée du petit salon, où elle offrit ses doigts gourds aux flammes. En vérité, plus jamais elle n'aurait chaud à l'intérieur...

— Tu ne devrais pas rester si longtemps dehors.

— Tu deviens trop mince, Gabby, renchérit Claire.

Elles étaient de nouveau vêtues de noir, et Gabby savait qu'elle ne ressemblait plus à rien, dans sa robe de deuil à manches longues, mais ça lui était complètement égal.

Tout lui était égal. À part ses sœurs, évidemment. Elle parvint à esquisser un sourire.

— Avez-vous fini d'emballer vos vieux vêtements pour les porter à l'église ? demanda-t-elle en s'efforçant de ne pas laisser voir sa peine afin de ne pas les attrister.

— Qu'est-ce qui te fait croire que les pauvres en voudront ? Ce sont de vraies guenilles, déclara Beth.

Elles se mirent à rire, et Claire se dirigea vers la fenêtre.

— Regarde, dit-elle en attrapant un pan de rideau, ils sont usés jusqu'à la corde. Nous devrions peut-être les donner également.

— Rappelle-toi, lady Maud a dit que nous ne devions emporter que nos effets personnels. Je pense qu'il vaut mieux laisser ces rideaux à leur place, sinon elle nous accusera de les avoir volés.

— Voilà quelqu'un ! annonça Claire, qui fut vite rejointe par ses sœurs.

Les visites étaient tellement rares, à Hawthorne Hall.

Dans le crépuscule, elles ne distinguaient qu'une voiture fermée tirée par deux chevaux, avec une seule personne sur le siège du cocher.

— Ce n'est tout de même pas Thomas qui arrive en avance ? s'écria Beth, traduisant à voix haute les craintes de ses sœurs.

L'attelage s'arrêta devant le perron, et le conducteur sauta à terre. Puis la porte de la voiture s'ouvrit.

— C'est un homme, fit Claire en fronçant les sourcils. De qui peut-il bien s'agir ?

— Allons voir.

Beth les précéda dans l'entrée et se précipita pour ouvrir la porte.

L'homme montait tranquillement les marches comme s'il était chez lui. Il portait un large manteau, son chapeau dissimulait en partie son visage, et il était à contre-jour, aussi purent-elles seulement constater qu'il était grand.

Pourtant, sa façon de se déplacer...

Quand il pénétra dans le hall, Gabby crut que son cœur s'arrêtait de battre.

— Nick... souffla-t-elle, les mains à la gorge.

Puis elle poussa un grand cri de joie :

— Nick !

Il n'avait pas ôté son couvre-chef que déjà elle était dans ses bras, riant et pleurant à la fois. Il la souleva de terre et la fit tournoyer un instant avant de la reposer sur ses pieds.

Elle se perdit dans le regard scintillant qu'elle avait cru ne jamais revoir et se sentit soudain au bord de l'évanouissement.

Nick...

Elle nouait les bras autour de son cou, et il l'embrassa.

Un long, très long baiser d'amant...

Quand il releva la tête, Gabby vit ses sœurs qui les regardaient, bouche bée. Heureusement, ce fut Nick qui prit la parole :

— Comme vous l'avez sans doute deviné, Claire et Beth, je ne suis pas votre frère, alors cessez de nous contempler avec cet air effaré. Je m'appelle Nicholas Devane.

— Merci, mon Dieu, murmura Claire.

Beth acquiesça vigoureusement, et elles se précipitèrent vers lui. Sans lâcher Gabby, il les embrassa avec chaleur, puis il se pencha vers Gabby qui avait passé les bras autour de sa taille. Elle ne le quittait pas des yeux, un sourire extatique plaqué sur le visage. La joie pétillait en elle, un bonheur ineffable qui la réchauffait de la tête aux pieds. Nick n'était pas mort, il était revenu !

Il l'embrassa de nouveau, et elle lui rendit son baiser avec fougue.

Puis ils se sourirent, sans se soucier le moins du monde des deux jeunes filles qui observaient la scène avec intérêt.

Gabby avait l'impression de se réveiller d'un interminable cauchemar.

— On dirait que je t'ai manqué, fit-il d'une voix rauque avant de repousser la porte du pied.

Maintenant que Gabby s'était assurée qu'il était bien réel, qu'il n'était pas un produit de son imagination, elle se ressaisit.

— Me manquer ? dit-elle, tandis qu'une immense colère flambait brusquement en elle. Espèce de canaille, je t'ai cru mort !

Le repoussant vigoureusement, elle se dégagea de ses bras.

Il souriait toujours.

— Gabriella...

— As-tu la moindre idée de l'enfer que j'ai traversé ? Je t'ai cru mort, répéta-t-elle, rouge de colère.

— Je suis désolé, je...

— Tu es *désolé* ? hurla-t-elle.

Elle vibrait d'une telle rage que Beth et Claire reculèrent instinctivement. Un petit livre relié de cuir se trouvait sur la table près de ses gants, et Gabby s'en empara pour le lui lancer au visage. Nick s'abrita derrière une chaise, le livre s'écrasa contre le mur, derrière lui.

— Tu es *désolé* ! Et tu crois que cela suffit à tout effacer ? J'ai assisté à tes *funérailles* !

Un coffret de cartes à jouer suivit le même chemin que le livre, et Nick l'évita aussi, puis il avança vers Gabby tout en esquivant les divers projectiles qui tombaient sous la main de la jeune femme.

45

— Je n'ai pas pu faire autrement, se défendit Nick en bloquant un éteignoir. Écoute-moi juste un moment, Gabriella.

Gabby, cherchant du regard d'autres munitions, aperçut Barnet qui venait d'arriver en compagnie de Jem, de Mme Bucknell, de Stivers et de Twindle, ainsi que nombre de domestiques attirés par le vacarme.

— Et vous, vociféra-t-elle en pointant un index vengeur vers Barnet, vous m'avez laissée croire qu'il était mort. Vous me l'avez même dit ! Vous m'avez amené un représentant du gouvernement. Vous avez assisté à son enterrement. Je vous ai vu *pleurer* !

Prudent, Barnet se cacha derrière le chambranle de la porte par laquelle il venait d'entrer.

— C'étaient les ordres, mademoiselle, fit-il, l'air effrayé.

— Les ordres ! cria Gabby, toujours hors d'elle.

— Ne commence pas à canarder Barnet, la taquina Nick qui était presque arrivé jusqu'à elle. Au fait, c'est le sergent George Barnet, mon ordonnance, et il dit vrai : il ne faisait qu'obéir aux ordres. Moi aussi, d'ailleurs.

Il s'élança. D'un bond, il fut près d'elle et la saisit par les bras. Elle le fusilla du regard.

— Comment as-tu pu me faire ça ? Tu te rends compte de ce que j'ai vécu ? Je t'ai cru *mort* !

Elle éclata soudain en sanglots. De longs sanglots douloureux, qui lui secouaient les épaules et lui déchiraient la gorge. Le sourire de Nick s'évanouit, il la souleva dans ses bras comme si elle n'avait pas pesé davantage qu'une plume.

Elle avait presque oublié combien il était robuste.

Le visage enfoui au creux de son cou, elle pleura toutes les larmes de son corps.

— Je suis navré, Gabriella, murmura-t-il.

Cette fois, il semblait sincère, mais elle ne pouvait contrôler ses sanglots, alors il lança à la cantonade :

— Je crois que nous avons besoin d'un peu d'intimité. Une pièce où nous pourrons nous asseoir et discuter. Près d'un feu.

Gabby tremblait comme une feuille.

— Par ici, capitaine, dit Jem sans trop d'agressivité.

Nick le suivit, et il leur ouvrit la porte du bureau.

— Merci, Jem, fit Nick.

Le brave homme répondit du fond du cœur.

— Je n'aurais pas cru pouvoir vous dire ça un jour, capitaine, mais je suis diablement content que vous soyez revenu. J'avais jamais vu Mlle Gabby dans un état pareil !

Nick hocha la tête, puis il pénétra dans la pièce dont il referma la porte du pied avant de s'asseoir dans un fauteuil, Gabby sur ses genoux.

— Gabriella.

Il l'embrassa dans le cou. Ses lèvres étaient chaudes, et, étrangement, cette sensation familière fit redoubler ses larmes.

— Ne pleure pas, mon ange, je t'en supplie. Je suis vraiment désolé. Il fallait que je passe pour mort ; je savais que cela arriverait tôt ou tard, mais je ne pensais pas que ce serait à ce moment-là. Le prétendu assassin était un de mes hommes. Il m'a touché avec une vessie pleine de sang de porc. Ensuite, Barnet a pressé sur ma carotide, et je me suis évanoui. Le reste n'était que de la comédie.

— Tu m'as laissé croire que tu étais mort !

— Je pourchasse les espions, mais je suis quand même un soldat. Je ne devais me confier à personne, pas même à toi. Je n'avais pas le choix. Je suis venu dès que je l'ai pu. Il était impossible que je fasse toute ma vie semblant d'être le comte de Wickham, vois-tu. Sinon, comment aurais-je pu te demander de m'épouser ?

Gabby cessa d'un coup de pleurer, elle se redressa en reniflant, essuya ses joues d'un revers de main. Puis elle le dévisagea avec une expression soupçonneuse qui le fit rire.

— Serais-tu en train de me demander en mariage ?

— Exactement.

Elle fronça les sourcils.

— Je ne veux pas épouser un soldat.

Il sourit.

— Tu as de la chance, je viens de démissionner de l'armée. Barnet également.

— Alors, dis-moi, je te prie, de quoi vivra ta famille ?

Les yeux bleus pétillaient d'amusement.

— C'est peut-être le bon moment pour t'avouer que je suis fort riche. Je me propose d'acheter une propriété – que tu choisiras si tu le souhaites – afin que tu y demeures avec tes sœurs et tous les domestiques qui voudront vous suivre. Il y a longtemps que je n'ai pas eu de foyer, et je pense qu'il est grand temps d'y remédier.

— Tante Augusta nous a déjà offert l'hospitalité ! déclara-t-elle, hautaine.

— Alors, tu as le choix : Augusta ou moi.

Gabby baissa les yeux, hésita un instant, les releva.

— Et lady Ware ?

— Belinda ? Qu'a-t-elle à voir là-dedans ? s'étonna-t-il.

— Autant que tu le saches : je suis tombée sur quelques-unes de ses… lettres.

Elle semblait assurée, mais au fond elle était terrorisée. Que se passerait-il s'il ne répondait pas comme elle l'espérait ? Jamais elle n'accepterait de le partager avec une autre. Elle l'aimait beaucoup trop pour cela. Quoique… Cela vaudrait peut-être mieux que de le voir disparaître de nouveau. Parce que cela, elle ne le supporterait pas !

— Tu as fouillé dans mes affaires et lu mon courrier, Gabriella ? s'enquit-il, sévère.

Penaude, elle acquiesça.

— Je craignais qu'il ne te soit arrivé quelque chose, se défendit-elle, et je cherchais un indice susceptible de m'indiquer où tu te trouvais.

Il eut un petit rire.

— J'aurais voulu voir ta tête ! Les messages de Belinda étaient plutôt osés !

— Je m'en suis rendu compte, crois-moi !

— C'est donc pour ça que tu as accepté de te fiancer avec Jamison ? Parce que tu étais jalouse de Belinda ?

Il rit de nouveau.

— Tu étais bien jaloux de M. Jamison ! rétorqua-t-elle.

— C'est vrai. Je t'en supplie, ne m'oblige pas à penser à lui !

Il porta la main de Gabby à ses lèvres, soudain sérieux.

— D'accord, Gabby, je le reconnais, il y a eu beaucoup de femmes dans ma vie. Mais je te donne ma parole que si tu m'épouses, tu seras la seule jusqu'à la fin de mes jours.

Elle le regarda au fond des yeux, le cœur battant. Puis un lent sourire illumina son visage.

— Je t'aime.

— Cela veut dire oui ?

— Oui. Oh, oui !

Il la serra comme s'il allait l'étouffer, et leurs lèvres se joignirent en un long et fougueux baiser. Quand il releva la tête, elle plongea le regard dans les yeux couleur d'océan ; désormais, elle savait où son cœur voulait vivre.

— Je t'aime, souffla-t-il. Et je passerai ma vie à te le prouver.

— Nick…

Bouleversée au-delà des mots, Gabby lui répondit d'un baiser passionné.

Plus tard, beaucoup plus tard, ils étaient tous deux étendus sur le tapis devant la cheminée.

La maison était silencieuse, tout le monde était couché depuis longtemps. Ils avaient pour toute couverture le grand manteau de Nick sous lequel ils étaient nus, les membres mêlés. Les yeux fermés, la tête appuyée sur son bras replié, il semblait dormir. Gabby, blottie contre son flanc, ouvrit soudain les paupières quand une bûche craqua.

Un instant, elle se demanda ce qui l'avait réveillée, puis une autre braise crépita, et elle sourit.

C'était devant cette même cheminée qu'elle avait signé son pacte avec le diable. À présent il était étendu près d'elle, sous la forme d'un homme magnifique.

Elle promena la main sur son torse et leva les yeux pour voir s'il réagissait, mais il ne bougea pas.

Le feu crépitait de nouveau et, le sourire aux lèvres, elle glissa la main plus bas.

Ce diable était à elle, désormais, et elle n'avait pas l'intention de le laisser partir. Elle allait l'épouser !

Mais en attendant, songea-t-elle quand sa main eut atteint son but, il n'y avait pas de mal à l'ensorceler un peu…

Rendez-vous au mois de juillet
avec trois nouveaux romans de la collection

Aventures et Passions

Le 3 juillet 2002

Sur les traces de Jenny

de Elaine Coffman (n° 6292)

Lorsqu'elle s'enfuit au Mexique pour être institutrice, Jenny ignore qu'un chasseur de primes engagé par son père est à ses trousses. Jay la rattrape bientôt et découvre une jeune fille sensuelle, qui ne le laisse pas indifférent. De son côté, Jenny est attirée par cet homme à l'instinct de chasseur. Au cours du chemin qui doit les ramener chez la jeune fille, ils laisseront libre cours à la passion...

L'intrigante de Londres

de Amanda Quick (n° 62293)

Londres, XIXe siècle. Lavinia Lake est antiquaire à Rome avec sa nièce, Emeline. Un homme, Tobias March, l'oblige à fermer sa boutique car des voleurs profitent des antiquités pour se transmettre des messages. Lavinia devient alors détective privé pour gagner sa vie. Tobias est de son côté engagé par lord Neville pour retrouver un carnet qu'utilisait un maître chanteur jusqu'à sa mort. Lavinia le cherche également car on a elle aussi voulu la faire chanter. Ils décident donc, contre toute attente, de former une équipe de choc et de charme pour mener l'enquête...

Le 12 juillet 2002

Dans les bras d'un autre

de Bertrice Small (n° 6294)

Irlande, 1630. Jasmine Leslie, accompagnée de son mari, arrive dans sa propriété irlandaise avec sa fille Fortune, catholique, promise à William, protestant. Mais Fortune n'aime pas celui que l'on a choisi pour elle. En réalité, elle n'a d'yeux que pour son demi-frère aîné, Kerian, déshérité et rejeté par sa famille car il s'est converti au catholicisme...

Aventures et Passions

Quand l'amour s'aventure très loin, il devient passion

6234

Composition Chesteroc International Graphics
Achevé d'imprimer en Europe (France)
par Maury-Eurolivres à Manchecourt
le 3 mai 2002.
Dépôt légal mai 2002. ISBN 2-290-31765-9

Éditions J'ai lu
84, rue de Grenelle, 75007 Paris
Diffusion France et étranger : Flammarion